Ines Vitouladitis, geboren 1987, ist leidenschaftliche Autorin, Mutter von drei Söhnen und einer kleinen Tochter und gelernte Kinderpflegerin. Bisher veröffentlichte die 35jährige Kaffeeliebhaberin und Hobby-Näherin, die mit ihrer Familie im ländlichen Elsdorf lebt, acht Bücher unterschiedlichen Genres. Ihre Freizeit nutzt sie vor allem zum Schreiben neuer Geschichten und für Ausflüge in die Natur.

INES VITOULADITIS

Marry me, Santa

Überarbeitete Neuausgabe Dezember 2023

Marry me, Santa

ISBN 978-3-98637-485-3
E-Book-ISBN 978-3-98778-735-5

Covergestaltung: Verena Kern
Umschlaggestaltung: ARTC.ore Design
Unter Verwendung von Abbildungen von
shutterstock.com: © Pani Lena, © photopixel, © maxbelchenko,
© Pipochka, © LUMIKK555, © Kichigin
Lektorat: Astrid Rahlfs
Satz: dp DIGITAL PUBLISHERS GmbH
Druck und Bindung: Books on Demand GmbH, Norderstedt

Vorwort

Als ich „Marry me, Santa“ schrieb, hieß es noch gar nicht „Marry me, Santa“ sondern „Die Story mit dem sexy Weihnachtsmann“ (Auch ein guter Titel, nicht wahr?), und um ehrlich zu sein hatte ich damals auch noch absolut keine Ahnung, wo die ganze Geschichte hinführen oder gar enden würde.

Es begann mit einer Idee, mit einem spannenden Gedanken an Las Vegas, an eine Wette und natürlich an die eine, die Atem beraubende, die ganz, ganz große Liebe. Schnell schlichen sich dann die chaotische Clique, eine Menge Geld und neue Orte, Dialoge und Streitigkeiten ein, die wie von selbst entstanden.

Ich habe die Zeit mit Skadi, Jasper und den verrückten, reichen Freunden sehr genossen, mit Harper geschimpft, über Leah gelacht, bei Daves und Chris' Gesprächen innerlich den Kopf geschüttelt und „typisch“ gedacht, und sie allesamt so sehr ins Herz geschlossen, dass es mir eine Riesenfreude war, der Neuauflage einige Spezialeffekte in Form von Bonusmaterial zu verpassen. Ich hoffe sehr, dass es dir als Leser genauso geht.

„Marry me, Santa“ ist ein Buch für alle, die an die wahre Liebe glauben – obwohl ihnen schon einmal das Herz gebrochen wurde.

Es ist für jeden, der findet, dass Geld nicht alles im Leben ist, aber einiges erleichtert. Onlineshopping zum Beispiel.
Für jeden, der schon einmal den schmerzlichen Unterschied zwischen wahrer und falscher Freundschaft herausfinden musste.
Für Musikfans, die die Melodie lieben, aber den Text spüren.
Für jeden, der schonmal am Boden war, aber wieder aufgestanden ist.
Für alle, die wissen, dass Blut nicht immer dicker ist als Wasser.
„Marry me, Santa“ ist ein Buch für alle Viel-Leser, Gern-Leser, Abends-im-Bett-Leser, Vor-dem-Kamin-Leser, Im-Garten-Leser und Im-Urlaub-Leser.
Ein Buch für alle.
Ein Buch für dich.

Deine Ines Vitouladitis

Playlist

Zum Prolog:
Only Love Can Hurt Like This – Paloma Faith

Zu Kapitel 1:
Viva Las Vegas – Allison Crowe & Richard Cheese

Zu Kapitel 2:
Santa Baby – Eartha Kitt

Zu Kapitel 3:
Have Yourself A Merry Little Christmas – Frank Sinatra

Zu Kapitel 4:
Secret – The Pierces

Zu Kapitel 5:
Fallin' For You – Colbie Caillat

Zu Kapitel 6:
Hold Back The River – James Bay

Zu Kapitel 7:
Firework – Katy Perry

Zu Kapitel 8:
Perfect – Ed Sheeran

Zu Kapitel 9:
Count On Me – Bruno Mars

Zu Kapitel 10:
1 Step Forward, 3 Steps Back – Olivia Rodrigo

Zu Kapitel 11:
Lonely – Justin Bieber & Benny Blanco

Zu Kapitel 12:
Ashes And Wine – A Fine Frenzy

Zu Kapitel 13:
Talking To The Moon – Bruno Mars

Epilog:
God Blessed The Broken Road – Rascal Flatts

Prolog

In Filmen liegen sie immer alle weinend auf dem Badezimmerfußboden. Ich habe es ausprobiert. Ist unbequem. Und kalt.

Und dennoch liege ich hier, links von mir die Badewanne, rechts die Toilette, und heule Rotz und Wasser. Ich kann mich nicht einmal ganz ausstrecken, weil das verdammte Badezimmer so klein und mit unnötigem Schnickschnack so vollgestopft ist, dass ich die Beine anwinkeln muss, um liegend Platz darin finden zu können. Die bodengleiche Dusche und die beiden großen Holzregale mit Milchglaselementen, in denen ich meine Handtücher und Kosmetikartikel aufbewahre, waren teuer, sind aber unpraktisch. Zumindest in meiner aktuellen Situation.

Ich kann mich zwar nicht selbst im Ganzen sehen, aber ich bin mir ziemlich sicher, dass mein Anblick ein absolut erbärmlicher ist. Das Fenster in der Dachschräge ist bereits zur Hälfte mit Schnee bedeckt, und leise rieseln weitere Flocken hinzu.

Es ist mein Geburtstag, mein dreißigster tatsächlich, und ich sollte nicht hier sein – allein, mit gebrochenem Herzen, auf dem Badezimmerfußboden. Und ... hatte ich die Kälte schon erwähnt? Sie kriecht durch meine Kleidung, als hätte sie spontan ihren Aggregatzustand verändert und wäre flüssig geworden. Meine Schultern, mein Rücken, mein Po – alles wird von dieser

Kälte befallen, bevor sie weiterwandert, in meinen Kopf hineinsteigt, meine Hüften berührt und sogar in mein tiefstes Inneres eindringt.

Ich will nicht melodramatisch klingen, aber meinem Herz würde ein wenig Kälte gerade ganz guttun. Es fühlt sich nämlich an, als sei es in zwei Hälften gerissen, zertrampelt, von einem mittelgroßen Laster überfahren, von einem Riesen mit schlechten Zähnen zerkaut und schlussendlich in Brand gesteckt worden. Mindestens. Vielleicht sogar noch schlimmer.

Das größte Glas, das ich finden konnte und bis zum Rand mit billigem Rotwein gefüllt habe, steht schon fast leer im untersten Regalfach zwischen der Tamponbox und dem Toilettenpapier. Deprimierende Musik dringt aus der Musikbox auf der Fensterbank, um meinen Herzschmerz bestmöglich zu untermalen. Mit einem traurigen Lied im Hintergrund heult es sich doch gleich viel besser. Das ist Fakt.

Ich reibe mir mit den Handinnenflächen unsanft die verschmierten Mascarareste aus dem Gesicht und starre die Glühbirne an, die in Ermangelung einer anständigen Lampe an einem wenig Vertrauen erweckenden Kabel von der Decke herunterbaumelt.

Wieso ich hier liege? Warum ich ein so luxuriös anmutendes Badezimmer, aber keine Badezimmerlampe habe und weshalb die Packung Taschentücher neben mir fast leer ist? Um das erklären zu können, muss ich etwa zwei Monate zurückblicken.

Kapitel 1

Last Christmas

Es ist der 24. Dezember. Heiligabend. Ich sollte irgendwo an einer festlich gedeckten Tafel sitzen, einen Haufen kitschiger Deko und Kerzen um mich herum, einen saftigen Truthahn vor, einen Mistelzweig über und eine nervige Tante oder ein quengelndes Kind neben mir, während es überall blinkt und glitzert. Doch ich habe keine nervige Tante, ich habe nicht einmal eine stinknormale Tante, und vom Kinderkriegen bin ich momentan mindestens genauso weit entfernt wie von einem traditionellen Weihnachtsfest mit Truthahn, kitschiger Deko und Kerzen.

Stattdessen bin ich mit meinen vier besten Freunden in Las Vegas und trinke seit einer ganzen Weile abwechselnd Bourbon mit Karamellnote und prickelnden Sekt, während ein als Santa Claus verkleideter, ziemlich großer Kerl *White Christmas* singt und dazu Gitarre spielt. Seine Stimme klingt nicht übel, ein wenig rau und doch irgendwie sanft. Sie untermalt den Abend, läuft angenehm im Hintergrund, ohne unser Gespräch zu stören oder zu viel Aufmerksamkeit auf sich zu ziehen.

Las Vegas ist genauso, wie man es sich vorstellt, beziehungsweise wie *ich* es mir immer vorgestellt habe. Ich bin zum ersten Mal hier, und dennoch habe ich das Gefühl, es bereits zu kennen. Es ist laut, bunt und verrückt und erweckt hin und wieder den Eindruck, dass man in einer völlig anderen Welt gestrandet ist. Es scheint fast nur aus Casinos und Kapellen zu bestehen, zumindest der kleine Teil davon, den wir bisher gesehen haben, und obwohl Heiligabend ist, wimmelt es nur so von Menschen, die offenbar eher in Party- als in Festtagsstimmung sind.

Die kleine Bar, in der wir sitzen, ist so voll, dass wir trotz Reservierung eine halbe Stunde warten mussten, bis wir an unsere Plätze geleitet wurden. Wir sind nur zu fünft, nicht wie im vorigen Jahr in Sydney zu sechst, und irgendwie fühle ich mich wie das dritte Rad am Wagen, auch wenn es in unserer Clique nicht ein einziges Pärchen gibt. Ich wäre jetzt lieber woanders. In meinem Bett zum Beispiel (wenn ich das Weihnachtsessen mit der Tante und dem Kind schon nicht haben kann!) – mit einem kitschigen Film und einer extragroßen Tafel Schokolade, um mich in meinem Herzschmerz zu suhlen.

Chris und Dave, die unverschämt gutaussehenden, dunkelhaarigen Zwillinge, die fast jeder nur anhand ihrer Ohrstecker auseinanderhalten kann, da Chris seinen links und Dave seinen rechts im Ohr trägt, ordern gerade eine weitere Flasche irgendeines sündhaft teuren alkoholischen Getränks, und ich muss mir mit meiner Serviette Luft zufächeln. Mir ist heiß und irgendwie auch ein wenig schwindlig, obwohl ich noch nicht viel getrunken habe. Meine Wangen glühen förmlich.

Harper stößt Leah leicht mit ihrem Ellenbogen in die Seite, woraufhin Leah erst Harper, dann mich fragend ansieht. Ihr blonder, gerade geschnittener Pony endet genau über ihren langen Wimpern. Binnen Sekundenbruchteilen schlägt ihr Blick um, und sie widmet mir ein Lächeln, das vor Mitleid und Empathie nur so trieft. Harper sieht mich ebenfalls an, als wäre ich ein abgemagertes Straßenkind. Und als würden Dave und Chris die Schwingungen spüren, wenden auch sie sich mir nun mit traurigen Augen zu. Vier betrübt dreinblickende Gesichter starren mich an. Ich fühle mich unangenehm in den Mittelpunkt des Geschehens gezerrt.

„Mir geht's gut, Leute!", beeile ich mich zu sagen. Ich blecke meine Zähne zu einem unbeholfenen Lächeln und leere mein Glas mit einem letzten großen Schluck. „Es ist mir egal, dass Jude Weihnachten mit ... mit seiner Neuen verbringt. Wirklich. Es könnte mir gar nicht egaler sein."

Ist *egaler* ein Wort? Egal. Jetzt ist es eins.

Jetzt bloß nicht heulen, Skadi, beschwöre ich mich selbst.

Verzweifelt versuche ich, die Tränen zurückzuhalten und lasse meinen Blick durch das Innere der Bar gleiten, um mich von dem scharfen Schmerz abzulenken, der sich wie ein frisch geschärftes Messer jäh in mein Herz gebohrt hat.

Alles ist auf Hochglanz poliert und weihnachtlich geschmückt. Es gibt Kerzen, Mistelzweige und kitschige Engel, wohin das Auge blickt. An der Theke sitzt der hochgewachsene Kerl im Santa Claus-Outfit, der vorhin noch gesungen hat, und flirtet hemmungslos mit der Bedienung. Viel von ihm ist nicht zu erkennen, doch so, wie sie ihn anhimmelt, während sie mit flinken Bewegungen ein Glas nach dem anderen poliert, muss er ziemlich gut aussehen.

„Mir geht's bestens", wiederhole ich mit festerer Stimme, wende mich den besorgten Gesichtern meiner Freunde wieder zu und deute an, ihnen mit meinem leeren Glas zuzuprosten. „Und ich danke euch von ganzem Herzen dafür, dass ihr mich mitgenommen habt an diesen ...", ich mache eine alles umfassende Bewegung mit den Armen, „... *außergewöhnlichen* Ort, um Weihnachten zu feiern."

„Oh Skadi, natürlich nehmen wir dich mit", sagt Leah betroffen, und nun ist sie es, die aussieht, als wäre sie kurz davor, in Tränen auszubrechen. Kurz setzt sie ihre Brille ab und blinzelt ein paarmal. „Nur weil Jude zuerst unser Freund war, heißt das nicht, dass wir dich fallenlassen, jetzt, nachdem ihr euch getrennt habt. Du gehörst zu uns! *Er* ist derjenige, den wir aufgrund seines widerlichen, illoyalen Verhaltens fallengelassen haben wie ein ...", sie sieht unsicher zu Harper, „... schmutziges, altes Blatt Toilettenpapier."

„Scheiße, es klingt so schräg, wenn du versuchst zu fluchen, Leah!" Harper lacht rau und bedient sich an der Flasche, die Chris und Dave zuvor an unseren Tisch geordert haben. „Lasst uns unsere Gläser erheben auf unsere Freundin Skadi Baker. Sie mag nicht besonders viel Glück in der Liebe haben, doch sie hat das Herz am rechten Fleck, und wir lieben sie über alles. So wie sie ist. Ohne dich, meine Süße, würde keiner von uns hier sein wollen, und das ist mein verdammter scheiß Ernst, kapiert? Du bist das Gummiband, das unsere Socken hält. Du bist die Butter, wegen der unsere Wurst nicht vom Brot fällt."

Unwillkürlich muss ich lachen. Harper lehnt sich mit ihrer beneidenswerten Oberweite über den Tisch und gießt uns allen nacheinander etwas von der prickelnden, durchsichtigen Flüssigkeit ein, während Leah sich verstohlen eine Träne aus dem Augenwinkel wischt. Sie ist definitiv näher am Wasser gebaut als ich – und auch definitiv betrunkener.

„Auf Skadi", sagt Dave feierlich, zwinkert mir zu und erhebt sein Glas.

„Auf Skadi", fallen Leah, Chris und Harper mit ein und lassen ihre Gläser erst gegeneinander und anschließend gegen meins klirren.

Beschämt, dankbar und irgendwie melancholisch nippe ich an meinem Getränk und betrachte die vier Menschen, die mir innerhalb der letzten zwei Jahre so sehr ans Herz gewachsen sind, dass ein Leben ohne sie undenkbar scheint. Dabei waren sie zu Anfang Judes Freunde.

Jude fuhr immer die schnellsten Autos, trug die teuersten Anzüge und feierte die exzessivsten Partys. Bis heute scheint es surreal, dass er ausgerechnet mit mir zusammen sein wollte, seiner eher unauffälligen Angestellten, wo er doch jede hätte haben können. Ich bin weder so kurvig und schlagfertig wie Harper noch so makellos und intelligent wie Leah. Das Einzige, was ich mit ihnen gemein habe, ist das Glück, nicht gerade zu den ärmsten Menschen des Landes zu gehören. Durch meinen wohlhabenden Vater bekomme ich mehr Taschengeld im Monat als viele andere Leute in einem ganzen Jahr verdienen. Dennoch erwartet er, dass ich arbeiten gehe – vor allem, um bodenständig zu bleiben (ich würde mal behaupten, dass es halbwegs gut funktioniert). Und durch eben diese Arbeit gelangte ich zu Jude. Erst in seine Firma, dann in sein Herz – zumindest habe ich das früher gedacht.

Jude hatte sich unsere ganze Beziehung über wie ein Gentleman verhalten, mich mit Komplimenten und Geschenken überschüttet und es jedes Mal wieder geschafft, dass ich bei seinem Anblick weiche Knie bekam. Aber er war nicht so perfekt, wie ich gedacht habe, denn während er mich mit dem Gesicht eines Engels und dem Körper eines jungen Gottes blendete, hatte er seine Hosen nicht anbehalten können. Vor allem nicht bei seiner Sekretärin.

Judes ehemals beste Freunde habe ich jetzt sozusagen als Abfindung bekommen. Zu meinem Glück haben sie mich in ihr Herz geschlossen und ihm den Rücken gekehrt.

Schnell leere ich mein Glas und betrachte Chris, der gerade irgendetwas erzählt, was ich aufgrund meines Gedankenkarussells nicht von Anfang an mitbekommen habe.

„Ich sage ja nur, dass wir lange nicht gespielt haben", erklärt er gerade und füllt sich sein Glas erneut. Erwartungsvoll blickt er in die Runde.

„Das liegt daran, dass wir alt werden", wirft sein Bruder von der Seite ein und streicht sich eine glatte, dunkle Haarsträhne aus der Stirn. „In vier, fünf Jahren verbringen wir Weihnachten nur noch vollgefressen im Strickpulli vor dem Kamin."

„Die Zeit der Spiele ist vorbei", pflichtet Leah Dave weise bei.

„Was aber nicht heißt, dass sie nicht legendär waren!" Chris' Blick gleitet durch mich hindurch, und ein Grinsen breitet sich in seinem Gesicht aus, welches vermuten lässt, dass vor seinem inneren Auge gerade eine wohlige Erinnerung vorüberzieht. Seine dunkelbraunen Augen funkeln leidenschaftlich. „Ich sage nur *Thunfisch*."

Wir stöhnen alle synchron auf und lehnen uns lachend in den Stühlen zurück. Nichts geht über Insiderwitze! Ein kleines Glücksgefühl beginnt in meinem Inneren zu prickeln.

„Gleich behauptet er wieder, dass es mindestens zwölf Dosen waren", raunt Dave mir ins Ohr.

Ich verschlucke mich fast an meinem Drink.

„Es waren zehn, zwölf Dosen, vielleicht mehr", setzt Chris wild gestikulierend an, und Dave und ich fangen lauthals an zu lachen.

„Halt die Klappe, Chris, die alte Thunfisch-Story ist nichts gegen die Aktion am Flughafen", grölt Harper, und am Nebentisch drehen sich Köpfe nach ihr um. Sie ist so laut, dass Fremde oft genervt von ihr sind, aber andererseits so selbstbewusst, dass kaum jemand wagt, ihr dies zu sagen. „Da ist selbst mir der Arsch auf Grundeis gegangen!"

„Ich hab' mir in die Hose gemacht", wirft Leah nüchtern ein.

„Das haben wir alle", stimme ich ihr zu.

„Nein, Skadi." Leah hebt die Schultern an und lässt sie wieder sinken. „Ich habe mir *wirklich* in die Hose gemacht. Harper hat mir eine neue gekauft. In einem der Läden, während ich mich auf der Toilette versteckt habe. War potthässlich, aber ein Schnäppchen. Die habe ich tatsächlich immer noch."

„Die Geschichte ist wahr!" Harper wiehert vor Lachen, und ich frage mich nicht zum ersten Mal, wie jemand so wunderschön aussehen und gleichzeitig so dreckig lachen kann.

Im selben Moment legt sich eine große Hand zwischen Dave und mir auf den Tisch, und als ich aufblicke, sehe ich dem als Santa Claus verkleideten jungen Sänger ins Gesicht, der vorhin mit der Bedienung geflirtet hat.

„Ihr klingt, als wäret ihr alle nicht sehr brav gewesen in diesem Jahr", sagt er mit gespielter Strenge in der Stimme und lässt seinen Blick durch die Runde gleiten, wobei er bei meinem Gesicht deutlich länger verharrt als bei denen der anderen.

Er hat zwei verschiedenfarbige Augen, stelle ich fest: ein grünes und ein hellbraunes, beide mit dichten, dunklen Wimpernkränzen umrandet. Wie außergewöhnlich. Fast hypnotisierend. Unter seiner roten Weihnachtsmütze kräuseln sich lange, dunkelblonde Haarsträhnen. Ein künstlicher Rauschebart verdeckt einen Großteil seines Gesichts, doch das kleine Bisschen, was ich von ihm sehen kann, wirkt attraktiv und irgendwie interessant.

Ich erwidere seinen Blick, der immer noch auf meinem Gesicht haftet, dann spüre ich, dass ich rot anlaufe und wende mich meinem schon wieder leeren Glas zu. Mir ist mit einem Mal ganz schön schummrig zumute.

Zum Glück sind die anderen schon viel zu betrunken, um es mitzubekommen. Kichernd und mit wilden Gesten diskutieren sie gerade darüber, wer von uns in diesem Jahr am wenigstens brav war.

„Ich nominiere Chris", höre ich mich selbst sagen und spüre den Blick des hübschen Santa Claus auf meinem Gesicht. „Er steht auf der Unartigen-Liste ganz weit oben."

Chris tut erst empört, lacht dann und nickt schließlich zustimmend. Der hübsche Halbitaliener ist für seine ständig wechselnden Freundinnen bekannt – ganz im Gegenteil zu seinem ruhigeren Bruder Dave, der zwar viele Frauengeschichten zum Besten gibt, aber nie tatsächlich eine Freundin vorweisen kann.

„Dicht danach kommt Harper", führt Leah fort, und man hört bei jedem Wort, wie schwer es ihr nach dem Alkoholgenuss fällt, zu sprechen. „Sie ist ein *Maneater*." Es klingt so komisch aus ihrem Mund, dass wir in den nächsten Lachflash verfallen.

Der Weihnachtsmann-Imitator hat sich von irgendwoher einen Stuhl organisiert und sitzt inzwischen neben mir und das so nah, dass ich seinen warmen Atem auf der Haut über meiner schulterfreien roten Bluse spüre. Sein Arm befindet sich nur Millimeter neben meinem. Berührungsängste scheint er keine zu haben.

„Ich bin Jasper", sagt er sanft. Er hält ein Glas in der Hand, wo auch immer er das so schnell hergenommen hat, und schlägt es ganz sanft gegen meines.

„Skadi", nuschle ich. „Skadi Baker."

„Freut mich, Skadi." Der Blick aus seinen verschiedenfarbigen Augen lässt es in meinem Bauch sanft kribbeln. Dieses Gefühl habe ich ewig nicht gehabt. Ich bin mir unsicher, ob ich es gut oder schlecht finden soll.

Der getrunkene Alkohol der letzten Stunden scheint in diesem Moment seine gesamte Wirkung zu entfalten und sich explosionsartig in meinem Körper auszubreiten. Habe ich mich bisher noch relativ nüchtern und klar im Kopf gefühlt, wird mir in diesem Augenblick bewusst, dass dem nicht so ist – im Gegenteil. Ich fühle mich beim Blick in Jaspers Augen mit einem Mal, als müsste ich lachen, weinen, kotzen und tanzen gleichzeitig, was eine ziemlich skurrile Vorstellung ist. Und wahrscheinlich würde man dafür selbst in Las Vegas Hausverbot bekommen.

Dave und Chris diskutieren lallend, ob Dave oder Leah unartiger waren, während ich alle Hände voll damit zu tun habe, einigermaßen normal auf meinem Stuhl zu sitzen. Der Boden scheint sich in wellenartigen Bewegungen jäh unter mir zu regen. Kurz habe ich das Gefühl, dass mir der Inhalt des letzten Glases wieder hochkommt, dann beruhigt sich mein Magen binnen Sekundenbruchteilen wieder.

„Das lenkt alles nur von meiner Frage nach einem Spiel ab!“, unterbricht Chris auffallend laut die Zwischengespräche am Tisch. Er hat sich hingestellt und klopft mit seinem Glas auf die Tischplatte, während er sich mit der anderen Hand an derselben festhält. Er schwankt ein wenig.

„Was hat der Kerl nur ständig mit seinem Spiel?“ Harper verdreht die Augen. „Spiel hier, Spiel da.“

„Also ich habe Hunger“, höre ich mich selbst sagen, und Harper stimmt mir mit leuchtenden Augen zu, während Leah mit glasigen Augen vor sich hin kichert.

„Ja, lasst uns was essen gehen! Hier ist es langweilig", sagt Harper im Befehlston und klingt nicht annähernd so betrunken, wie sie eigentlich sein müsste. Sie hält mir ihren Arm hin. Leicht wankend stehe ich auf und hake mich bei ihr unter.

Auf der anderen Seite spüre ich einen weiteren Arm, der mir Halt gibt, und stelle überrascht fest, dass es nicht Dave ist, sondern Jasper. Wie selbstverständlich schließt er sich uns an, und niemand kommt auf die Idee, ihm dies auszureden. Chris übernimmt die Rechnung, und schon stehen wir zu sechst vor der Bar und atmen die erstaunlich warme, aber klare Nachtluft ein. Alles um uns herum glitzert.

Zwischen Harper und Jasper fühle ich mich nach einigen Schritten gar nicht mehr so schwindlig, sondern fast schon beflügelt. Jude und seine Sekretärin rücken in meinem Kopf weit in den Hintergrund, so weit, dass ich den Gedanken an die beiden nur noch wie einen schwachen Schatten wahrnehme, wie einen üblen Nachgeschmack, der allmählich durch etwas anderes ersetzt wird.

Es ist Weihnachten und ich bin in Las Vegas – mit den vier für mich wichtigsten Menschen. Und einem als Santa Claus verkleideten Schönling, der aus irgendeinem paradoxen Grund nur Augen für mich hat. Das Leben ist leicht, das Leben ist gut, und das Leben ist vor allen Dingen *jetzt*. Von einer plötzlichen Welle der Euphorie und Sentimentalität erfasst, löse ich mich von Jasper und umarme nacheinander all meine Freunde, was, da wir weiterhin vorwärts laufen, zu einem ziemlichen Tumult führt. Leah heult, Harper klopft mir auf den Rücken und erwidert meine Liebesbekundungen lautstark, und Chris entgegnet auf mein *Dich liebe ich auch, Chris!* mit einem lallenden *Aber ich bin doch Dave!,* während der tatsächliche Chris über meine Füße stolpert, da ich rückwärts laufend immer noch an Daves Hals hänge.

Lachend – und teilweise auch weinend – erreichen wir, zu einem großen Knäuel zusammengedrückt, eine Cocktailbar, von der Jasper behauptet, dass die Cocktails köstlich seien und das Essen ein Genuss. Ich glaube, dass es uns inzwischen relativ egal ist, ob das Essen gut oder nur mittelprächtig schmeckt, denn die Hauptsache scheint mit einem Mal, dass wir nicht weiter laufen müssen.

Wir stolpern hinein und werden von Lichterketten und einem pinkfarbenen Minitannenbaum empfangen. Die Bedienungen tragen Rentier-Geweihe auf dem Kopf und wirken ziemlich gestresst.

„Reißt euch ein bisschen zusammen, dann besorge ich uns einen Tisch“, raunt Jasper uns zu und verschwindet von meiner Seite, woraufhin ich leichte Probleme entwickle, gerade zu stehen. Alles scheint ein bisschen zu schaukeln, als würden wir uns auf einem Schiff befinden statt auf Festland. Mein Magen meldet sich zu Wort. Grummelnd, stechend und ein wenig schmerzhaft zieht er sich zusammen. Ich presse die Hand auf meinen Bauch und bereue es plötzlich, vorher am Tag so wenig gegessen zu haben. Aber es ging alles so schnell: das mir überraschend überreichte Flugticket am frühen Morgen, das daraufhin überstürzte Packen, die verrückte Fahrt zum Flughafen – diese extravagante Clique ist einfach immer für Überraschungen gut. Normalität ist hier ein Fremdwort. Das Leben ist eine einzige große VIP-Lounge für uns.

Eine Art Ruck geht durch die Gruppe, eine Hand legt sich in meinen Rücken, und wir werden an einen kleinen Tisch geführt. Dankbar lasse ich mich auf den schmalen hölzernen Stuhl sinken, der mit einer rotweiß-karierten Husse überzogen ist.

Wenig später lehne ich mich nach einem großen Salat mit Garnelen satt zurück und rühre zufrieden lächelnd mit einem Stück Sellerie in meiner Bloody Mary. Ich fühle mich viel besser, und ein Blick in die Runde zeigt zweifelsohne, dass es den anderen genauso geht. Dave tätschelt seinen vollen Bauch, Leah tupft sich mit einer Serviette den rot geschminkten Mund ab, und Harper rülpst leise in ihre hohle Hand. Chris und Jasper sind aufgestanden, um an der Theke Nachschub zu ordern. Es scheint geradezu, als hätte das Essen den Alkohol in meinem Inneren aufgesogen wie ein Schwamm. Ich fühle mich immer noch angeheitert, aber nicht mehr betrunken.

„Ich muss pinkeln", verkündet Harper, schiebt geräuschvoll ihren Stuhl zurück und wirft einen auffordernden Blick in die Runde. „Wer kommt mit?"

Leah und ich erheben uns synchron. Harper ist die ungekrönte Königin dieser Gruppe. Sie ist wie eine Leitwölfin. Wenn sie pinkeln gehen muss, geht das ganze Rudel mit.

Als wir an der Theke vorbei zur Damentoilette gehen, treffen sich Jaspers und mein Blick. Ich frage mich unwillkürlich, ob ihm nicht allmählich warm wird in diesem Ganzkörperanzug, mit der schweren Mütze und dem Rauschebart. Und wie er wohl ohne aussehen würde – ohne alles. In meinem Nacken prickelt es.

Den Blickkontakt immer noch haltend spüre ich plötzlich einen dumpfen Schlag in Brusthöhe, gefolgt von einem so lauten Scheppern, dass die gesamte Bar einen Augenblick lang die Luft anzuhalten scheint. Verwirrt starre ich die unmittelbar vor mir stehende und säuerlich dreinblickende Bedienung an, die ein leeres Tablett in den Händen hält. Ich blicke zu Boden. Alles ist voller Scherben und glitzert feucht. Erst jetzt dämmert mir, dass ich sie einfach umgerannt habe und das nur, weil ich diesem geheimnisvollen Jasper zu lange in die Augen gesehen habe!

Peinlich berührt stammle ich eine Entschuldigung und trabe mit hochrotem Kopf zu Leah und Harper hinüber, die bereits an der Toilettentür angelangt sind und sich vor Lachen biegen.

„Nicht witzig!“, fauche ich und stolziere hoheitsvoll an ihnen vorbei. Na ja, so hoheitsvoll wie man eben sein kann, wenn man sich gerade vor etwa fünfzig Menschen als tollpatschiges Trampeltier geoutet hat.

Als ich die Toilettenspülung betätigt habe und die kleine, nur spärlich beleuchtete Kabine verlasse, wartet Harper bereits am Waschbecken auf mich. Sie zieht sich gerade den Kajalstrich nach und betrachtet neugierig mein Spiegelbild, das immer noch feuerrot glühende Wangen hat. Ich wasche mir die Hände und greife in meine Zweitausend-Dollar-Handtasche (eines der letzten Geschenke von Jude) um mein Make-up ebenfalls ein wenig aufzufrischen. Im Gegensatz zum Licht in der Kabine ist das über den Spiegeln und Waschbecken fast schon aufdringlich grell. Die

Schminke, die vor unserem Aufbruch in die erste Bar noch perfekt saß, sieht nun aus, als wäre sie schon seit ein paar Tagen in meinem Gesicht. Mir kleben schwarze Mascara-Reste unter den Augen.

„Der Weihnachtsmann hat's auf dich abgesehen", stellt Harper sachlich fest.

„Quatsch!" Ich entferne die schwarzen Flecken mit einem Pinsel und trage ein wenig Puder auf, um das leuchtende Rot auf meinen Wangen zu überdecken. Meine Sommersprossen leuchten durch die gesamte Maske aus Foundation, Puder, Rouge und Concealer einfach durch. „Außerdem – selbst *wenn* es so wäre, hält er mich wahrscheinlich für irgendein lebenslustiges, sich selbst finanzierendes stinkreiches It-Girl und nicht für ... na ja ... das, was ich eben eigentlich bin." Ich zucke mit den Achseln, als wäre es egal, und tupfe farbloses Gloss auf meine Lippen. Meinen Mund mag ich am liebsten an mir. Er sieht ein wenig so aus, als hätte ich mir die Lippen aufspritzen lassen – habe ich aber nicht. Sie sind von Natur aus prall und voll, und eindeutig das Markanteste an meinem Gesicht. Der Rest ist eher Durchschnitt.

„Sprich nicht so verdammt abwertend über dich selbst!", rügt Harper mich streng, während sie ihre dunklen und ich meine blauen Augen synchron mit Mascara tusche. „Du arbeitest immerhin für die angesagteste Zeitung des Landes!"

Ich lache unfroh. *Arbeiten* ist übertrieben. Ich bin eine Aushilfe. Und darf kaum mehr als Kaffee kochen, den Müll rausbringen und die Post sortieren. Aber mehr kann ich wohl nicht erwarten, nachdem mein ehemaliger Chef auch mein ehemaliger Freund ist und mich nach der Trennung nicht nur vor die Tür seiner Luxuswohnung, sondern auch vor die Tür seiner Firma gesetzt hat. Nach einer Schonfrist hat mein Vater unter Androhung, mir den Geldhahn zuzudrehen, darauf bestanden, dass ich mir einen neuen Job suche.

Harper sieht mir an, dass ich betrübt dreinblicke und packt ihre Schminke zurück in die Handtasche, bevor sie mir eine Hand auf die Schulter legt. „Kopf hoch, Süße", sagt sie rau.

Ich räume mein Make-up zurück in die Tasche und nicke.

„Krone richten und stolz auf dich sein", verlangt Harper beschwörend und lässt ihre krallenartigen roten Fingernägel auf meiner Schulter tanzen. „Und wenn du Santa Claus heute Nacht vögeln willst, dann ..."

„Harper!", falle ich ihr empört ins Wort.

„Wieso denn nicht? Weil du noch nicht über Jude hinweg bist?", fragt sie und hebt eine ihrer perfekten Brauen.

„Weiß nicht." Ich wiege unsicher den Kopf hin und her. „Ich glaube, ich habe vorerst einfach die Nase voll von Männern. Die letzten waren alle Reinfälle. Erinnerst du dich an den, der nur mein Geld wollte? Und der andere, der ständig Leah angebaggert und versucht hat, mich dazu zu überreden, dass ich mir die Haare blond färbe und zum Pixie Cut schneiden lasse, weil ihm meine brustlangen, straßenköterbraunen Wellen zu langweilig waren? Der, der mir verbieten wollte, mit euch feiern zu gehen und Kleider mit Ausschnitt zu tragen?", zähle ich an meinen Fingern ab und rümpfe die Nase. „Und dann Jude, von dem ich dann echt gedacht hatte, dass er der Richtige ist ... nein. Wirklich nein." Ich schüttle entschieden den Kopf. „Ich habe für mindestens fünf Jahre genug von Männern."

„Ganz wie du meinst", sagt Harper – und dann dreht sie sich um und brüllt durch die gesamte Damentoilette: „Leah, sag mal, kommst du endlich oder kackst du immer noch?"

Als wir uns zu dritt den Weg durch die Tische zurück an unseren bahnen, ist Jasper von der Theke verschwunden und sitzt mit den Zwillingen am Tisch, als würden die drei sich schon ewig kennen. Unwillkürlich bekomme ich weiche Knie, als wir uns zu ihnen setzen und er mich mit intensivem Blick ansieht. Hat Harper recht? Gefalle ich ihm? Und was viel wichtiger ist – gefällt er mir?

Ich nippe an meiner Bloody Mary und wende den Blick ab. Wahrscheinlich gefällt ihm nur das, was er sieht. Das, was ich vorgebe zu sein. Eine reiche, aufgedonnerte Frau mit langen Haaren und teurer Kleidung, die sich und ihr beachtliches Leben feiert. Genau wie Chris und Dave, die ein Vermögen mit dem Erstellen von Videospielen verdienen. Wie Harper, die seit einem Jahrzehnt erfolgreich Versicherungsunternehmen ihrer Mutter leitet. Wie Leah, die kurz nach ihrem achtzehnten Geburtstag eine beträchtliche Summe von ihrem verstorbenen Großvater geerbt hat, aktuell Jura studiert und nebenbei online sehr erfolgreich selbstgemachten Schmuck verkauft.

Wer ich tatsächlich bin, sieht er nicht. Wie auch? Ich verstecke mich gewissermaßen. Er sieht nicht, dass ich in knapp eineinhalb Monaten Geburtstag habe und dreißig Jahre alt werde. Die magische Dreißig. Ebenso wenig sieht er, dass es immer mein Traum war, noch vor meinem dreißigsten Geburtstag zu heiraten und eine Familie zu gründen. Dass ich eine schwierige, wenn nicht sogar distanzierte Beziehung zu meinem Vater führe, der mein teures Leben finanziert. Geld ist nicht alles, wird immer gesagt. Doch Geld ist alles, was ich je von ihm bekommen habe. Und auch wenn ich mich tief im Inneren beschämt fühle, es weiterhin anzunehmen und mich nach seinen Regeln zu richten, liebe ich das Reichsein doch zu sehr, um diese schwierige Beziehung zu kappen.

Und Jasper sieht nicht, wie oft ich in den letzten vier Monaten geweint und an mir selbst gezweifelt habe, weil mein Herz auf eine Weise gebrochen worden ist, die es schwer bis unmöglich machen wird, es wieder zu heilen.

Aus den Boxen neben der Theke dringt ein Weihnachtssong nach dem anderen. Als ich mein Glas fast geleert habe und *Last Christmas* ertönt, geschieht etwas mit den Besuchern der Cocktailbar – ein Großteil der Anwesenden stöhnt genervt auf, während einige wenige klatschen oder gar mitzusingen beginnen. Dieses Lied spaltet einfach die Menschheit. Man liebt oder man hasst es. Ich gehöre definitiv zum ersten Teil.

„Ich *liebe* diesen Song!“, platzt es aus mir heraus, was mir einen skeptischen Blick der Zwillinge und eine erhobene Augenbraue von Harper einbringt.

Nur Leah sagt nichts. Sie spielt gedankenverloren mit ihrer Kette.

„Auf diesen Song“, sagt Jasper und hält mir ein Glas hin.

„Oh. Danke!“ Ich nehme es überrascht an mich und trinke einen Schluck. Es brennt im Hals.

Jasper wirkt kurz überrascht, dann fängt er an zu lachen. Die anderen am Tisch fallen mit ein. Was habe ich jetzt schon wieder gemacht?

„Kein Problem, wir teilen“, sagt er, nimmt mir das Glas wieder aus der Hand und trinkt den Rest aus.

Es dauert einen Augenblick, bis mir klar wird, dass er bloß mit mir anstoßen wollte und ich ihm gerade sein Glas geklaut habe. Eine Blamage nach der anderen! Mit glühenden Wangen lache ich mit, obwohl ich am liebsten im Erdboden versinken würde.

„Ich gehe noch mal zur Theke“, sagt Jasper schließlich, als das Gelächter endlich abebbt, und wendet sich mir mit schief gelegtem Kopf zu. „Kommst du mit, Skadi?“

„Oh ... ich glaub' nicht“, antworte ich unsicher.

Irgendjemand versetzt mir unter dem Tisch einen Tritt gegen das Schienbein, und Harper blickt mich durchdringend an.

„Gut.“ Ich unterdrückte ein Aufseufzen. „Meine Meinung wurde gerade offensichtlich geändert.“

Wir schlendern zur Theke und setzen uns auf zwei Barhocker, während die Bedienung noch damit beschäftigt ist, Gläser zu spülen.

„Was möchtest du trinken?“, fragt Jasper. Sein Blick ist so intensiv, dass ich ihm nicht lange standhalten kann. Verlegen betrachte ich die roten High Heels an meinen Füßen, die Jude mir zum letzten Geburtstag geschenkt hat.

„Oh, ich bin mir nicht sicher, ob ich überhaupt noch was trinken sollte“, antworte ich wahrheitsgemäß. „Ich hatte schon eine ganze Menge.“

„Jep, ich auch. Darf ich dir ein Geheimnis verraten?" Jasper blickt sich kurz mit zusammengekniffenen Augen in der Bar um, bevor er mir ganz nah kommt und kurz den Rauschebart herunterzieht. „Ich bin nicht der echte Weihnachtsmann!"

„Nein!", tue ich erstaunt und schlage die Hände über dem Kopf zusammen.

„Nicht so laut!" Er kommt mir noch näher und legt mir einen Finger auf die Lippen. „Wenn das rauskommt, muss ich in Zukunft all meine Drinks selbst bezahlen!"

Ich kichere. Seine Nähe elektrisiert mich irgendwie. Und er riecht gut. Dezent, frisch und irgendwie ein wenig erdig.

„Wenn ich der echte Weihnachtsmann wäre, würden wir beide, du und ich, uns ja auch schon kennen", murmelt er. Und wieder dieser intensive Blick, der bis in meine Seele zu dringen scheint.

Ich runzle die Stirn. „Wieso das denn?"

„Der echte Weihnachtsmann kennt natürlich alle seine Engel", erklärt er lässig und zwinkert mir zu.

Ich rümpfe die Nase, muss aber lachen. „Der war schlecht. Der war *richtig, richtig* schlecht."

„Auf einer Skala von Null bis Zehn, wenn Null das Beste und Zehn das Schlechteste ist?", fragt er schlagfertig. „Nur für meine persönliche Statistik."

„Zehneinhalb", antworte ich.

„Autsch!" Mit gespielter Betroffenheit legt er eine Hand auf die Stelle, an der unter dem dicken Weihnachtsanzug sein Herz schlagen muss.

Ich fange an zu lachen, und er fällt mit ein. Und plötzlich sind wir uns noch viel näher als zuvor. Seine

Hände nehmen meine Haare aus dem Gesicht und legen sie im Nacken zusammen, bevor seine Lippen leicht meine Wange streifen. Ein unerwarteter Schauder durchläuft meinen gesamten Körper, während eine ganz leise Stimme in meinem Inneren leise mit *Ihr kennt euch aber doch gar nicht* gegen das protestiert, was hier gerade geschieht. Aber ich ignoriere sie. Ich will sie jetzt einfach nicht hören, diese kleine motzende Stimme in meinem Kopf, die ständig alles schlechtredet, was ich tue. Vielleicht ist es dumm, vielleicht ist es falsch – aber es ist mir egal.

Für einen Moment schließe ich die Augen, halte inne und blende alles aus, was uns umgibt. Es gibt keine Cocktailbar mehr, keine Bedienung, keinen Chris, keinen Dave, keine Harper und keine Leah. Es gibt kein Las Vegas und keinen Heiligabend mehr. Blind finden meine Lippen seine, ganz sanft und bedächtig. Er hat den künstlichen Bart auf der Theke abgelegt wie ein leergetrunkenes Glas. Seine Hände befinden sich immer noch in meinem Nacken, seine Finger sind warm und ziehen mich mit leichtem Druck immer näher an ihn heran. Seine Lippen trennen meine, seine Zunge schmeckt nach Abenteuer, Lust und Sekt.

Nach einer gefühlten Ewigkeit lösen wir uns voneinander, und als würde eine Welle über uns hereinbrechen, ist plötzlich alles wieder da: Las Vegas, die Menschen, die Weihnachtsmusik, die aus den Boxen neben der Theke dringt, und auch meine Freunde, die peinlicherweise alles beobachtet haben und nun lautstark pfeifen.

Jasper lacht und reicht mir eine Hand. Mit leicht zittrigen Beinen (ob vom Kuss oder vom Alkohol kann ich nicht sagen) steige ich vom Barhocker herunter und gehe mit ihm gemeinsam zurück zum Tisch. In der freien Hand balanciert er ein Tablett mit sechs kleinen durchsichtigen Bechern, die mit einer roten Flüssigkeit gefüllt sind. Keine Ahnung, wann er diese Bestellung aufgegeben hat. Und wieso sie ihm ein Tablett mitgegeben haben. Den Bart lässt er auf der Theke liegen.

„Um noch mal zurück auf die Spiele zu kommen ...", sagt Chris, und alle stöhnen genervt auf, „... ich habe da so eine Idee."

„Dann mal raus mit der Sprache", ermuntert sein Bruder ihn, während Jasper die kleinen Becher verteilt.

Wir prosten einander zu und vernichten die süßliche Flüssigkeit mit einem Schluck.

„Es ist eine Art Wette", beginnt Chris, senkt die Stimme und lehnt sich vertrauensvoll über den Tisch, als würde er uns gleich ein großes Geheimnis anvertrauen. „Eine Wette der Superlative mit der Voraussetzung, legendär zu werden."

Dem Rest seiner Worte lausche ich nur noch halbherzig, denn Jasper hat unter dem Tisch eine Hand auf mein Bein gelegt, und mir wird heiß und kalt zugleich.

Stechender Kopfschmerz weckt mich. Ich stöhne schmerzerfüllt auf und wälze mich von der Rücken- in die Bauchlage, sodass ich mein Gesicht ins Kissen drücken kann und das unangenehm helle Licht nicht ertragen muss. Das ist definitiv der Kater meines Lebens, so viel weiß ich jetzt schon. Ich muss unbedingt eine Tablette nehmen und ein Glas Wasser trinken.

Gequält drehe ich den Kopf leicht zur Seite und blinzle in das grelle Licht, als mir drei Dinge zugleich bewusst werden.

Erstens: Das grelle Licht ist die Sonne.

Zweitens: Ich bin splitterfasernackt.

Drittens: Das ist nicht mein Bett!

Mit pochendem Kopfschmerz versuche ich die vorige Nacht zu rekonstruieren. Doch nur bruchstückhafte Bilder und Worte kommen mir in den Sinn – wie Puzzlestücke, die ich nicht verbinden kann. Ein Flugticket. Las Vegas. Casinos und Kapellen. Die Bar. Bloody Mary. Last Christmas. Santa Claus.

Verdammt. Das ergibt alles überhaupt keinen Sinn! Mein Kopf fühlt sich an, als hätte jemand die Erinnerungen aus ihm herausgenommen, sie wahllos durcheinandergewirbelt und wieder hineingefüllt.

Ich versuche mich besser zu konzentrieren, als sich neben mir etwas regt. Oder eher gesagt *jemand*. Instinktiv halte ich den Atem an. Großer Gott, ich habe die Nacht nicht allein verbracht? *So* betrunken war ich? Aber mit wem? Jude? Unwahrscheinlich, er war mit seiner Sekretärin alias Freundin in Paris. Chris? Hoffentlich nicht! Dave? Der steht doch nicht mal auf Frauen!

Mit einer ruckartigen Bewegung und dem Gefühl, dass mein Kopf explodiert, drehe ich mich auf die andere Seite und finde mich Auge in Auge mit Santa Claus, beziehungsweise Jasper wieder. Er sieht aus, als ginge es ihm mindestens genauso mies wie mir und blinzelt mit zu schmalen Schlitzen verengten Augen ins Sonnenlicht. Sein Weihnachtsoutfit hat er komplett abgelegt. Und wenn ich komplett sage, dann meine ich komplett. Schnell wende ich den Blick ab.

„Guten Morgen“, sagt er mit rauer Stimme.

„Guten Morgen.“ Ich sehe angestrengt weg.

„Ähm ... Sandy?“, rät er meinen Namen.

„Skadi!“ Ich halte mir die Augen zu, angele mit den Füßen nach der großen Decke und werfe sie über seinen und meinen Körper. „Skadi Baker.“

„Nicht ganz richtig.“ Er fährt sich mit beiden Händen über das Gesicht und streckt sich anschließend ausgiebig. Er hat einen hellen Dreitagebart und lange dunkelblonde Haare, die ihm in Wellen ins Gesicht fallen – und sieht ohne Kostüm deutlich heißer aus als mit.

„Was soll das bedeuten?“, frage ich skeptisch. Mein Kopf bringt mich um.

„Ob du Sandy oder Skadi heißt – keine Ahnung“, antwortet er, greift nach meiner linken Hand, hält sie ins Sonnenlicht und offenbart einen feinen silbernen Ring mit einem kleinen Edelstein. „Aber Baker heißt du definitiv nicht mehr. Du heißt jetzt Morrisson.“

Kapitel 2

Eine verrückte Wette

Eine Stunde später starre ich immer noch wie betäubt auf den Ring an meinem Finger, in dessen Edelstein sich das Sonnenlicht bricht. Es ist ein hübscher Ring, schmal und filigran, und er würde mir wahrscheinlich gut gefallen, wäre er mir bei einer *richtigen* Hochzeit von jemandem angesteckt worden, den ich liebe – und nicht in volltrunkenem Zustand in irgendeiner Kapelle in Las Vegas. Von einem Wildfremden im Weihnachtsmannkostüm. Und ich erinnere mich nicht einmal daran!

Dieser Ring passt perfekt an meine Hand. Er passt sogar eine Spur *zu* perfekt, denn so sehr ich mich auch bemühe, er sitzt bombenfest und lässt sich beim besten Willen nicht mehr von meinem Finger entfernen.

Jasper, dem es im Gegensatz zu mir wesentlich schnell besser ging, steht inzwischen pfeifend unter der Dusche. *Pfeifend*! Wie kann man jetzt nur pfeifen?! Das Prasseln des Wassers und die Melodie, die mir bekannt vorkommt, die ich aber gerade keinem Song zuordnen kann, weil mein Kopf mit anderen Dingen beschäftigt ist, dringen wie durch eine Watteschicht zu mir durch. Wie kann er nur so verdammt ruhig bleiben?

Einige Dinge weiß ich inzwischen. Dass ich mich immer noch in Las Vegas befinde, zum Beispiel. Dass wir in einem luxuriös anmutenden Hotelzimmer mit ziemlich vielen weißen Möbeln sind, ebenfalls. Und dass Harper, die ich mit meinen letzten vier Prozent Akku auf dem Handy angerufen habe, auf dem Weg zu mir ist. Aber ich weiß immer noch nicht, wie ich hierhergekommen und vor allem, wieso ich plötzlich verheiratet bin.

Als es zaghaft an der Tür pocht, springe ich auf und verlasse meinen Platz an der Wand, an der ich in der Bluse, der Lederjacke und dem Rock des Vorabends gekauert habe. Alles lag neben dem Bett verstreut – zwischen meiner Handtasche und einem ganzen Berg von roten und weißen Weihnachtsmannkleidungsstücken. Und ich erinnere mich nicht einmal ansatzweise daran, mich oder ihn ausgezogen zu haben ...

Ich reiße die Tür auf und falle Leah und Harper in die Arme, wobei ich die Tränen, die ich die ganze Zeit über weggeblinzelt habe, nicht länger zurückhalten kann.

Meine Freundinnen sehen nicht annähernd so verkatert aus wie ich mich fühle. Harper trägt einen eng anliegenden schwarzen Jumpsuit, der ihre Kurven betont, sowie eine große dunkle Stofftasche, und Leah hat sich in ein todschickes senfgelbes Wickelkleid gehüllt. Auf ihrer Nase sitzt eine schmale Brille, deren Gestell farblich auf das Kleid abgestimmt ist. Beide sind dezent geschminkt und haben ihre langen Haare zu einem Dutt hochgebunden. Es ist ein Ding der Unmöglichkeit, dass sie nach einer durchgefeierten Nacht *so* aussehen.

„Heilige Scheiße, du bist ja total blass", flucht Harper und führt mich wie ein krankes Kind zum Bett, auf dessen Kante sie mich mit sanfter Gewalt niederdrückt.

„Was ... ist ... denn passiert?", bringe ich zwischen zwei Schluchzern hervor, die meinen gesamten Körper erbeben lassen.

Die beiden tauschen einen Blick miteinander.

„Wie meinst du das, Skadi?", fragt Leah vorsichtig.

Im selben Moment kommt Jasper aus dem Badezimmer, mit feuchtem Haar, das bis zu seinem Hals reicht und viel dunkler aussieht als im trockenen Zustand. Er trägt nichts als ein blütenweißes Handtuch um die Hüften. Leahs und Harpers Anwesenheit scheint ihn nicht im Geringsten zu stören. Lässig begrüßt er sie mit einem Nicken und deutet dann in meine Richtung.

„Meine Frau dreht gerade so ein kleines bisschen am Rad", stellt er trocken fest.

„Ich bin nicht deine Frau!", gifte ich ihn mit einer schräg klingenden Mischung aus Fauchen und Schluchzen an.

Er stemmt unbeeindruckt die Hände in die Hüften. „Da behaupten die Ringe an unseren Fingern und die Eheurkunde in meinem Portemonnaie aber etwas anderes", sagt er lässig und bewegt die Finger an seiner rechten Hand, an welcher ebenfalls ein Ring steckt.

Mir entgeht nicht, dass sowohl Harper als auch Leah versuchen, Jasper nicht anzustarren, was ihnen aber nicht ganz gelingt. Vielleicht wäre ich unter anderen Umständen genauso verzückt wie die beiden und würde die Augen nicht von seinem gut trainierten Oberkörper lassen können. Die Tatsache, dass ich ihn aber in der vorigen Nacht geheiratet und keinerlei Erinnerung daran habe, schränkt meine Begeisterung aktuell enorm ein.

„Sie erinnert sich an nichts, sagt sie“, erklärt Jasper und lehnt sich lässig an die Wand. „Kompletter Filmriss, wenn ihr mich fragt.“

„Sie erinnert sich an nichts?“, echot Leah. Ihr Blick rückt entgeistert in meine Richtung. „An rein *gar nichts*?“

Ich schüttle den Kopf. Schon wieder beginnen die Tränen mir haltlos über das Gesicht zu rinnen. Wie können sie so ruhig bleiben? Ich bin mit einem Wildfremden verheiratet, und sie tun gerade so, als wäre das etwas völlig Normales und Alltägliches.

Leah zieht ein Taschentuch aus der Tasche ihres Wickelkleides und reicht es mir. Sie hat immer welche dabei. Wahrscheinlich, weil sie selbst so nah am Wasser gebaut ist.

Geräuschvoll schnäuze ich mir die Nase. Meine Erinnerung reicht tatsächlich nur bis zu dem Moment zurück, in dem Jasper und ich uns küssten. Ich erinnere mich vage an weitere Drinks, alberne Gespräche, viel Gelächter und Weihnachtsmusik. Dann verschwimmt alles miteinander, ergibt keinen Sinn mehr und löst sich irgendwie auf – wie ein wirrer Traum, den man nach dem Aufwachen binnen Sekunden vergisst.

Ich erinnere mich an keine Hochzeit. Auch nicht an die Rückkehr ins Hotel. Mir ist nicht einmal bewusst, ob wir Sex gehabt haben, was sich im Hinblick auf die überall verstreute Kleidung und unsere Nacktheit beim Aufwachen jedoch nicht ansatzweise leugnen lässt.

Ich putze mir erneut geräuschvoll die Nase.

„Erinnerst du dich denn noch daran, dass Chris, die alte Nervensäge, ständig was davon gefaselt hat, dass wir lange nicht mehr gespielt haben?“, fragt Harper geduldig, als ich fertig bin.

Ich lege die Stirn in Falten und nicke. Harper und Leah tauschen einen kurzen Blick miteinander, als würden sie sich irgendwie stillschweigend miteinander verständigen. Auch wenn das sicher nicht ihre Absicht ist – diese Geste gibt mir das Gefühl, noch unwissender und hilfloser zu sein, als ich mich ohnehin schon fühle.

„Na ja ... es wurde dann schlussendlich eher eine Art Wette als ein Spiel“, erklärt Leah vage und sieht mir zögerlich in die Augen.

„Eine Wette?“ Ich lache unfroh. „Leah, das ist ... ich bin *verheiratet*! Wie kann das eine Wette sein? Wem fällt denn so etwas total Bescheuertes ein? Welcher geisteskranke Irre denkt sich so etwas aus?“

Betretenes Schweigen macht sich breit, und mir schwant Übles.

„Wer sagt's ihr?“, fragt Jasper. Ich könnte schwören, etwas wie Schadenfreude aus seiner Stimme heraushören zu können.

Harper hebt abwehrend die Arme.

„Süße“, setzt Leah an und verzieht schmerzerfüllt das Gesicht. „Es war *deine* Idee.“

Es dauert einen Moment, bis ich begreife, was sie gerade gesagt hat, und ich bin froh, dass ich sitze, denn es fühlt sich so an, als würde mir der Boden unter den Füßen weggerissen werden.

„Niemals“, bringe ich heiser hervor.

Doch Leah nickt. Harper und Jasper auch. Und dann rücken sie endlich mit den Details der letzten Nacht heraus.

„Ihr beide habt ziemlich viel rumgemacht", erklärt Harper unverfroren. „Nichts für ungut, ihr seid ein süßes Pärchen. Das sagte Leah auch. Daraufhin hat Jasper etwas von Liebe auf den ersten Blick gesagt, und dann meintest du, dass du ihn sogar auf der Stelle heiraten würdest, wenn du die Möglichkeit dazu hättest."

Ich höre auf zu weinen und streiche mir mit dem Handrücken die letzten Tränen aus dem Gesicht. *Das* soll ich gesagt haben? Meine Erinnerung ist immer noch wie hinter einem dunklen Vorhang verborgen. Mein Kopf tut weh, als ich mich daran zu erinnern versuche.

„Jedenfalls ist Chris, der eigentlich gerade eine ganz andere Wette geplant hatte, sofort darauf angesprungen, hat die ursprüngliche Idee fallenlassen und meinte, dass du dich das niemals trauen würdest und falls doch, dass ihr euch innerhalb weniger Tage wieder trennen würdet", fährt Leah fort. Sie spricht zögerlich und langsam, als wolle sie mich mit den vielen Informationen nicht überfordern. Dabei kann es aus meiner Sicht gerade gar nicht schnell genug gehen, meine Unwissenheit durch die Erinnerungen der anderen ersetzen zu können. „Eins führte zum anderen, und irgendwie sind wir dann alle mit eingestiegen. Es war witzig ... im Nachhinein betrachtet natürlich nicht, aber in dem Moment schon. Es ist eine Menge Alkohol geflossen, und klar denken konnte von uns wohl keiner mehr."

„Die Wette lautet – Trommelwirbel …“, unterbricht Jasper sie und fährt sich durch die langen nassen Haare, „… dass wir beide es nicht schaffen, einen Monat lang miteinander verheiratet zu bleiben und wie ein richtiges Ehepaar zu leben.“

„Bis zum 24. Januar“, ergänzt Harper sachlich. „Du hast *so* sehr darauf bestanden, das durchziehen. Am Ende haben nicht nur wir mitgewettet, sondern auch ein paar Bekannte, die nicht über Weihnachten mit uns in Vegas sind. Wir sind aus der Cocktailbar raus und haben ein paar Anrufe gemacht. Die Wette fand quasi jeder gut.“

Ich bringe kein einziges Wort heraus.

„Chris, Dave, Leah, ich, Evan, Holly …“, zählt Harper an ihren Fingern ab.

„Warte!“ Ich weiche zurück. „So viele?“

„So viele.“ Harper nickt. „Und Jude. Tut mir leid, Süße“, fügt sie beim Anblick meiner erschrockenen Miene hinzu. „Du hast darauf bestanden, ihn anzurufen. Und wir waren, wie schon gesagt, alle ziemlich betrunken. Jedenfalls ist er ebenfalls dabei. Er sagt, du bist beziehungsunfähig und dass das sicher ein interessantes Experiment werden wird.“ Sie lächelt milde. „Du wirst ihm natürlich das Gegenteil beweisen.“

„Wer ist Jude?“, fragt Jasper.

„Beziehungsunfähig? Ich?“ Meine Stimme klingt ungewöhnlich schrill. „Aber *er* hat doch seine Sekretärin ge…“

„Ja!“ Leah unterbricht mich mit erhobenen Händen mitten im Satz. „Wie auch immer – den Wetteinsatz hast du bestimmt.“ Sie blickt kurz betreten auf ihre Hände.

„Ist es Geld?“, frage ich mit müder Stimme. „Sag mir wie viel, dann gebe ich es euch einfach.“

„Nein, es geht nicht um Geld. Wir *haben* alle Geld, Skadi. Das würde doch keinen Spaß machen. Du kennst die Wetteinsätze unserer Clique.“ Sie lässt die letzten Worte eine Weile lang auf mich wirken, so, als wolle sie sichergehen, dass ich sie verdaut habe, bevor sie leise, fast beschämt darüber, dass sie ein Teil des Ganzen ist, fortfährt. „Verlierst du, musst du einen ganzen Tag lang Ja zu allem sagen. Gewinnst du, müssen wir das tun.“

Ich seufze abgrundtief. Nun mag dieser Wetteinsatz recht harmlos klingen. Das wirkt aber auch nur so. Mit pochendem Kopfschmerz erinnere ich mich an das letzte Mal, als dies der Wetteinsatz war. Am Ende des Tages stand Dave nur mit einer Boxershorts bekleidet an einer Bushaltestelle und rasierte sich unter Chris' lauten Anfeuerungen eine Glatze. Ich erschaudere.

Ich starre auf meine Hände und kann es nicht fassen. Ich fühle mich wie in einem völlig verrückten und realitätsfernen Hollywoodfilm. Das kann doch alles nicht wahr sein!

„Nach dem Monat lassen wir die Ehe annullieren. So spart man sich die Scheidungskosten“, erklärt Harper pragmatisch.

„Ehen annullieren? Das gibt es doch nur in Filmen“, entgegne ich ungläubig.

„Quatsch!“ Harper schüttelt den Kopf. „Das gibt es auch im wahren Leben. Weiß doch jeder. Vertrau mir. Diese Ehe wird für ungültig erklärt, und es hat sie dann so gesehen niemals gegeben – abgesehen von der Ehre natürlich, die sie dir einbringen wird, wenn du gewinnst."

„Falls du gewinnst", ergänzt Jasper unnötigerweise.

Ich wende den Blick von Harper ab und betrachte Jasper, der immer noch nichts als ein Handtuch um die Hüften trägt. Im Gegensatz zu mir macht er einen nach wie vor ungewöhnlich gelassenen Eindruck.

Für einen kurzen Moment halte ich in meiner Panik und Wut inne, und eine leise Stimme in meinem Inneren fragt ganz zaghaft, ob diese Idee so dramatisch ist, wie ich die ganze Zeit über gedacht habe. Dann bin ich eben einen Monat lang verheiratet. Was ändert das schon? Die Vorstellung, dass alle, die mitgewettet haben, offenbar nicht daran glauben, dass ich es schaffen kann, nagt an mir – und aktiviert zugleich ein leises, zartes Erwachen von Ehrgeiz. Sie wissen nicht, was ich alles kann. Sie wissen viel über mich, aber nicht alles.

Keiner von ihnen weiß, wo ich herkomme und was wirklich in meiner Vergangenheit geschehen ist. Nicht einmal Jude habe ich davon erzählt. Ein Monat? Ein lächerlicher Monat? Ich kann es schaffen. Nichts leichter als das. Sie werden schon sehen.

Ich spüre die abwartenden Blicke von Jasper, Leah und Harper, und mir wird klar, dass ich seit einer ganzen Weile mit glasigen Augen vor mich hinstarre. Jasper grinst selbstgefällig. Plötzlich bin ich wieder unsicher. Ein Monat mit diesem Kerl? Gestern war er noch unterhaltsam und süß, aber jetzt, im Tageslicht betrachtet und gänzlich nüchtern, wirkt er verdammt selbstgefällig.

„Kein Ding, wir können das Ganze jetzt, hier und heute beenden", sagt er. „Man sieht ja, dass dich das total fertig macht. Wir brechen es einfach ab."

„Wirklich?", frage ich erstaunt und hebe den Blick.

„Natürlich." Jasper nickt bekräftigend. „Also: Möchtest du diese Ehe beenden?"

Es könnte alles so sein, als wäre es nie passiert. Ich bin kurz davor, dies zu bestätigen, als ich plötzlich erstarre.

„Ich weiß, was du vorhast! Du willst gewinnen!", platze ich heraus. „Nicht *mit* mir, sondern *gegen* mich!"

„Logisch will ich gewinnen. Ich verliere nicht gern", gibt er zu und scheint sich seiner Dreistigkeit nicht einmal zu schämen. „Und ich teile nicht gern. Klassisches Einzelkind. Klar könnte ich theoretisch auch *mit* dir gewinnen. Aber wo bleibt da die Herausforderung?" Er zwinkert mir zu.

Vor Empörung bleibt mir die Luft weg. *So ein abgeklärter, gemeiner Fiesling!* Da spielt es auch keine Rolle, dass er unheimlich gut küssen kann und mit seinen feuchten langen Haaren und dem nackten Oberkörper aussieht wie einem erotischen Hollywoodfilm entsprungen.

„Was springt eigentlich für dich dabei raus?", frage ich skeptisch und suche Harpers Blick. „Bekommt er Geld, falls er gewinnt?"

Harper schüttelt entschieden den Kopf.

„Die Ehre an sich genügt mir schon", antwortet Jasper provokant. „Geld habe ich selbst mehr als genug, damit kann man mich nicht bekommen. Für mich ist das eher so eine Art Zeitvertreib. Eine kurzweilige, leichte Unterhaltung. Du wirkst ein klein wenig labil und ..."

„*Labil*?“, entgegne ich aufbrausend. Von einer plötzlichen Welle der Entschlossenheit gepackt richte ich mich zu meiner vollen Größe (immerhin 165 Zentimeter) auf und stelle mich dem arroganten Kerl entgegen. Ich muss den Kopf leicht in den Nacken legen, um ihm in die unverschämt gutaussehenden, verschiedenfarbigen Augen blicken zu können.

„Ich möchte diese Ehe nicht beenden“, sage ich mit fester Stimme und geballten Fäusten. „Ich nehme die Herausforderung an! Und ich werde gewinnen, Jasper Morrisson!“

Jasper mustert mich amüsiert und fast ein wenig beeindruckt, bevor er mir mit seinem Gesicht ganz nahe kommt. Ich spüre seinen frischen, nach Zahnpasta riechenden Atem im Gesicht.

„Ich ...“, betont er und deutet mit dem Daumen auf seine nackte Brust, „... *ich* werde gewinnen, Skadi Morrisson.“

Wir funkeln einander einen Moment lang an, dann räuspert Harper sich geräuschvoll. Sie reicht mir die große dunkle Stofftasche, mit der sie das Hotelzimmer vorhin betreten hat.

„Darin ist frische Kleidung für dich. Und ein Ladekabel“, erklärt sie. „Macht euch frisch. Euer Taxi kommt euch in zwei Stunden abholen und bringt euch zum Flughafen. Der Koffer, den du für den Vegas-Trip gepackt hast, ist dann mit an Bord. Leah und ich legen noch ein paar Outfits von uns dazu, damit du mehr Auswahl hast.“

Ich stelle die Tasche vor meinen Füßen ab. „Flughafen?“, wiederhole ich, und auch der übertrieben coole Jasper blickt überrascht drein.

„Ja!“ Leah nickt freudig. „Um in die Flitterwochen zu fliegen! Dafür, dass Chris so betrunken war, ist ihm ganz schön viel Organisation gelungen.“

„*Gerade deshalb* wahrscheinlich“, seufze ich. Es ist kein Geheimnis, dass die Zwillinge schon im nüchternen Zustand ziemlich clever sind, aber mit ein wenig Alkohol im Blut teilweise zu wahren Genies werden. Verrückt und manchmal lebensmüde, aber Genies. Was schräg ist, denn bei Normalsterblichen ist es genau andersherum.

„Wohin geht's?“, frage ich mit einem Anflug von Resignation in der Stimme, und als hätte sie nur auf dieses Zeichen gewartet, zieht Leah feierlich vier frisch ausgedruckte Flugtickets aus der Tasche, in der meine Kleidung sein soll. Wo sie die ausgedruckt haben und weshalb das alles in so kurzer Zeit so geschmiert ablaufen konnte, ist mir ein Rätsel.

„Also zuerst wollten wir euch einen Wasserbungalow auf den Malediven buchen“, erklärt sie. „Aber da wäret ihr über zwanzig Stunden geflogen.“

„Schade“, sagt Jasper.

Leah nickt und blickt weiterhin geheimnisvoll drein.

„Herzlichen Glückwunsch, wir haben euch ein Flitterwochenzimmer in Honolulu und den Hin- und Rückflug gebucht“, platzt sie schließlich heraus, und es klingt fast auswendig gelernt. Wie der Werbespruch eines Reiseunternehmens. „Eine Suite war leider so spontan nicht mehr zu bekommen, aber das Zimmer ist wirklich, wirklich schick!“

Einen kurzen Moment lang rechne ich fest damit, dass hinter den weißen Vorhängen des Hotelzimmers ein Kamerateam hervorspringt und lauthals *Versteckte Kamera* schreit. Jasper Morrisson wird als Schauspieler entlarvt, Chris und Dave kommen kichernd unter dem Bett hervor, und alle lachen sich schlapp. Aber Fehlanzeige. Die Vorhänge bleiben reglos hängen, unter dem Bett ist auch niemand, und weder Harper, Leah oder Jasper sehen so aus, als würden sie mich auf den Arm nehmen wollen.

Jasper hat mittlerweile die Flugtickets an sich genommen, und während er sie studiert, hellt sich sein Gesicht auf. Er scheint es gar nicht fassen zu können. Ich nehme ihm eines davon aus der Hand und lese ebenfalls. Es ist das Rückflugticket.

„29.12., 18:30 Uhr“, lese ich tonlos vor.

„Das wird aber ein kurzer Aufenthalt“, merkt Jasper an.

„Wer so schnell heiratet und so kurz verheiratet ist, braucht nicht mehr als ein paar Tage. Kurze Ehe, kurze Flitterwochen“, erklärt Harper entschieden. Dann legt sie die Stirn in Falten und mustert Jasper durchdringend. „Ich kann mir nicht helfen, irgendwie kommst du mir verdammt bekannt vor. Schon seit gestern Abend.“

„Ich war mal Körperdouble für Ryan Reynolds“, antwortet er ohne mit der Wimper zu zucken.

„Oh ... okay.“ Harper runzelt noch einmal die Stirn, dann kehrt sie zum ursprünglichen Thema zurück. „Wie auch immer ... ihr fliegt heute und kommt am späten Abend des 29. Dezember zurück. Dann habt ihr noch einen Tag, um euch auf die Silvesterparty vorzubereiten.“

„Auf die ... was? Ich nehme ihn doch nicht mit zur Party!" Ich schüttle entsetzt den Kopf. „Jude wird da sein!"

„Wer ist Jude?", fragt Jasper erneut und nun mit Ungeduld in der Stimme, da ihm bisher niemand geantwortet hat.

Niemand beachtet ihn.

„Jude wird *mit seiner Freundin* da sein, Süße", sagt Leah zaghaft. „Und es gehört eben zur Wette dazu, dass ihr alles zusammen macht, was in einer normalen Ehe auch zusammen gemacht wird."

Schweigend sehen wir alle zum Bett herüber, und ich bin mir zu einhundert Prozent sicher, dass wir alle dasselbe denken. An die verdammte Hochzeitsnacht, an die ich mich nicht erinnere. Ich spüre, dass ich rot werde.

„Ihr habt das ja ziemlich detailliert ausgetüftelt", werfe ich meinen Freundinnen vor, um vom unausgesprochenen Thema abzulenken und verschränke die Arme vor der Brust.

„Wir haben auch nicht eine Minute lang geschlafen", sagt Leah und sieht fast stolz aus, während sie den unterschwelligen Vorwurf in meiner Stimme gar nicht wahrnimmt. Meistens ist sie klug. Manchmal weniger.

Harper hat da schon feinere Antennen.

„Vergiss nicht, dass es deine Idee war und du Feuer und Flamme für die Wette warst", erinnert sie mich. „Wir haben dich nicht zu etwas gezwungen, was du nicht wolltest."

„Wer ist Jude?", bleibt Jasper beharrlich.

„Ich kann mich einfach nur nicht erinnern", sage ich zu Harper und reibe mir mit der flachen Hand über den

Kopf. „Alles weg. Ich hatte ja früher schon ab und an einen Filmriss. Aber noch nie so extrem. Und verheiratet bin ich danach auch nie aufgewacht."

„Irgendwann ist immer das erste Mal", entgegnet Harper.

Pff. Als würde ihr so was ständig passieren. Ich mustere Jasper von der Seite. Immer noch fallen Wassertropfen von seinen Haaren auf den hellen Boden.

„Und was steht nach den Flitterwochen auf dem Plan?", frage ich resigniert.

„Danach könnt ihr in deiner Wohnung wohnen. Also wenn dein Mann nichts dagegen hat", antwortet Leah und strahlt den halbnackten Weihnachtsmann zu meiner Rechten an.

„Wenn Jude nichts dagegen hat", sagt er.

„Oh, Jude ist Geschichte", erklärt Leah, als würde es Jasper ernsthaft interessieren. Oder interessiert es ihn doch?

Ich bringe sie mit einem bösen Blick zum Schweigen. Geschichten über meinen Ex-Freund, von dem ich dachte, er sei die Liebe meines Lebens und der Vater meiner zukünftigen Kinder, kann ich jetzt wirklich gar nicht gebrauchen. Nicht mit diesen Kopfschmerzen, mitten in Las Vegas und mit einem Ehemann, über den ich nicht die kleinste Kleinigkeit weiß.

„Meine Wohnung ist nicht ausgerichtet für zwei Personen", versuche ich das Thema zu wechseln.

Harper lächelt meinen Kommentar weg.

„Sie wird genügen", befindet sie.

Verdammt. Sie weiß ganz genau, dass meine Wohnung mehr als groß genug ist. Dass sie Platz für eine klassische Kleinfamilie inklusive Golden Retriever bieten würde und – bis auf die fehlende Badezimmerlampe, die aus guten Gründen noch nicht da hängt, wo sie eines Tages hängen soll – auch ausreichend Möbel, Nahrungsmittel und Schlafplätze hat.

Jasper hält sein Handtuch fest, geht in die Hocke und sammelt seine Kleidungsstücke vom Boden auf. Als er bemerkt, dass ich ihn dabei gedankenverloren beobachte, zwinkert er mir zu. *Er* erinnert sich offenbar daran, dass ich ihm jedes einzelne davon vom Körper gerissen habe. Ich dagegen nicht.

Ich spüre, wie mir erneut heiße Röte in die Wangen schießt. Normalerweise bin ich nicht gerade schüchtern, aber eine Situation wie diese habe ich nie zuvor erlebt. Ich fühle mich dezent überfordert.

„Ich muss ein paar Sachen einpacken gehen", erklärt Jasper, als er damit fertig ist, seinen Kram vom Boden aufzuheben, und erhebt sich mit einer geschmeidigen Bewegung. „Mein Hotel ist ganz in der Nähe."

„Gibt es hier eigentlich bessere Luxushotels als dieses?", erkundigt Harper sich.

Ich verdrehe die Augen. Keine Ahnung, was sie an diesem wieder auszusetzen hat. Harper ist ein großartiger Mensch, aber nicht ganz mit den Füßen auf dem Boden geblieben.

„Oh, na ja." Jasper bleibt einen Moment vor der Badezimmertür stehen und lässt seinen Blick mit Kennermiene durch den Raum gleiten. „Mein Zimmer ist definitiv größer, und das Bett ist bequemer", erklärt er dann trocken. „Aber dieses hier ist okay. Wenn man es spartanisch mag."

„Wusste ich es doch!“ Harper blickt verärgert drein, dabei bin ich mir gar nicht so sicher, ob Jaspers Aussage wirklich so ernst gemeint ist oder ob er meine vom Luxus verwöhnte Freundin vielleicht bloß ein wenig aufziehen will.

Er zuckt die Schultern, und damit verschwindet er kurz im Badezimmer, um wenige Minuten später erneut als Weihnachtsmann verkleidet zu erscheinen. „Bis später, Schatz“, scherzt er, woraufhin Leah begeistert kichert und ich die Augen verdrehe. Die ganze Angelegenheit scheint für ihn eine Art Witz zu sein. Ein spannender Zeitvertreib neben ... was auch immer er so in seinem Leben macht, wenn er nicht gerade in Bars in Las Vegas Weihnachtslieder singt.

Als die Tür hinter ihm ins Schloss fällt, blickt Harper immer noch grimmig drein. „Von wegen fünf Sterne“, murmelt sie.

„Harper! Du weißt doch gar nicht, ob er wirklich so reich ist“, merke ich kopfschüttelnd an und werfe einen Blick in die Tasche mit den Wechselsachen. Nett, dass sie daran gedacht haben. „Bestimmt wollte er dich nur ärgern.“

Harper prustet Luft durch die Lippen, als hätte ich einen urkomischen Witz gemacht.

„Niemand, der *nicht* reich ist, verbringt Weihnachten in Vegas“, klärt sie mich mit einem Seufzen auf und fügt lässig hinzu: „Glaub mir, Süße, ich erkenne einen reichen Mann auf hundert Meter Entfernung, wenn ich einen sehe.“

Ich ziehe mit skeptischem Blick die Kleidung aus der Tasche, die Harper und Leah mir mitgebracht haben.

Meine Dankbarkeit darüber schwindet, als ich ein rotes Cocktailkleid, Reizunterwäsche und hohe Schuhe hervorziehe. Leah kichert. Wieso haben sie mir nicht einfach etwas von *meinen* eigenen Klamotten eingepackt? Schließlich habe ich mehr als genug dabei.

„Rot ist die Farbe der Liebe", säuselt Leah.

„Rot ist auch die Farbe des Bluts von Leuten, die umgebracht wurden, weil sie ihre Freunde in ein Schlamassel geritten haben", gebe ich zurück.

„Sie meint es nicht so", beruhigt Harper Leah und wirft mir einen warnenden Blick zu.

Schmollend schnappe ich mir die Tasche sowie die kleine Handtasche, die immer noch neben dem Bett liegt, und verkrieche mich damit im Bad.

Nach einer Weile höre ich, wie die beiden das Zimmer verlassen. Mein bleiches Spiegelbild ist ein Anblick des Grauens. Ich habe rote Flecken im Gesicht, die einen hässlichen Kontrast zu der gräulich-blassen Grundfarbe bilden. So wie ich gerade aussehe, würde ich eindeutig vom Fleck weg für eine Rolle als Leiche in einer Krimiserie engagiert werden. Meine Lippen sind rissig, meine Augen gerötet und glasig vom ganzen Weinen, und mein Haar steht struppig und wirr in alle erdenklichen Richtungen ab. Das absolute Highlight sind die künstlichen Wimpern, die wie eine haarige Warze an meinem Hals kleben. Ich erröte noch im Nachhinein bei dem Gedanken daran, dass Jasper mit diesem Anblick aufgewacht ist. Aber aufzugeben kommt nicht infrage.

Das würde ihnen allen doch nur zeigen, dass sie recht hatten, denn wenn wir ehrlich sind, sagt die Wette nichts anderes aus, als dass keiner von ihnen glaubt, dass ich es schaffe, einen Monat lang verheiratet zu sein. Ich straffe die Schultern, recke das Kinn vor und erwidere den Blick meines Spiegelbildes herausfordernd. Dann mache ich mich daran, meine langen Haare zu bürsten und die künstlichen Wimpern von meinem Hals zu entfernen, wobei ich zu allem Übel einen Knutschfleck entdecke. Verdammt, Jasper … sind wir aus dem Alter nicht raus? Kopfschüttelnd versuche ich, ihn mit Make-up abzudecken.

Ich verlasse das Badezimmer erst wieder, als Harper an die Tür klopft und mir mitteilt, dass Jasper inzwischen zurück und unser Wagen bereits da ist. Mit zusammengebissenen Zähnen schnappe ich mir die Tasche und stürme hinaus.

„Was in Vegas geschieht, bleibt in Vegas", sagt der Fahrer mit einem dümmlichen Grinsen im Gesicht zur Begrüßung, als Jasper mir die Tür aufhält und ich provokant die andere öffne, um dort einzusteigen. Wie versprochen ist mein Koffer mit an Bord, zusätzlich zu einer großen dunklen Reisetasche, die wohl Jasper gehört. Ich winke meinen Freunden zum Abschied nur matt lächelnd zu. Sie haben sich alle am Hotel aufgestellt und sehen nun tatsächlich so aus, als würden sie sich fragen, ob das Ganze eine gute Idee war.

„Nein", wende ich mich an den Fahrer, „was in Vegas geschieht, begleitet mich jetzt erst mal nach Hawaii und dann in meine Wohnung."

Kapitel 3

Ein Flug, Tomatensaft und Meer

Dieser Tag hat definitiv Potenzial, der schrägste meines Lebens zu werden. Womöglich ist er das jetzt schon.

Es ist der 25. Dezember, der erste Weihnachtsfeiertag also, und ich sitze im Flugzeug. Auf dem Weg in die Flitterwochen. Mit einem mir gänzlich Unbekannten.

Jasper hat sich umgezogen und sieht in dem olivgrünen Langarmshirt mit V-Ausschnitt und der locker fallenden Jeanshose mindestens genauso gut aus wie als Weihnachtsmann – das muss man ihm lassen. Sein Haar ist inzwischen trocken und weder ganz glatt noch wirklich gelockt. Es sieht wellig und wild aus, aber auf eine gute, nicht auf eine ungepflegte Art und Weise. Alles in allem strahlt er einen superlässigen, attraktiven Surfer-Charme aus, dem sicher schon eine Menge Frauen erlegen sind. Es hätte mich schlimmer treffen können. Zumindest optisch.

Intuitiv vergleiche ich ihn mit Jude, der fast immer Hemden trägt und mit seinem vollen braunen Haar und den strahlend blauen Augen ein ganz anderer Typ ist als der, der nun neben mir sitzt. Und ich kann mit ziemlicher Gewissheit sagen, dass Jasper, so sexy er auch sein mag, mir und meinem Herzen nicht gefährlich werden kann. Er ist weder mein Typ noch bin ich ganz über Jude hinweg – auch wenn ich das vor meinen Freunden ungern zugebe. Außerdem hat sich zu dem schlimmen Herzschmerz seinetwegen eine heftige Wut entwickelt, und die beiden ringen immer wieder miteinander, wenn ich an Jude denke. Und ich denke oft an ihn. Nein, ich bin noch nicht bereit für einen neuen Mann. Vielleicht werde ich das auch nie sein.

Ohne dass ich es will, erscheint die Szene vor meinem inneren Auge, in der ich ihn mit seiner neuen Sekretärin erwischt habe. Ein unangenehmer Schauder jagt mir über den gesamten Körper, und ich verdränge das Bild hastig und zapple unwillkürlich ein wenig auf meinem Sitz herum, als Jasper sich mir zuwendet.

„Gut siehst du aus", merkt er an, während sein Blick wohlwollend einmal von meinem Haaransatz bis zu meinen Schuhen und wieder zurück wandert.

Ich verzichte auf den Kommentar, dass er mich schon vor über drei Stunden so im Taxi und danach am Flughafen gesehen hat ohne ein Wort darüber zu verlieren. Außerdem sitze ich seit einer ganzen Weile schon neben ihm. Doch offensichtlich hat er dies gerade erst bemerkt.

„Danke", gebe ich gnädig zurück.

Dafür, dass ich am Morgen noch wie ein Zombie auf Drogen aussah, ist mein Äußeres nun wirklich ganz passabel. Ich trage ein leichtes Make-up, das die Spuren des Katers und der Tränen zwar nicht ganz überdecken kann, sie aber zumindest ein wenig weichzeichnet. Das auffällige rote Cocktailkleid, das Leah und Harper mir eingepackt haben, und das mit ziemlicher Wahrscheinlichkeit Leahs Koffer entsprungen ist, ist für den Flug vielleicht etwas overdressed, aber immerhin erstaunlich bequem. Und höchstwahrscheinlich hat es mehr gekostet als ein Normalsterblicher in einem ganzen Monat verdient.

Mit meinen langen offenen Haaren und dem roten Lippenstift fühle ich mich fast wie ein kleiner Hollywoodstar auf dem Weg zum Dreh.

„Stell dir vor, es ist ein Job“, hat Harper mir am Flughafen eingebläut, denn natürlich haben die vier es sich nicht nehmen lassen, uns mit einem zweiten Taxi zu folgen, um uns gebührend zu verabschieden. „Und er ist so was wie ein ... Geschäftspartner.“ Dabei hat sie mir eine Schmerztablette und eine kleine Flasche Wasser in die Hand gedrückt und mit anzüglichem Grinsen und gesenkter Stimme hinzugefügt: „Und wenn du Spaß haben willst ... dann glaube ich, dass er jemand ist, mit dem man das gut kann.“

„Du hast es verdient, dich zu amüsieren“, pflichtete auch Leah ihr bei.

Nun, da die Kopfschmerztablette ihre Wirkung fast ganz entfaltet hat, fühle ich mich beinahe entspannt. Beinahe. Gerade lehne ich mich zurück, als sich eine stark geschminkte blonde Stewardess zu uns herunterbeugt. Sie lächelt Jasper, der am Gang sitzt, mit ihrem blendend weißen Zahnpasta-Lächeln etwas länger an als mich.

„Darf ich Ihnen beiden etwas anbieten?“, fragt sie mit leiser, süßlicher Stimme. „Wasser, Kaffee, Tomatensaft?“

Bloody Mary. Urplötzlich habe ich sie wieder im Kopf, schmecke die Tomaten beinahe auf der Zunge. Ruckartig zieht sich mein Magen zusammen. Hektisch springe ich auf, halte mir eine Hand vor den Mund und steige über Jasper hinweg. Mit der Schulter streife ich unsanft die Stewardess, die nach wie vor lächelt, aber nun auch ein wenig überrumpelt dreinblickt. Ich habe das Gefühl, alle Gesichter im Flugzeug wenden sich mir just in diesem Augenblick zu.

Bloody Mary. Mein Gehirn hat auf einmal etwas gegen mich. Immer wieder holt es die Erinnerung an den alkoholisierten Tomatensaft zurück, den ich am Abend zuvor getrunken habe, und der definitiv, zumindest zu einem Teil, für meinen heftigen Kater mitverantwortlich ist.

Bloody Mary. Bloody Mary. Ich gebe einen ziemlich ekelerregenden, trockenen Würgelaut von mir und laufe schneller Richtung Toiletten. Die hohen Schuhe, die ich trage, untermalen lautstark jeden Schritt. Die Menschen, die am Gang sitzen, lehnen sich zurück, als ich an ihnen vorbeirenne.

Im letzten Moment erreiche ich die Kabine, wobei ich es nicht mehr schaffe, die Tür hinter mir zu schließen, reiße den Toilettendeckel auf und erbreche mich lautstark in die Schüssel. Ich bin mir fast sicher, dass es selbst der Pilot ganz vorn gehört hat. Ein zweites, drittes und viertes Mal zieht mein leerer Magen sich krampfartig zusammen, dann lässt die Übelkeit nach, und ich schließe leise die Tür. Großer Gott, ich kann diese Kabine nie wieder verlassen! Am besten bleibe ich einfach hier drin, bis wir landen und alle anderen Passagiere das Flugzeug verlassen haben.

Ich betätige die Toilettenspülung, wasche mir die Hände und spüle mir den Mund im Waschbecken aus.

Dann sehe ich meinem Spiegelbild, das nun doch wieder ein wenig blasser aussieht, obwohl es mir vorhin besser ging, fest in die Augen.

„Du kannst nicht den ganzen Flug über hier drin bleiben“, rede ich mir entschlossen zu, obwohl ich eigentlich genau das will.

Also öffne ich so leise wie möglich die Kabinentür und linse in den Gang hinein. Zu meiner Erleichterung sehen fast alle diskret weg. Ich schleiche mit hängenden Schultern zurück an meinen Platz, an dem die blonde Stewardess immer noch steht, mit Jasper plaudert und ihm zwei kleine Gläser Wasser reicht.

„Wir sind auf dem Weg in die Flitterwochen“, erklärt er ihr und steht auf, um mich zurück auf meinen Platz zu lassen. „Vielleicht ist sie jetzt schon schwanger.“ Und als wäre das nicht genug, streckt er seine Hand aus und tätschelt meinen Bauch.

„Finger weg!“, meckere ich ihn an.

„Na wenn das mal nicht nach Hormonen klingt …“ Jasper zwinkert der Stewardess neckisch zu und reicht mir eines der beiden Gläser.

Ich leere es mit wenigen großen Schlucken. Als die Stewardess weiter den Gang entlanggeht, um anderen Passagieren Wasser, Kaffee oder – igitt – Tomatensaft anzubieten, breitet sich wieder Stille zwischen uns aus.

„Und warst du schon mal in Honolulu?“, frage ich Jasper zaghaft, in der Hoffnung, dass er die vergangenen paar Minuten einfach vergisst.

„Nein.“ Er schüttelt den Kopf. „Du?“

„Auch nicht.“

Dieser Smalltalk fühlt sich komisch an. Irgendwie gezwungen. Mit seinen verschiedenfarbigen Augen mustert Jasper mich fast neugierig. Wer ist dieser Mann, den ich geküsst, mit dem ich die Nacht verbracht und den ich sogar geheiratet habe? Die ganze Zeit über bin ich schon wütend auf ihn – dabei trage ich selbst doch genauso viel Schuld an der ganzen Sache wie er. Mindestens. Schließlich war die ganze Nummer mit der Hochzeit laut meiner Freunde meine Idee. Und mir bricht schon kein Zacken aus der Krone, nur weil ich nett zu ihm bin – immerhin müssen wir einen ganzen Monat miteinander verbringen.

Ich straffe die Schultern und zwinge mich zu einem Lächeln.

„Ist bestimmt schön da ... in Honolulu“, bemerke ich in Ermangelung eines anderen Themas.

„Na ja. Es ist ein Gratisurlaub“, entgegnet Jasper gleichgültig.

„Ja.“ Ich rutsche unbehaglich auf meinem Sitz hin und her. „Wie alt bist du eigentlich?“

„Sechsundzwanzig“, antwortet er einsilbig. „Du?“

„Fast dreißig.“

„Ich wollte schon immer eine ältere, reiche Frau heiraten“, scherzt er, und auf seinen Wangen bilden sich zarte Grübchen, als seine Mundwinkel nach oben wandern.

Ich verdrehe die Augen. Eine Weile lang schweigen wir wieder. Fast glaube ich, dass Jasper sich gar nicht mit mir unterhalten und lieber den Flug in Ruhe verbringen möchte, da wendet er sich mir wieder zu. „Und wieso warst du nicht schon vorher verheiratet?“, fragt er.

„Nicht den Richtigen gefunden." Ich denke wieder automatisch an Jude und versuche zu schlucken, aber ein Kloß hat sich in meinem Hals gebildet, der nicht verschwinden will. „Und du?"

„Lange Geschichte", sagt er vage, streckt sich genüsslich, legt die Hände in den Nacken und schließt die Augen, um den Rest des Fluges schlafend zu verbringen.

Als wir landen, ist Jasper ausgeruht, während ich mich mindestens genauso müde und überanstrengt fühle, wie nach einer langen Wanderung – auf den Gipfel des Mount Everest. Mit zwanzig Kilo Gepäck. Und das, obwohl ich in den letzten sechs Stunden nichts getan habe als dazusitzen, mein schräges Leben zu hinterfragen und aus dem Fenster zu sehen.

Außerdem bekomme ich, weil ich aus Sorge, mich erneut übergeben zu müssen, das Essen im Flugzeug verweigert habe, allmählich Hunger. Immer wieder zieht mein Magen sich, untermalt von gurgelndem Knurren, krampfhaft zusammen. Es ist schon viel zu lange her, dass ich gegessen habe, und die Reste der letzten Mahlzeit haben meinen Körper bereits vor Stunden auf der Flugzeugtoilette verlassen. Mit leerem Magen kann ich kaum klar denken, abgesehen davon, dass meine Frustrationstoleranz weit bis unter den Nullpunkt sinkt.

Es dauert eine gefühlte Ewigkeit, bis wir endlich unsere Koffer haben, und es nervt mich, dass ich Jasper danach quer durch die Flughafenhalle hinterherdackeln muss wie ein kleiner dressierter Hund, da er einfach vorausläuft und nicht groß auf mich achtet. Andererseits möchte ich ungern auf Hawaii verloren gehen. Deswegen folge ich ihm schlecht gelaunt. Das Knurren meines Magens fühlt sich dabei an wie der Soundtrack meines aktuell sehr verrückten Lebens.

Hatte ich mir während des Flugs noch ausgemalt, mit einem Blumenkranz, einem Begrüßungscocktail und einem freundlichen *Aloha* begrüßt zu werden, so empfangen uns nun stattdessen erstaunliche sechsundzwanzig Grad und ein dicker Weihnachtsmann, auf dessen Schild *Mr. & Mrs. Morrisson* steht. Meine Freunde sind ja solche Scherzkekse! Ich verdrehe die Augen, aber Jasper lacht und steuert zielstrebig auf ihn zu, um sich als Mr. Morrisson und mich als seine ihm frisch angetraute Ehefrau vorzustellen. Wir sind seit nicht einmal vierundzwanzig Stunden verheiratet und schon nervt er mich. Ich versuche, nett zu sein, aber er zieht mich ständig auf. Und mein Hunger macht es nicht gerade besser.

Unser Fahrer stellt sich uns munter als Kao vor. Der kräftige Hawaiianer schwitzt deutlich in seinem Anzug und besteht trotzdem darauf, uns unsere Koffer abzunehmen. Während er uns erzählt, dass er eigentlich nie so spontan als Fahrer einspringt, aber der Schwager von jemandem ist, der früher mit Chris zusammengearbeitet hat und deswegen sofort zugesagt hat, verlassen wir den Flughafen und nähern uns einer Reihe Taxis. Erstaunt stelle ich fest, dass sie nicht gelb, sondern weiß sind, versuche aber, mir meine Überraschung nicht zu sehr anmerken zu lassen, um nicht ungebildet zu erscheinen. Eines der Taxis gehört Kao. Er schließt es auf und öffnet keuchend und schwitzend die Kofferraumklappe.

„Ich fahre Sie beide nach Waikiki", erklärt er geschäftig, während er unsere Koffer hinten verstaut. „Liegt direkt am Meer. Wunderschöne Gegend."

Jasper hält mir mit einer übertriebenen Geste die Tür auf und schwingt sich, nachdem ich eingestiegen bin, neben mich. Ich werfe ihm einen genervten Blick zu und rutsche bis ans Fenster durch, welches ich direkt ein wenig herunterkurbele. In Las Vegas war es schon mild, doch hier herrschen regelrechte Sommertemperaturen. Es fühlt sich absolut paradox an, dass heute Weihnachten ist. Instinktiv verbinde ich das Fest mit Schnee und Kälte, mit roten Wangen und dicken Jacken, duftendem Glühwein und morgendlichem Frost. Ich liebe Weihnachten, doch dieses Jahr ist es nicht nur aufgrund der Temperaturen anders als alle anderen, die ich zuvor erlebt habe. Im Radio läuft leise *Have yourself a merry little christmas*.

„Die Fahrt dauert etwa fünfundzwanzig Minuten", erklärt Kao, als er sich mit einem erleichterten Schnaufen auf den Fahrersitz fallen lässt. Er nimmt die plüschige Weihnachtsmütze ab, wischt sich damit die Schweißperlen von der Stirn und setzt sie wieder auf.

Während der Fahrt lehne ich meine Stirn an die Fensterscheibe und betrachte müde all das, was an uns vorüberzieht. Waikiki ist wunderschön. Das, was Kao während der Fahrt über Honolulu, die Hauptstadt Hawaiis, berichtet und das, was ich sehe, lässt vermuten, dass sich hier so ziemlich alles befindet, was man sich wünschen könnte: Restaurants, Einkaufsmöglichkeiten, Museen und zudem jede Menge Sehenswürdigkeiten.

Kao schwärmt, während sein Taxi gemächlich über die Straßen gleitet, vom Waikiki Beach, von dem aus man den sogenannten *Diamond Head* sehen kann, einen markanten Berg, sowie von den vielen renommierten Hotels, Strandbars und einem riesengroßen Park, dem Kapiolani Park. Er spricht und spricht, und seine weiche, ruhige Stimme trägt mich in Kombination mit dem leichten Ruckeln des Wagens in den Schlaf. Ich spüre nicht einmal, wie die Müdigkeit mich übermannt. Irgendwann gleitet mein Kopf einfach an der Fensterscheibe herab, meine Augenlider werden schwer, und mein ganzer Körper fühlt sich wohlig, warm und entspannt an.

Jemand trommelt mit der flachen Hand auf meinen Oberschenkel, immer wieder und wieder, sodass ich schließlich schwerfällig die Augen öffne. Es dauert einen Moment, bis ich die Orientierung wiedererlange, die mir im ersten Augenblick komplett abhandengekommen zu sein scheint. Richtig, ich sitze im Taxi. In Waikiki, Honolulu, auf Hawaii und mein Kopf ruht wie selbstverständlich auf der Schulter des Mannes, den ich vor ein paar Stunden geheiratet habe. Wie selbstverständlich ruht seine Hand, mit der er mich gerade noch aus dem Land der Träume geklopft hat, auf meinem Oberschenkel.

„Oh“, mache ich peinlich berührt und rutsche instinktiv ein ganzes Stück von ihm weg.

Der feuchte Fleck auf seinem olivgrünen Langarmshirt, in dem er inzwischen offenbar ziemlich schwitzt, ist unübersehbar.

„Du hast mich besabbert“, stellt er nüchtern fest. „Und mir ins Ohr geschnarcht. Könnte gut sein, dass ich jetzt einen Hörsturz habe. Meinst du, deine Versicherung trägt die Kosten der Behandlung?“

Ich spüre, wie mir eine heiße Röte in die Wangen schießt.

„Du hättest mich ja wecken können“, beschwere ich mich. Meine Stimme ist immer noch ganz schläfrig.

„Hab' mich nicht getraut, mich zu bewegen. Du klangst ehrlich gesagt ziemlich gefährlich.“ Jasper zuckt die Schultern und streicht sich lässig die Haare aus dem Gesicht. „Also ... wollen wir aussteigen, oder bleiben wir sitzen und sehen uns weiterhin deinen Sabberfleck auf meinem Shirt an?“

Wortlos öffne ich meine Tür und steige aus. Jasper folgt mir schmunzelnd. Gemeinsam treten wir zu Kao, der an der offenen Kofferraumklappe steht, sich Luft zufächelt und gerade meinen Koffer sowie Jaspers große Reisetasche ausgeladen hat. Jasper stellt sich dicht neben mich und täuscht an, mir einen Arm um die Schulter zu legen. Ich weiche mit einem großen Schritt aus, verschränke die Arme vor der Brust und sehe ihn böse an.

„Frische Liebe. So schön“, sagt Kao, der unser Verhalten als liebevolles Necken zu verstehen scheint.

Ich verdrehe die Augen. Wenn der wüsste ...

Die sommerlichen Temperaturen lassen es unwirklich erscheinen, dass tatsächlich Weihnachten ist. Doch am Strand, der nur unweit vom Taxi entfernt ist, stehen neben vielen Palmen auch einige geschmückte Tannenbäume. Ich habe keinerlei Zeitgefühl. Die tief stehende Sonne, die langsam ins Meer zu sinken scheint, zeigt jedoch, dass der Tag sich dem Ende neigt.

Ohne auf Jasper und Kao, die sich leise unterhalten, zu achten, entferne ich mich einige Meter vom Taxi und lasse meinen Blick umherschweifen. An der Küste befinden sich dutzende hoher Gebäude, höchstwahrscheinlich alles Hotels, und sicher ist eines davon das, in dem Chris uns ein Zimmer gebucht hat. Abgesehen davon sehe ich nichts als Palmen, Sand und ein herrlich blaues, glasklares Meer, so weit das Auge reicht. Im Hintergrund sind die Umrisse des Berges zu erkennen, von dem Kao uns zu Beginn der Fahrt erzählt hat. Ich versuche, mich an den Namen zu erinnern, doch er will mir partout nicht einfallen.

Obwohl es schon so spät ist, ist Waikiki Beach noch gut besucht. Irgendwo läuft Musik, und eine große Gruppe Menschen bewegt sich in einer Art ausgelassenem Tanz, während sie mit den Füßen im Meer steht. Sanfte Wellen schlagen auf den hellen Sand. In der Ferne kann ich einen Surfer ausmachen, dessen Kontraste sich gegen das rötliche Licht des Sonnenuntergangs erheben. Alles wirkt surreal, als hätte man mich aus der realen Welt geholt und in eine wunderschöne Postkarte hineingesteckt.

Schweigend folge ich Jasper zum nächstliegenden Hotel, nachdem Kao sich herzlich von uns verabschiedet und einen Gruß an Chris hat ausrichten lassen. Plötzlich vibriert mein Handy in der Tasche, die ich als Handgepäck mitgeführt habe. Ich bleibe stehen und beginne in der Tasche zu wühlen, während das Vibrieren ungeduldig anhält. Zwischen Tampons, Taschentüchern, einer kleinen Flasche Handdesinfektion, einer Kaugummidose und meiner Geldbörse ertaste ich es schließlich. Auf dem Display blinken der Name und ein

Foto von Chris, auf dem er einen Cowboyhut trägt und das Peace-Zeichen zeigt. Es ist ein Videoanruf. Natürlich.

„Hallo?", melde ich mich atemlos.

„Hallo, Skadi!", trompeten vier Stimmen synchron, und ich kann nicht anders, als, aller Müdigkeit zum Trotz, bei diesem Anblick zu lächeln.

In Vegas ist es aufgrund der Zeitverschiebung noch hell. Meine Freunde sitzen an einem kleinen Tisch vor einer belebten Bar, und im Hintergrund blinken unzählige bunte Lichter. Im Gegensatz zu uns tragen sie alle Jacken. Der Anblick lässt mich fast noch mehr schwitzen.

„Verflucht, wo ist Jasper?", dröhnt Harper. Mit skeptischem Blick nähert sie sich dem Bildschirm und schwingt drohend ihren Zeigefinger. „Ist der Mistkerl etwa schon laufen gegangen?"

„Der Mistkerl ist direkt hier", ertönt Jaspers Stimme unmittelbar neben mir. Er winkt meinen Freunden zu, und sie winken zurück.

„Wie war euer Flug?", erkundigt Leah sich. Sie trägt eine spacig aussehende Brille und hat ihr blondes Haar zu einem Dutt hochgesteckt. Der akkurat geschnittene Pony fällt leicht über den oberen Teil des Brillengestells. Sie sieht aus wie eine ziemlich attraktive Ärztin.

„War okay." Ich zucke vage mit den Schultern.

„Skadi hat gekotzt", berichtet Jasper munter. „Jeder einzelne Passagier hat es mitbekommen."

„Typisch Skadi", sagen Dave und Chris gleichzeitig und verfallen in einen albernen Lachflash.

Schmollend schürze ich die Lippen.

„Dann wollen wir euch Turteltäubchen mal nicht länger stören …" Harper grinst gehässig und wirft ihr langes, dunkles Haar in den Nacken. „Aber lasst es euch gesagt sein: Dies war nicht der letzte Kontrollanruf."

Ich verdrehe die Augen und beende das Gespräch. Ich bin zu müde und zu hungrig, um mich darüber aufzuregen. Mit einem unterdrückten Gähnen verstaue ich das Handy wieder in der Tasche, greife mir den Koffer und ziehe ihn hinter mir her. Unter den Absätzen meiner hohen Schuhe knirscht der Sand.

Im Empfangsbereich des Hotels erhalten wir dann tatsächlich die Blumenkränze, auf die ich mich vorhin so gefreut hatte. Doch ich bin inzwischen so erledigt, dass ich nur noch ein müdes Lächeln dafür übrig habe. Jasper geht allein zur Rezeption, um den Schlüssel für das Zimmer abzuholen, das Chris für uns reserviert hat. Mit schweren Augenlidern sinke ich auf meinen Koffer nieder. Nur eine Minute sitzen. Nur ganz kurz verschnaufen. Ganz kurz …

Vor meinem inneren Auge erscheint mit einem Mal Jude. Es ist unser erstes Date, und ich bin vollkommen unsicher, denn er ist erstens superheiß, zweitens superreich und drittens mein Chef. Vor lauter Nervosität verschütte ich mein Wasser, esse das gesamte Vorspeisen-Brot, das in einem kleinen Korb auf dem Tisch steht, und verschlucke mich so heftig am Weißwein, dass Jude aufstehen und mir eine gefühlte Ewigkeit lang auf den Rücken klopfen muss. Und das alles innerhalb der ersten fünfzehn Minuten.

„Du bist so anders", hatte er während des Essens gesagt. Seine strahlend blauen Augen fixierten mich, und ich konnte gar nicht anders als zurückzustarren. Wie ein kleines Tier im Scheinwerferlicht hielt ich seinem Blick mit weit aufgerissenen Augen stand.

Anders. Zum ersten Mal in meinem Leben hatte ich das Gefühl, dass Anderssein etwas Gutes ist. Ich schenkte ihm ein strahlendes Lächeln, so strahlend wie man eben lächeln kann, wenn man supernervös ist und ein Date mit seinem Chef hat. Und dann verlor ich die Kontrolle über meinen Körper und fiel vom Stuhl. Als ich auf dem Boden lag, veränderte sich auf einmal alles um mich herum. Jude verschwand, das Restaurant, selbst der dunkle Boden war auf einmal weg. Mit Schrecken erkenne ich, dass ich in der Empfangshalle des Hotels liege, neben mir unsere beiden Koffer und vor mir Jasper, der mich belustigt ansieht.

„Du, die haben hier auch Betten“, witzelt er. „Musst du selber wissen, aber ich bin mir ziemlich sicher, dass die bequemer sind als der harte Boden hier in der Lobby.“

Am liebsten würde ich im Erdboden versinken. Rot vor Scham rapple ich mich auf und schnappe mir meinen Koffer. Anstatt mich vor peinlichen Situationen zu bewahren, amüsiert Jasper sich noch, wenn ich ständig in welche gerate. Idiot!

Er wedelt mit der Schlüsselkarte vor meiner Nase herum.

„Kommst du, Dornröschen?“, fragt er versöhnlich.

Immer noch müde und hungrig und immer noch rot vor Scham folge ich ihm zum Aufzug, durch einen langen Gang, bis hin zu unserem Zimmer. Als die Tür hinter uns ins Schloss fällt, weiß ich nicht, ob ich zuerst ins Bett gehen und schlafen oder den Zimmerservice bitten soll, mir etwas zu Essen ins Zimmer zu bringen. Am liebsten hätte ich beides gleichzeitig getan.

„Wollen wir uns etwas zu Essen aufs Zimmer kommen lassen?", nimmt Jasper mir die Entscheidung ab.

„Endlich sagst du mal etwas Vernünftiges." Ich nicke müde und lasse meinen Koffer mitten im Zimmer fallen.

Jasper schaltet den Fernseher an, setzt sich auf den Bettrand des mit Rosenblüten dekorierten Bettes und greift zum Telefon. Während er wartet, zieht er sich sein Langarmshirt über den Kopf und präsentiert wie selbstverständlich seinen freien Oberkörper. Ich tue so, als würde ich es nicht bemerken.

Er spricht kurz mit jemandem und bittet charmant um ein kleines Abendessen, während ich die Rosenblüten achtlos beiseite wische und auf den Boden kehre und mich in meinem Cocktailkleid auf die andere Seite des Bettes fallen lasse. Ich weiß nicht, ob man einen doppelten Jetlag haben kann, aber falls das möglich ist, dann habe ich ihn. Erst der Flug von Sacramento nach Vegas und nun der von Vegas nach Honolulu – ich kann mich nicht erinnern, je zuvor so erschöpft gewesen zu sein. Schweigend liege ich einfach nur da und starre die Decke an.

Natürlich gibt es nur *ein* einziges Bett. Jasper lässt den Hörer sinken und legt sich ebenfalls hin. Mit einem gewissen Sicherheitsabstand zueinander genießen wir beide für eine Weile die Stille und das wohltuende Gefühl, nichts mehr bewegen zu müssen.

„Hier wird zweimal die Woche ein Hula-Tanz aufgeführt", sagt er nach einer Weile.

„Hm", mache ich, weil es zu anstrengend wäre, zu sprechen.

„Und es gibt Unmengen von coolen Strandbars."

„Hm."

„Echt unglaublich, in was für einer kurzen Zeit deine Freunde das alles auf die Beine gestellt haben."

„Hm."

Alkoholisierte Genies eben.

Es klopft an der Tür, und einen schrecklichen Moment lang bleibt Jasper liegen. Ich bin viel zu müde, um aufzustehen. Aber auch viel zu hungrig, um mir das Essen entgehen zu lassen. Innerlich schreie ich ihn an.

Doch dann rappelt Jasper sich endlich seufzend auf, öffnet mit nach wie vor freiem Oberkörper die Tür und schiebt nur Sekunden später mit triumphierendem Gesichtsausdruck einen kleinen Wagen neben mich ans Bett. Ich weiß nicht, wie das Hotelpersonal es geschafft hat, so schnell etwas so köstlich Aussehendes zu zaubern, aber mir läuft schon beim Anblick des Essens das Wasser im Mund zusammen. Wahrscheinlich ist das Ganze superteuer, aber Chris übernimmt sicher gerne ein paar zusätzliche Kosten.

Da Jasper keine genaue Beschreibung abgegeben hat, haben sie einfach etwas zusammengestellt. Ein paar Sandwiches, einen Obstteller, zwei Joghurts und eine Portion Shrimps sowie zwei grüne Smoothies befinden sich hübsch drapiert auf dem Wagen. Dazwischen entdecke ich sogar ein paar farbenfrohe Blüten. Ohne große Umschweife schnappe ich mir eines der Sandwiches und beiße hinein.

Ich kann mich nicht erinnern, je zuvor etwas Leckereres gegessen zu haben. Vielleicht liegt es aber auch nur an der Tatsache, dass ich so lange nichts im Magen hatte. Wir sitzen schweigend nebeneinander im Bett und stopfen uns gierig die Sandwiches, Joghurts, Shrimps und Obststücke in den Mund. Eine Weile lang herrscht tatsächlich eine Art Waffenstillstand zwischen uns.

Als wir fertig sind, geht es mir schon viel besser. Mein Bauch ist voll, meine Kopfschmerzen sind verschwunden, und ich bin zwar nach wie vor müde, doch immerhin nicht mehr derart erschlagen. Es ist nun eher eine angenehme Schwere, die mich erfüllt. Zufrieden lege ich die Hände auf meinen Bauch und schließe die Augen.

„Ich gehe kurz ins Bad." Jasper gähnt und streckt sich ausgiebig, bevor er seine Zahnbürste und eine kleine Kosmetiktasche aus seinem Koffer zieht.

Ich nicke träge und trinke den letzten Schluck meines Smoothies.

Während im Badezimmer das Wasser läuft, döse ich zufrieden vor mich hin. Klar, ich bin immer noch von Liebeskummer gebeutelt und völlig ungeplant mit einem Wildfremden zu Weihnachten in Hawaii, aber was soll's, irgendwie bin ich trotzdem gerade happy. Was wohl in dem Essen war?

Schließlich öffnet sich die Badezimmertür. Schläfrig hebe ich die Lider an. Jasper trägt nichts als schwarze Boxershorts. Ich wende diskret den Blick ab. Ob er ein Gentleman ist und auf dem Boden schlafen wird?

Nein. Wie selbstverständlich steigt er ins Bett und streckt sich erneut ausgiebig. Ich verkneife mir einen Kommentar und drehe ihm den Rücken zu. Dann teilen wir uns eben ein Bett. Mir doch egal. Ist ja groß genug, sodass wir Abstand zueinander halten können. Ich bin so müde, dass ich mir in diesem Moment wahrscheinlich mit jedem ein Bett teilen würde. Hauptsache Bett.

Ich döse gerade wieder ein, als Jasper plötzlich ein lautes *Oh shit* ausstößt. Ich drehe mich zu ihm um. Gerade schlägt er sich eine Hand auf sein Auge und springt aus dem Bett.

„Was ist los?", frage ich erschrocken. Ist er von irgendwas gestochen worden? Gibt es hier eigentlich stechende Insekten? Und wenn ja, welche?

„Ich hab' was im Auge", antwortet Jasper schnell und stolpert Richtung Bad.

„Lass mich mal sehen", verlange ich.

„Nein!", erwidert er so heftig, dass ich zusammenzucke. „Sorry, Skadi." Er senkt seine Stimme und bleibt kurz an der Tür stehen, die Hand nach wie vor auf sein Auge gepresst. „Das ... das verstehst du nicht. Lass mich einfach kurz in Ruhe."

Er verschwindet im Bad und schließt die Tür ab. Und ich kann nicht anders, als mich darüber zu wundern und mit einem merkwürdigen Gefühl in der Magengegend einzuschlafen. Irgendetwas stimmt nicht mit Jasper Morrisson. Irgendetwas stimmt ganz und gar nicht mit ihm.

Kapitel 4

Jaspers Geheimnis

Wir schlafen beide bis zum frühen Mittag des nächsten Tages. Der zweite Weihnachtstag ist angebrochen – mit Sonne, Palmen und einem ausgestreckt daliegenden Jasper. Ich betrachte ihn. Seine Boxershorts, die leichte Decke, mit der er nur spärlich zugedeckt ist. Sie ist glücklicherweise groß genug, sodass wir sie uns in der Nacht teilen konnten.

Immer noch ist da nichts als Leere, Dunkelheit und Stille, wenn ich versuche, mich an das zurückzuerinnern, was in der Nacht vom 24. auf den 25. Dezember geschehen ist. Es fühlt sich an, als wäre da eine dicke schwarze Linie, die all das überdeckt, an was ich mich so gern erinnern würde. Das Ende des Abends, die darauffolgende Nacht – all das ist gelöscht, ausradiert vom Filmriss des Jahrtausends, und der Gedanke, dass mir ein über Stunden andauerndes Stück meiner Erinnerung fehlt, macht mich irgendwie betroffen.

Meine Blase drückt und auch mein Magen, von dem ich noch am Abend zuvor gedacht hatte, dass er für die nächsten zwei, vielleicht sogar drei Tage gefüllt sein würde, meldet sich just mit einem leisen Grummeln zu Wort.

Ich schwinge meine Beine aus dem Bett, mache mich an meinem Koffer zu schaffen und schleiche ins Bad. Ich will nicht, dass Jasper aufwacht. Obwohl wir an Heiligabend wild miteinander rumgeknutscht haben, Sex hatten und geheiratet haben, sehe ich nach wie vor einen Fremden in ihm. Ich weiß nichts über ihn – rein gar nichts. Wer ist er, wo kommt er her, wo, mit wem und als was arbeitet er? Ich habe keine Ahnung, ob dieser Mann eine schwerwiegende Erdnussallergie, irgendeinen perversen Fetisch oder schon mal jemanden getötet hat. Vielleicht sogar alles auf einmal. Oder ist es doch ganz anders? Vielleicht ist er sensibel, kann gut kochen und hat ein Herz für ehemalige Laborhunde. Oder eine Pflegestelle für Feldhasen mit Beinprothese. Jasper Morrisson ist auf eine sehr merkwürdige Art und Weise geheimnisvoll. Ich werfe ihm einen letzten nachdenklichen Blick zu, bevor ich die Badezimmertür lautlos hinter mir schließe.

Pinkeln ist ein menschliches Bedürfnis, logisch. Dennoch halte ich währenddessen die Luft an und bete inständig, dass Jasper nicht ausgerechnet in diesem Moment aufwacht und es hört. Anschließend springe ich schnell unter die Dusche und wasche den Rest Müdigkeit und Schweiß vom Vortag mit heißem Wasser ab. Duschgel und Shampoo, beides in einem kleinen weißen Fläschchen, duften exotisch und schäumen extrem.

Nach der Dusche fühle ich mich ein ganz kleines bisschen wie ein neuer Mensch. Ich steige in meine Unterwäsche und einen schwarzen Jumpsuit mit langem Bein und kurzem Arm, der mit ziemlicher Sicherheit Harper gehört. Sie hat mehr Jumpsuits als alles andere in ihrem begehbaren Kleiderschrank – und sicher ein ganzes Dutzend für den Las Vegas-Trip eingepackt. Ich freue mich ein bisschen, dass ich so modebewusste Freunde habe und schnüre das schmale geflochtene Gürtelband vorn zu einer Schleife zusammen.

Während ich meine nassen langen Haare kämme, betrachte ich mein Spiegelbild, das endlich nicht mehr blass und kränklich aussieht. Mit meinen vielen Sommersprossen, den großen blauen Augen und meinen brustlangen Haaren, die nie im Leben mit Farbe in Kontakt gekommen sind und des Öfteren als straßenköterbraun betitelt werden, wirke ich in meiner Clique oft wie ein bunter Hund. Oder vielmehr wie ein grauer Hund unter lauter bunten. Mein Modeverständnis ist das einer farbblinden Vierjährigen. All meine teuren, gutaussehenden Outfits haben Harper oder Leah ausgesucht. Ich trage aber oft Jeanshosen und liebe Strickjacken – und Make-up lege ich eigentlich nur auf, wenn ich mit Leah und Harper unterwegs bin, um nicht ganz in ihrem Strahlen unterzugehen.

Aber heute sind sie nicht hier, und ich beschließe, ungeschminkt zu bleiben. Es gibt niemanden, den ich beeindrucken muss oder möchte und genauso wenig jemanden, mit dem ich schönheitstechnisch irgendwie mithalten muss. Also fasse ich mein langes Haar zu einem geflochtenen Zopf im Nacken zusammen und putze mir lediglich die Zähne.

Als ich zurück ins Zimmer komme, ist Jasper wach. Er liegt immer noch im Bett, trinkt Kaffee und sieht fern. Moment mal – er hat Kaffee?

„Zimmerservice“, sagt er auf meinen fragenden Blick hin und deutet auf ein Tablett auf dem Nachttisch.

„Habe dir einen mitbestellt. Deine Freunde übernehmen doch die Kosten, richtig?“ Er fährt sich betont lässig durch das Haar. „Nicht, dass ich es nicht selbst bezahlen könnte.“

„Haben sie gesagt, ja.“ Ich nicke und trete neben ihn, um mir die Tasse zu nehmen. Zucker, Milch in einem kleinen Porzellankännchen sowie Löffel sind ebenfalls dabei. Ich mische mir einen süßen, hellen Kaffee, setze mich ein Stück von Jasper entfernt auf die Bettkante und nippe an der Tasse. Der Kaffee ist nicht mehr ganz heiß, aber er schmeckt hervorragend.

Ich werfe Jasper einen kurzen Blick zu. Sein grünes Auge sieht gerötet aus, aber nach seiner heftigen Reaktion von gestern Abend traue ich mich nicht, ihn darauf anzusprechen. Schweigend trinken wir unseren Kaffee, als mein Handy klingelt. Ich springe auf, ziehe es aus der Tasche und betätige sofort die Annehmen-Taste.

„Hallo, ihr Süßen!“, dröhnt Harpers Stimme aus dem Handy, und sie strahlt uns mit pinkfarbenem Lippenstift und einem breiten Haarband im selben Farbton, das ihre Mähne zurückhält, an.

Auch Leah, Dave und Chris sind mit von der Partie. Dieses Mal haben sie sich in einem der Hotelzimmer versammelt, um uns anzurufen – dem Chaos im Hintergrund nach zu urteilen in dem von Dave und Chris.

Einen kurzen Moment lang sticht es in meinem Herzen. Eigentlich wäre ich jetzt auch bei ihnen. Über Weihnachten in Las Vegas, so, wie sie es mir am Morgen des 24. Dezember eröffnet haben. Das alles scheint Lichtjahre entfernt, obwohl es gerade einmal zwei Tage und ein paar Stunden zurückliegt.

„Wir haben uns gerade einen Kaffee auf eure Kosten ins Zimmer kommen lassen", ruft Jasper, hebt seine Tasse, als würde er ihnen zuprosten wollen, und rückt ein wenig näher an mich heran. „Ich habe es auf die Rechnung setzen lassen."

„Klar, lasst es euch gutgehen!", zwinkert Chris ihm gönnerhaft zu. „Ihr seht ganz schön munter aus, ihr beide. Habt ihr etwa ..."

„Nein!", unterbreche ich ihn sofort. „Und das wird auch nicht passieren."

Jasper legt fragend den Kopf schief.

„Nicht *mehr*", korrigiere ich mich peinlich berührt.

„Sag niemals nie", sagt Jasper flapsig. Dann stellt er seine inzwischen leere Tasse auf dem Nachttisch ab und erhebt sich. „Ich gehe schnell duschen, und danach gehen wir beide irgendwo etwas frühstücken", erklärt er. „Macht's gut, Leute!" Er winkt meinen Freunden kurz zu und zieht sich ins Badezimmer zurück.

Ich bleibe mit meinem Kaffee und dem Smartphone in der Hand auf der Bettkante zurück.

„Und wie ist er so?", fragt Leah aufgeregt klingend. Wenn es eine noch hoffnungslosere Romantikerin gibt als mich, dann ist sie es. Ich bin mir fast sicher, dass sie der Meinung ist, aus einer verrückten Entscheidung wie der, in Las Vegas zu heiraten, kann eine ganz große Liebesromanze entstehen.

„Keine Ahnung", gebe ich gleichgültig zurück. „Wir haben nicht viel miteinander gesprochen. Er ist irgendwie ... komisch."

„Meinst du geheimnisvoll?", hakt Leah nach, der meine Antwort wohl zu unbefriedigend ist.

„Nein, ich meine komisch, Leah. Er ist nur vor euch so ... so nett und fröhlich“, sage ich entschieden und erzähle ihnen, als ich im Badezimmer das Wasser in der Dusche laufen höre, von Jaspers merkwürdigem Verhalten am Abend zuvor.

„Wahrscheinlich war er einfach müde“, versucht Harper mich zu beruhigen.

„Oder er ist schizophren“, schließt Chris.

„Ja, wie dieser Typ aus dem einen Film“, stimmt Dave ihm heftig nickend zu. „Der hatte sage und schreibe *zehn* verschiedene Persönlichkeiten.“ Die Zwillingsbrüder tauschen einen Blick miteinander.

„Hoffen wir einfach, dass keine seiner Persönlichkeiten ein Serienkiller ist“, hofft Chris.

„Sehr ermutigend, danke!“ Ich verdrehe die Augen.

Wir plaudern noch ein wenig belangloses Zeug, doch irgendwie scheint eine merkwürdige, unsichtbare Distanz zwischen uns zu sein, ganz leicht, kaum spürbar und dennoch existent. Ob es an den vielen Meilen liegt, die uns voneinander trennen?

Als Jasper aus dem Bad kommt und eine neblige Dunstwolke aus heißer Luft hinter ihm herschwebt, beende ich das Gespräch. Er trägt nichts als ein Handtuch und sein triefend nasses Haar hinterlässt Tropfen auf dem Boden, als er, mit seiner Zahnbürste im Mund, im Zimmer auf und ab wandert. Sein Auge sieht immer noch gerötet aus.

Es ist fast Nachmittag, als wir aufbrechen, um frühstücken zu gehen, und inzwischen knurrt mein Magen bereits wieder lautstark. Die Sonne brennt auf uns nieder, und Jasper ist wie immer recht schweigsam. Ich unterdrücke ein Aufseufzen. Dieser Mann ist mir ein

Rätsel. Er trägt ein weißes kurzärmliges Hemd. Die beiden obersten Knöpfe stehen offen und gewähren einen kleinen Einblick auf seinen muskulösen Oberkörper. Jetzt ärgere ich mich, dass ich mich nicht mehr zurechtgemacht habe. Neben ihm sehe ich wahrscheinlich aus wie eine blasse graue Maus.

Stillschweigend steuern wir eine kleine Café-Beach Bar an und nehmen im Schatten eines großen roten Sonnenschirms Platz. Jasper schiebt die Speisekarte zu mir herüber, als jäh sein Handy klingelt. Ich habe die Melodie nie zuvor gehört, ein zügig gespieltes Geigenstück, das irgendwie gar nicht zu ihm passt – oder doch? Er zieht es aus der Hosentasche seiner kurzen sandfarbenen Hose und wirft einen Blick darauf. Sofort fällt ein Schatten über sein Gesicht, der ihn um Jahre altern lässt.

„Das ist wichtig. Bin gleich wieder da. Bestell uns schon mal was", murmelt er abwesend und steht auf, um sich einige Meter von mir zu entfernen. In Sicht-, aber außerhalb meiner Hörweite bleibt er mit dem Rücken zu mir stehen und hält sich das Handy ans Ohr. Sogleich fängt er an zu gestikulieren, auf dem Platz vor- und zurückzulaufen und sich die Haare zu raufen.

Ich runzle die Stirn. Am liebsten würde ich mich anschleichen, um das Gespräch zu belauschen, aber erstens gehört sich das nicht, zweitens traue ich mich nicht und drittens tritt gerade eine freundlich aussehende Hawaiianerin mit dunklem Pagenschnitt und beneidenswert langen Wimpern an unseren Tisch.

„Guten Tag, was darf ich Ihnen bringen?", fragt sie mit einem strahlenden Lächeln.

Ich bestelle zweimal die sogenannte Plate Lunch und zusätzlich für jeden einen Pfannkuchen mit Bananen-Nuss-Füllung, was laut Karte eine hawaiianische Spezialität ist. Abgesehen davon klingt es zu köstlich, um es nicht zu bestellen. Mir läuft das Wasser im Mund zusammen, und fast vergesse ich darüber Jasper, der immer noch telefonierend und gestikulierend dasteht.

Erst als das Essen serviert wird, kehrt er langsam zurück, zu meinem Erstaunen immer noch mit dem Handy am Ohr. Ich schnappe ein paar Gesprächsfetzen auf, die ich jedoch nicht richtig zuordnen kann.

„Wenn ich es dir doch sage ... ja, Anfang Januar ... spätestens! Natürlich, natürlich ... sogar noch mehr ... mehr als du dir vorstellen kannst.“

Anfang Januar? Was ist Anfang Januar? Irgendetwas in seiner Stimmlage beunruhigt mich. Jasper klingt fast unterwürfig. Ob er eine Freundin hat, die zu Hause auf ihn wartet? Wahrscheinlich ist sie außer sich vor Sorge und Wut und hat keine Ahnung davon, dass ihr Freund gerade in Honolulu ist – mit seiner *Ehefrau*. Allein beim Gedanken daran wird mir übel.

Jasper beendet das Gespräch, steckt das Handy zurück in seine Tasche und setzt sich wieder auf den Stuhl mir gegenüber. Er lächelt, doch das Lächeln schafft es nicht, seine Augen zu erreichen. Er wirkt ein wenig blass um die Nase.

„Wer war denn das?“, frage ich so entspannt wie möglich und falte die Hände ineinander.

„Niemand“, antwortet er eintönig. Mit hungrigem Blick betrachtet er seinen viereckigen Teller, auf dem sich neben einer großen Reiskugel eine Art Nudelsalat, köstlich aussehendes rötliches Fleisch und eine Menge

Frühlingszwiebeln befinden. „Das sieht lecker aus. Gute Wahl!"

Ohne Umschweife fängt er an zu essen, bemerkt dann, dass ich ihn immer noch ansehe und auf eine Antwort warte und seufzt. Eine Weile lang erwidert er schweigend meinen Blick. „Du darfst alles essen, aber nicht alles wissen", sagt er dann endlich und zwinkert mir zu.

Ich verdrehe die Augen. Wenn es etwas gibt, was er kann, dann ist es, geheimnisvoll zu wirken. Irgendwie habe ich das Gefühl, als wolle er mich gar nicht kennenlernen – oder dass ich ihn kennenlerne. Als wolle er diese unübersehbare Distanz zwischen uns gar nicht überwinden, ganz gleich, wie unangenehm sie auch ist. Es könnte so viel einfacher sein. Wieso habe ich nicht einfach Chris geheiratet? Mit ihm wäre der Monat ganz sicher ein Riesenspaß geworden.

Ich ziehe meinen Teller zu mir heran und beginne zu essen. Es schmeckt so köstlich, dass ich extra langsam esse, um länger etwas davon zu haben. Lange nachdem Jasper seine beiden Teller leer gegessen hat, wende ich mich dem gefüllten Pfannkuchen zu. Er ist süß und fluffig und ziemlich mächtig, aber ich lasse nicht einen Krümel auf dem Teller. Erst als ich mich satt in meinen Stuhl zurücksinken lasse, bemerke ich, dass Jaspers Blick auf meinem Gesicht ruht.

„Du hast da etwas am Mund", sagt er.

„Oh." Ich reibe mir mit der flachen Hand peinlich berührt über die Lippen.

„Nein, nicht da." Jasper tippt sich schmunzelnd an seinen eigenen Mundwinkel. „Eher dort ... Skadi, du machst es immer schlimmer!"

Und während ich noch mit glühenden Wangen dasitze und versuche, mir die Reste des gefüllten Pfannkuchens aus dem Gesicht zu reiben, beugt er sich jäh über den Tisch und fährt mir sanft mit dem Daumen über die Lippen.

„Was würdest du nur ohne mich machen ...", sagt er kopfschüttelnd, und seine Stimme ist leise und rau. „Wahrscheinlich mit Bananen-Nuss-Füllung im Gesicht durch ganz Waikiki laufen."

Aus irgendeinem Grund prickelt meine Kopfhaut plötzlich. Und mein Nacken. Und mein Bauch. Jasper zieht sein Portemonnaie aus der Hosentasche, bezahlt unser Essen und gibt der Kellnerin mit dem Pagenschnitt ein mehr als großzügiges Trinkgeld. Harper hatte recht. Er muss reich sein.

Anschließend schlendern wir am Waikiki Beach entlang und setzen uns schließlich in den Sand, um das Meer zu beobachten. Die Wellen sind sanft, das Wasser klar. Der Strand ist gut besucht, aber nicht überfüllt.

„Willst du immer noch gewinnen?", frage ich leise. Ich weiß nicht, wie ich auf die Frage gekommen bin oder woher mit einem Mal der Wunsch kommt, statt oberflächlichem Smalltalk ernsthaft mit ihm zu sprechen.

Jasper lässt sich Zeit mit dem Antworten. Sein Blick ist nachdenklich auf das Meer gerichtet, als würde er am Horizont irgendetwas sehen.

„Ja", sagt er schließlich ganz ruhig. Endlich wendet er den Blick vom Meer ab und sieht mich an. „Aber eventuell kann ich mich damit anfreunden, dass es zwei erste Plätze auf dem Siegertreppchen gibt."

Es klingt wie ein Friedensangebot. Und irgendwie beruhigt mich die Tatsache, dass er das gemeinsam mit mir schaffen will. Auch wenn er nicht annähernd so aufgeschmissen wirkt wie ich.

Am nächsten Morgen wecken mich die Sonnenstrahlen, die durch das Fenster in mein Gesicht fallen und meine Nase kribbeln lassen. Ich muss niesen und bin auf einmal hellwach. Einen Moment lang betrachte ich Jasper, der, mir zugewandt, auf seiner Seite des Bettes liegt und schläft, dann stehe ich leise auf. Ich trete ans Fenster und blicke hinaus. Es ist der 27. Dezember. Weihnachten ist vorbei, auch wenn zwischen all den Palmen immer noch ein paar Tannenbäume am Strand stehen. Diese Tatsache hinterlässt einen bitteren Beigeschmack. Ich habe Weihnachten in einem fremden Land, in einem Flugzeug, todmüde und mit einem völlig Fremden verbracht. Übermorgen fliegen wir nach Hause.

Nach Hause.

Die Vorstellung, Jasper mit in meine Wohnung in Sacramento zu nehmen, lässt mich erschaudern. Alles an dieser Wohnung erinnert mich an die Trennung von Jude, denn nur aus diesem Grund habe ich sie mieten müssen.

Jasper trägt beim Frühstück, das wir heute im Hotel einnehmen und auf die Rechnung setzen lassen, eine Sonnenbrille.

„Bindehautentzündung", sagt er knapp, als ich ihn darauf anspreche, dass er sie nicht innerhalb eines Gebäudes tragen müsse, da dort für gewöhnlich keine Sonne scheine.

Auch im Laufe des Tages bessert sich seine Laune nicht. Er gibt eintönige Antworten, setzt die Sonnenbrille nicht ab und verbringt auffallend viel Zeit im Badezimmer und am Handy.

Ich langweile mich und brauche eine Auszeit von ihm, also gehe ich zum Strand, um mich ein wenig in die Sonne zu setzen und durchzuatmen. Erinnerungen an vergangene Sommer, ehemalige Urlaube und einstige Strandtage brechen über mich herein wie die Wellen über den Sand. Mit Blick auf zwei Surfer, die auf dem eher ruhigen Wasser ihr Glück versuchen, lasse ich meine Finger durch den feinen Sand gleiten. Alle um mich herum scheinen glücklich zu sein. Den kalten Dezember im sonnigen Waikiki verbringen – wie könnte man da Trübsal blasen?

Und doch sitze ich da, inmitten all der jungen, lachenden Frauen, der gut gebräunten Männer, der entspannten Familien und fühle mich, als wäre ich mutterseelenallein auf dieser Welt. Alle Menschen, die mir etwas bedeuten, sind viele, viele Meilen von mir entfernt, während der einzige Mensch, den ich hier kenne, mir nach wie vor ein absolutes Rätsel ist. Er ist witzig und geheimnisvoll und fast schon verboten sexy, aber irgendwie auch egoistisch und unnahbar. Ich sehne mich nach meinem Zuhause, nach meinen Freunden und meinem Leben. Ja, ich sehne mich sogar danach, auf meinem Sofa zu liegen, unnötige Kalorien in mich hineinzustopfen und Judes Foto vollzuheulen.

Und obwohl ich mich dagegen sträube, bahnen sich plötzlich die Tränen ihren Weg. Sie steigen mir heiß glühend in die Augen, rollen mir über das Gesicht und fallen lautlos in den Sand. Ich weine leise. Ich weine allein. Ich weine um Jude und diese Beziehung, die ich bis an mein Lebensende weitergeführt hätte. Ich weine, weil meine allerbesten Freunde auf der Welt zugelassen haben, dass ich mich auf ein Abenteuer einlasse, das einfach zu groß und zu verrückt für mich ist. Ich weine aus Scham, Überforderung, Unsicherheit und Wut. Und ich weine, weil ich aufgeben will, aber nicht kann. Ich kann nicht eine Wette abbrechen, die ich mir selbst ausgedacht, ja, auf die ich laut meiner Freunde sogar regelrecht bestanden habe. Weder vor ihnen noch vor Jasper will ich wie eine Verliererin dastehen, die nicht einmal dreißig Tage außerhalb ihrer Komfortzone überlebt. Ich reibe mir mit dem Handrücken die Tränen aus dem Gesicht und versuche, ruhiger zu atmen, während meine Brust sich in einem kurzen, flachen Rhythmus immer wieder hebt und senkt.

Aus dem Augenwinkel sehe ich plötzlich, wie sich jemand neben mich setzt. In den weißen warmen Sand. Ich hebe den Blick, und obwohl ich es mir bereits denken kann, bin ich irgendwie überrascht, dass Jasper freiwillig meine Nähe sucht.

„Hey", macht er und stößt mit seiner Schulter sanft an meine.

„Hey", seufze ich und wende den Blick ab. Sofort fließen neue Tränenströme. Ich ziehe die Nase hoch und versuche den dicken Kloß herunterzuschlucken, der sich in meinem Hals gebildet hat. Vergeblich.

Jasper trägt immer noch seine Sonnenbrille.

„Soll ich dir ein Geheimnis verraten?", fragt er ruhig.

Ich ziehe die Nase hoch.

„Du bist nicht der echte Weihnachtsmann?", murmele ich mit belegter Stimme.

„Das Geheimnis kennst du ja schon", sagt er und stößt mich erneut leicht mit der Schulter an. „Aber lass uns dafür sorgen, dass es weiterhin ein Geheimnis bleibt, indem wir nicht mehr darüber sprechen."

Ich wende mich ihm zu und reibe mir erneut die Tränen von den Wangen. Mein Gesicht ist schon ganz nass.

„Setz doch mal endlich die alberne Brille ab", fordere ich ihn auf.

„Darum geht's ja gerade." Jasper atmet tief ein und wieder aus, als würde das, was er jetzt vorhat zu sagen, ihm nicht wirklich leichtfallen. „Ich wollte dir das nicht sagen. Aber verdammt ... du sitzt hier, an einem der schönsten Orte der Welt, und weinst. Wahrscheinlich sogar meinetwegen. Oder *auch* meinetwegen. Ich will ehrlicher zu dir sein, Skadi. Auch wenn das für mich alles verkompliziert."

Ich sehe ihn weiterhin an und frage mich, wieso er *ehrlicher* gesagt hat und nicht *ehrlich*.

„Ich ... ich habe gar keine Bindehautentzündung", rückt er heraus.

„Okay ...", mache ich und ziehe das O in die Länge. Ich habe keine Ahnung, worauf er hinaus will. Und was daran ein Geheimnis sein soll.

Und dann setzt er die Sonnenbrille ab und sieht mich an. Es dauert einen Moment, bis ich begreife, wieso er auf einmal so fremd aussieht, so verändert. Mir bleibt der Mund offen stehen.

„Sie sind braun", sagt er schlicht.

„Das ... sehe ich." Ich kann meinen Blick einfach nicht von ihm abwenden. Dort, wo zuvor Jaspers grünes

Auge war, jenes, das gestern gerötet war, sieht mir nun ein zweites, hellbraunes Auge entgegen.

„Farbige Kontaktlinsen", antwortet Jasper auf die Frage, die ich noch nicht ausgesprochen habe.

„Aber warum?", forme ich fast lautlos mit den Lippen.

Einen Moment lang wirkt Jasper nachdenklich. Als würde er sich fragen, ob er mir diese Frage wirklich wahrheitsgemäß beantworten könne oder ob es besser sei, sich eine weitere Lüge auszudenken. Dann zuckt er lässig mit den Schultern und antwortet: „Der Frauenwelt gefällt es. Man sticht halt heraus." Er fährt sich mit der Hand über den Nacken und wirkt fast schon unsicher. „Ich wollte nicht zugeben, dass ich dich damit zu Anfang getäuscht habe. Ich meine ... dass wir beide länger als diese eine Nacht in Kontakt bleiben, hätte keiner von uns gedacht, richtig?" Er tippt mit dem Zeigefinger auf meinen Ehering. „Ich habe mit einem One-Night-Stand gerechnet. Nicht mit einer Ehe. Jedenfalls ... mein Auge hat auf das zu lange Tragen der Kontaktlinse mit einer Rötung und Schmerzen reagiert, weshalb ich sie natürlich nicht mehr tragen kann. Ich war einfach dumm, Skadi. Sorry."

Ich erinnere mich an den Abend nach der Ankunft im Hotel, an dem er so plötzlich geflucht hat und mit der Hand vor dem Auge ins Badezimmer gerannt ist – er muss die Kontaktlinse beim Duschen herausgenommen und vergessen haben, sie wieder einzusetzen. Auch die Sonnenbrille ergibt nun Sinn. Doch wieso hat er es so lange hinausgezögert, mir die Wahrheit zu sagen? Unmittelbar am Morgen nach der Hochzeit wäre es weniger schräg gewesen als jetzt.

„Schlimm?", fragt er.

Ich wiege den Kopf hin und her. „Dass du nicht der echte Weihnachtsmann bist, hat mich mehr schockiert", überspiele ich meine Unsicherheit mit einem angedeuteten Lächeln.

„Erst seit wenigen Tagen verheiratet und schon Insiderwitze", schwärmt Jasper mit verstellter Stimme.

Ich blicke in seine Augen. In seine hellbraunen Augen. Honigbraun. Mir hat das Grün gefallen, die Kombination hatte Seltenheitswert. Aber mit den braunen Augen sieht er auch nicht schlecht aus.

Er blickt zurück, und einen Moment lang sehen wir einander schweigend an, bevor mir klar wird, dass ich nach wie vor verheult und wahrscheinlich komplett rot und verquollen aussehe. Ich wende den Blick ab und male mit dem Finger Kreise in den Sand.

„Jetzt hast du einen stinknormalen Ehemann mit zwei stinknormalen Augen. Und nachdem wir das geklärt haben", fügt er mit etwas weicherer Stimme hinzu und legt mir eine Hand auf den Arm, „... sagst du mir bitte, wieso du allein am Strand sitzt und dir die Augen ausheulst. Ich kann unmöglich allein die Schuld daran tragen. Hat das Hotel zu wenige Sterne? Ist dir das Zimmer nicht groß genug? Vermisst du deine Villa daheim?"

Ich deute ein kurzes Grinsen an, doch meine Mundwinkel sinken wie automatisch wieder nach unten. Ich will ihm nicht sagen, wie überfordert ich mich damit fühle, meine eigene dumme Wette auszuführen. Wie einsam ich bin, hier ... ohne meine Freunde. Wie schwer die Last der Trennung von Jude immer noch wiegt, und dass der Schmerz darüber einfach nicht aufhören will.

„Du kannst es mir erzählen", sagt Jasper in die Stille hinein, weil ich seine Frage nicht beantwortet habe und nach wie vor Kreise in den Sand male. „Oder vertraust du mir etwa nicht?"

Ich schüttele den Kopf, ohne ihn anzusehen.

„Wie bitte?" Jasper tut entsetzt. „Ich bin dein Mann, du *musst* mir vertrauen!"

Meine Kehle ist wie zugeschnürt.

„Ich wollte nie nach Honolulu", sage ich aus dem Nichts heraus. Mein Blick haftet am Meer, an den sanften Wellen im türkisblauen Wasser. „Und um ehrlich zu sein, wollte ich auch nie nach Las Vegas."

Jasper schweigt. Ob er nicht weiß, was er darauf sagen soll, oder einfach aus Respekt den Mund hält, um mir Raum für das zu geben, was ich noch zu sagen habe, weiß ich nicht. Aber es tut gut, nicht wieder einen seiner wenig *witzigen* Kommentare hören zu müssen.

„Jude hat mir das Herz gebrochen", sage ich tonlos, obwohl ich es eigentlich gar nicht sagen will. Und schon gar nicht Jasper. Ich sehe ihn an und sofort fließen neue Tränen. „Ich sage ständig jedem, dass ich darüber hinweg bin. Es sind vier Monate vergangen. *Vier ganze Monate*! Aber was ich sage, ist gelogen. Ich bin nicht darüber hinweg, ganz und gar nicht. Und dann kam Las Vegas, dann kamst du, dann diese Nacht und ... und ich erinnere mich nicht."

Ich bin mir sicher, dass man meine Verzweiflung aus jedem einzelnen Laut, der meinen Mund verlässt, hören kann.

„Ich habe einen absoluten Filmriss. Ich weiß nicht, was passiert ist, ich ... ich erinnere mich nicht daran, mit dir ... du weißt schon ..."

Ich muss plötzlich schluchzen und kann nicht weitersprechen. Dass etwas so Intimes geschehen ist und ich mich nicht ansatzweise daran erinnere, fühlt sich beschämend an. Verletzend. Falsch.

Und weil weder Harper und Leah noch Chris oder Dave da sind, lehne ich meinen Kopf an Jaspers Schulter und weine weiter. Er atmet hörbar aus, dann schiebt er mich ein wenig von sich. Er will mich nicht trösten. Er will mich offensichtlich nicht einmal halten. Überrascht und beschämt sehe ich zu ihm auf.

„Wir haben nie miteinander geschlafen, Skadi", sagt er leise.

„Was?"

„In der Nacht, nachdem wir geheiratet haben, da ... da ist nichts passiert", erklärt er zögerlich. „Wir wollten! Wir wollten wirklich, so ist es nicht. Aber nachdem wir uns ausgezogen haben, schlug deine völlig euphorische Stimmung um und du hast ..." Jasper verstummt und streicht sich mit der Hand über den Nacken. Sein Gesicht verrät, wie unwohl er sich fühlt.

„Was habe ich getan?", flüstere ich gebannt.

„Du hast geweint", flüstert er zurück. „So wie jetzt. Ganz leise und plötzlich."

„Ich habe ... geweint?"

„Ja." Jasper nickt langsam. Fast sieht er ein wenig verlegen aus. Das Gespräch fühlt sich intim an, fast schon zu intim. Ich räuspere mich und streiche ein paar weiße Sandkörner von meinem Schoß. Ich weiß nicht, ob ich erleichtert darüber sein soll, dass wir keinen Sex hatten oder peinlich berührt, in Anbetracht der Tatsache, dass ich splitterfasernackt vor ihm geweint habe.

„Du hast geweint, ich habe dich gehalten und dann ... sind wir eingeschlafen“, ergänzt Jasper nach einigen Minuten Stille und zieht meinen Kopf wie selbstverständlich zurück an seine Schulter. „Es war nicht das, was ich eigentlich erwartet hatte, aber es war okay. Du hast mir vertraut. Und nach dem Aufwachen bist du ausgeflippt, als hätte ich dich gekidnappt.“

„Tut mir leid, Jasper“, kommt es mir ganz leicht von den Lippen. „Und danke, dass du ... mich getröstet hast. Und dass du es gerade schon wieder tust.“ Ich streiche mir eine Haarsträhne hinter das Ohr. „Normalerweise bin ich nicht so eine Heulsuse.“

„Ist schon okay“, beschwichtigt er mich und wir sehen einander in die Augen.

Honigbraun.

Das Rauschen des Meeres verschwindet in den Hintergrund, ebenso wie die Laute der Menschen um uns herum. In meinem Bauch kribbelt es irgendwie. Ganz leise. Wahrscheinlich wieder Hunger.

Plötzlich klingelt Jaspers Handy. Der Augenblick war so zerbrechlich, dass es ihn zerreißt. Wie auf frischer Tat ertappt, wenden wir die Blicke voneinander ab und rutschen im warmen Sand ein wenig auseinander. Jasper steht auf und entfernt sich von mir, um zu telefonieren. Natürlich. Ich schlucke.

„Wirst du mir sagen, wer dran ist?“, rufe ich ihm nach.

Noch im Laufen dreht er sich zu mir um, grinst kurz und schüttelt den Kopf.

Kapitel 5

Die Cocktailbar

Der 28. Dezember plätschert vor sich hin. Wir essen, reden miteinander, gehen an den Strand. Fast wie ein echtes Ehepaar, wie Leah zutiefst berührt anmerkt, während sie ihre Hände zu einem Herz formt und dieses vor die Handykamera hält. So dicht, dass alles verschwimmt. Und als ich lache, ist das Lachen echt. Mir geht es besser. Vielleicht hat mein Körper – oder vielmehr meine Seele – das einfach gebraucht.

Das Weinen. Das Aussprechen. Die Wahrheit.

Eine Distanz besteht nach wie vor – natürlich. Wir kennen einander kaum. Und dennoch verstehen wir uns besser. So gut, dass ich Jasper am Abend spontan frage, ob er Lust hat, mit mir die Strandbars am Waikiki Beach abzuklappern.

„Sicher, dass du noch in der Nähe von Alkohol sein kannst, ohne dich zu übergeben?“, scherzt er, aber dann zieht er sich um, und wir brechen gemeinsam auf.

Er trägt eine kurze beigefarbene Hose mit einem Gürtel und ein apricotfarbenes Poloshirt dazu, was ich eigentlich an Männern absolut nicht mag – aber ihm steht es. Vermutlich könnte er alles tragen. Es betont seine leichte, samtige Bräune. Sein einst grünes Auge ist nicht mehr gerötet, und ich habe mich an das Honigbraun gewöhnt. Er hat seine Haare leicht zurückgegelt. Er sieht großartig aus, und obwohl ich es nie laut aussprechen würde, damit er nicht ganz abhebt, bin ich ein wenig froh darüber, ihn und keinen siebzigjährigen übergewichtigen Hausmeister in Vegas geheiratet zu haben.

Ich selbst habe ein wenig Make-up aufgelegt und meine langen Haare zu einem hoch sitzenden Dutt zusammengenommen. Und das Kleid, das ich trage, gehört ausnahmsweise weder Harper noch Leah, sondern mir selbst. Es ist hellbraun, hat süße Rüschenarme und reicht mir bis zu den Knöcheln.

Kaum haben wir auf zwei Barhockern direkt an der Theke Platz genommen und uns Cocktails bestellt, klingelt Jaspers Handy. Er wirkt genervt, entfernt sich aber dennoch von mir, um ranzugehen. Fast zeitgleich reicht mir die hübsche Kellnerin meinen Caipirinha und Jaspers Sex on the Beach.

Mein Begleiter ist kaum eine Minute verschwunden, als plötzlich jemand seinen Barhocker in Beschlag nimmt. Ein dezent angetrunken wirkender Mittvierziger im Hawaiihemd, mit hellblonden Haaren, die zum Oberkopf hin lichter werden, zwinkert mir betont lässig zu. Ich lächle knapp zurück, nippe an meinem Strohhalm und blicke mich suchend nach Jasper um. Wo ist er nur, wenn man ihn braucht?

„Na, Süße, allein hier?“, fragt der Mann. „Können wir ändern. Ich habe ein Hotelzimmer hier direkt in der Nähe, wenn du verstehst, was ich meine.“

Ich weiche zurück und will gerade antworten, als sich zu meinem Erstaunen ein weiterer Mann hinzugesellt.

Etwas jünger als der andere und sportlich gebaut, legt er mir eine Hand auf die Schulter. Ich bin so überrascht, dass ich einfach stillhalte.

„Sie ist nicht alleine hier“, sagt er ruhig, und ich meine, einen irischen Akzent heraushören zu können.

Der Mann mit dem lichten Haar räumt das Feld und murmelt dabei: „Man wird ja wohl noch fragen dürfen ...“

„Danke“, sage ich erstaunt zu meinem Beschützer.

„Kein Problem.“ Er fährt sich durch das kurze, rötlich blonde Haar und folgt dem anderen kopfschüttelnd mit dem Blick. „Der hat es vorhin schon bei zwei anderen Frauen versucht.“

„Armselig.“

„Und wie.“ Er streckt mir seine rechte Hand entgegen und setzt sich zu mir. „Ich bin Sam.“

„Skadi“, antworte ich und gebe ihm meine Hand. Er hat erstaunlich warme Finger. Ein netter Kerl.

„Sind Sie so durstig?“, fragt er und deutet auf die beiden Cocktails, die vor mir stehen.

„Oh ... nein.“ Ich schüttle lächelnd den Kopf. „Ich bin nicht allein hier. Ein ... guter Freund begleitet mich.“

„Guter Freund. Aha.“ Jaspers Stimme ertönt hinter mir. Er spielt den Entsetzten und wendet sich an den netten Sam. „Was wollen Sie von meiner Frau?“

„Oh, ich wusste nicht, dass ...“, setzt Sam an und hebt sofort abwehrend die Hände.

„Ich bin nicht deine Frau!“, schimpfe ich und erkläre, etwas freundlicher an Sam gerichtet: „Ich bin nicht seine Frau.“

„Und was ist das hier?“ Jasper hält mit triumphierendem Gesichtsausdruck meine rechte Hand in die Höhe.

„Du weißt genau, dass ich ihn nicht mehr ausziehen kann, weil er zu eng ist!“, fahre ich ihn an.

Sam ist aufgestanden.

„Ich muss mich für meine Frau entschuldigen“, sagt Jasper mit ernster Stimme. „Sie ist eine notorische Fremdgängerin. Und sexsüchtig. Und Kleptomanin. Haben Sie Bargeld bei sich? Wertsachen? Kontrollieren Sie bitte, ob es noch da ist.“ Er seufzt und blickt vollkommen betrübt drein. Was für ein guter, bösartiger Schauspieler er doch ist.

„Danke für Ihre Hilfe!“, rufe ich Sam nach, der, so schnell ihn seine Beine tragen, das Weite sucht.

„Das war nicht nötig“, fauche ich wutentbrannt und stehe auf, um zu gehen. Meinen Caipirinha stelle ich dabei so schwungvoll ab, dass ein wenig davon über den Rand des Glases schwappt.

Jasper hält mich am Handgelenk fest. „Jetzt stell dich mal nicht so an“, verlangt er mit rauer Stimme und blickt sich um, als wäre ich eine eifersüchtige Ehefrau, die ihm vor aller Augen eine Szene macht.

„Nicht so anstellen?!“ Ich spüre, wie mir vor Wut auf ihn und sein ganzes Gehabe eine glühende Hitze in die Wangen steigt. „Dein Verhalten ist ...“, ich ringe nach den richtigen Worten, „... respektlos. Absolut respektlos! Du respektierst mich nicht im Ansatz! Und diese Anrufe immer! Wer hat dich nun wieder angerufen? Wirst du mir das irgendwann mal sagen? Wahrscheinlich nicht. Denn du kannst ja tun und lassen, was du willst.“

Jaspers selbstgefälliges Grinsen schwindet, und seine Miene verdunkelt sich. Nun erhebt er sich ebenfalls.

„Es gibt Dinge, die du nicht verstehst, Skadi, und die dich auch nichts angehen“, antwortet er kühl.

Ich verschränke die Arme vor der Brust, unsicher, ob ich ohne ein weiteres Wort davonrauschen oder stehen bleiben und weiter streiten soll. Jasper ist und bleibt ein komischer Kauz. Mal ist er witzig, zugewandt, interessiert und sogar empathisch – und im nächsten Moment wirkt er ungehalten und so, als hätte er etwas zu verbergen.

„War es deine Freundin? Die Person, die dich immer anruft und um die du solch ein großes Geheimnis machst?“, höre ich mich selbst fragen und könnte mich dafür ohrfeigen. Meine Stimme zittert immer noch vor Wut. Seit wann interessiert es mich, ob er eine Freundin hat?

Jasper blickt mich einen Moment lang perplex an, dann nickt er. Und setzt sich wieder hin. „Erwischt. Sie ist mega eifersüchtig auf dich.“

Er zwinkert mir zu, und ich bin unsicher, ob ich ihn ernst nehmen kann. Ich schnaube empört. Hätte er tatsächlich eine Freundin, weshalb hätte er mich dann heiraten sollen? Was verspricht er sich von dieser kurzen Ehe? Ich werfe einen Blick Richtung Strand und bin immer noch unsicher, ob ich verschwinden soll. Einige der anderen Gäste haben sich uns inzwischen sichtlich gespannt zugewendet und nippen an ihren Getränken.

„Setz dich“, verlangt Jasper.

„Du hast mir überhaupt nichts zu sagen!“, fauche ich.

„Setz dich *bitte* wieder hin“, korrigiert er sich mit etwas weicherer Stimme.

Ich atme tief ein und wieder aus. Und denke an das Ende dieser dummen Wette, aus der ich auf keinen Fall als Verliererin herausgehen will. Ohne sein Lächeln zu erwidern, setze ich mich wieder hin, nehme eine abwehrende Haltung an und greife nach meinem Glas.

„Cheers." Er stößt sein Cocktailglas vorsichtig an meins.

„Cheers." Ich sehe ihm widerwillig in die Augen und muss plötzlich an den Heiligabend denken, an dem er sein Weihnachtsmannkostüm getragen und mich geküsst hat. Wo kommt das denn jetzt plötzlich her? Glücklicherweise kann er keine Gedanken lesen.

Ich wende den Blick ab und nippe an meinem Caipirinha. Die Mischung aus süß und sauer breitet sich in meinem Mund aus und kitzelt meine Zunge. Ich ziehe die Limettenscheibe vom Rand, beiße hinein und verziehe unwillkürlich das Gesicht. Als ich die sauber abgeknabberte Schale neben mein Glas auf die Theke lege, bemerke ich, dass Jasper mich immer noch ansieht. Langsam verraucht meine Wut auf ihn.

„Wie hast du es hierher geschafft?", fragt er.

„Mit ... dem Flugzeug?", antworte ich unsicher. Wieso fragt er das? Er saß doch neben mir.

Jasper blickt einen Moment lang verdutzt drein, dann lacht er.

„Ich meine nicht nach Honolulu", erklärt er dann immer noch lachend. „Ich meine, wie du es hierher geschafft hast. Zu *dir*. Zu der Person, die sich solche Urlaube und solche Kleidung leisten kann."

„Zu *mir?*", wiederhole ich, um Zeit zu gewinnen. Logisch – er fragt sich, wie ich so reich geworden bin. Er hat keine Ahnung davon, dass ich keine Unmengen an Geld besitze, sondern lediglich ein enormes Taschengeld erhalte. Von einem Mann, der mir nie etwas anderes gegeben hat als das: sein Geld. Er weiß nicht, wie schäbig ich mich deshalb oft fühle, weil das Verlangen nach diesem luxuriösen, teuren Leben stärker ist als mein Stolz. Und seien wir ehrlich – er muss es nicht wissen.

Ich schlürfe an meinem Strohhalm und gelange am Boden des Glases an. Der letzte Schluck schmeckt besonders süß.

„Erbe", sage ich eintönig, stibitze die Kirsche aus Jaspers Cocktail und stecke sie mir in den Mund. „Ich habe geerbt. Eine ganze Menge. Vor einigen Jahren."

Klingt das glaubwürdig?

„Wow." Jasper wirkt beeindruckt.

Ich nicke, hole mir den Kirschkern aus dem Mund, gebe ihn ins Glas zurück und nicke der Kellnerin dankend zu, die unsere leeren Gläser mitnimmt, um sie ins Spülbecken zu stellen. „Und du, was machst du so?", lenke ich von mir ab.

„Oh, dies und das." Jasper hebt lässig die Schultern an und lässt sie wieder sinken. Dann hebt er zwei Finger in die Höhe und lächelt der Kellnerin gewinnend zu. „Noch mal dasselbe bitte."

Dieses Mal bekommt er den Caipirinha und ich den Sex on the Beach. Ich esse das Obst, und Jasper trinkt und sieht mir beim Essen zu.

„Danach ist aber Schluss", bestimmt er und lässt sein Glas sanft an meins stoßen. „Nicht, dass ich morgen früh aufwache und noch eine zweite Frau geheiratet habe."

„Sehr witzig!“ Ich funkle ihn gespielt wütend an. „Lassen Sie es nicht so weit kommen, dass ich eifersüchtig werde, Mr. Morrisson!“

„Oh, das würde mir im Traum nicht einfallen, Mrs. Morrisson“, entgegnet er trocken.

Als wir einige Stunden später gut gelaunt den Strand entlang zurück zum Hotel schlendern, klingelt mein Handy.

„Es ist Chris“, sage ich zu Jasper und gehe ran. „Hallo, Chris.“

„Hallo, Skadi. Du klingst fröhlich“, begrüßt er mich mit einem unüberhörbaren Staunen in der Stimme. „Alles gut bei euch?“

„Alles bestens bei uns.“ Ich sehe zu Jasper auf. „Nicht wahr?“

„Alles bestens“, bestätigt auch Jasper.

„Sehr schön.“ Chris schweigt einen Moment. „Du, Skadi, ich würde gerne einmal kurz mit deinem Mann sprechen. Gibst du ihn mir mal?“

„Du willst mit Jasper reden? Wieso?“

„Standardüberprüfung“, antwortet Chris schlagfertig. „Wird alles mit ins Protokoll aufgenommen.“

„Klar. Okay.“ Ich reiche das Handy an Jasper weiter, der nicht ganz so erstaunt wirkt wie ich. „Hier, für dich.“

Ich beobachte ihn von der Seite, während wir über den weißen Sand laufen. Es hat etwas abgekühlt und wird langsam dunkel. Das Gespräch zwischen Jasper und Chris scheint nicht sehr mitreißend zu sein. Jasper brummt einige Male zustimmend, bevor er auflegt und mir das Handy zurückgibt.

„Was wollte er?“, erkundige ich mich.

„Nichts." Jasper schüttelt den Kopf. „Er hat nur gefragt, ob es dir gutgeht. Ich soll dich anständig behandeln."

Ich runzle die Stirn, sage aber nichts. Das klingt nicht sehr nach Chris. Eher nach Dave oder Leah. Andererseits ... was sollten sie sonst besprochen haben? Wahrscheinlich nichts Wichtiges. Ich denke schon nicht mehr daran, als wir das Hotel betreten und zurück in unser Zimmer gehen. Auf dem Gang ist es bereits sehr still, das Licht surrt leise.

Jasper und ich haben beide Sand in den Schuhen. Ich putze mir die Zähne, um den Geschmack der Cocktails loszuwerden, bevor ich unter die Dusche springe. Ich spüre den Alkohol in meinem Körper, aber es ist kein unangenehmes Gefühl. Kein verkatertes oder wirres, sondern eher ein leichtes. Ich fühle mich wach und beschwingt. Dabei habe ich gestern noch bittere Tränen aus Einsamkeit und Wut über diese verrückte Wette geweint. Jasper hält mich wahrscheinlich für eine schizophrene Psychopathin.

Nur mit einem Handtuch bekleidet gehe ich zurück ins Zimmer, um mir etwas zum Anziehen aus dem Koffer zu holen. Es ist okay, Jasper hat mich schon weitaus nackter gesehen. Er sitzt auf dem Bettrand und spielt mit seinem Handy. Als er mich bemerkt, lächelt er und steckt es schnell in seine Hosentasche.

„Ich springe auch noch schnell unter die Dusche", kündigt er an, steht auf und macht Anstalten, an mir vorbeizugehen. Dicht vor mir bleibt er stehen. „Dir geht's gut, Skadi, oder?"

Erstaunt über diese Frage sehe ich ihn an.

„Klar, wieso?"

Er nickt nachdenklich, ohne meine Rückfrage zu beantworten.

„Du bist dir im Klaren darüber, dass wir uns nach dieser *Sache* ...“, er hebt Zeige- und Mittelfinger beider Hände und deutet so Anführungszeichen an, „... nicht wiedersehen werden, richtig?“

„Das ist der Plan, oder?“ Ich zucke lässig mit den Schultern, als wäre es mir egal. Aber das ist es nicht. Seine Fragen verwirren mich, und ich weiß nicht, worauf er hinauswill.

„Ich will nur, dass das für uns beide feststeht“, erklärt er. „Damit es nicht nachher für einen von uns ... irgendwie schmerzhaft wird.“

„Jasper, machst du dir Sorgen, dass ich mich in dich verliebe?“, dämmert es mir plötzlich. Ich muss lachen. „Keine Sorge, das wird in drei Milliarden Jahren nicht passieren.“

„Ach, wirklich?“ Jasper verschränkt die Arme vor der Brust. In seinen Augen blitzt etwas auf, das ich nicht einordnen kann. „Woran liegt das?“

Mir fallen spontan ein paar Gründe ein. Er ist nicht mein Typ. Ganz und gar nicht. Ich bin nicht ansatzweise über Jude hinweg und werde das wahrscheinlich bis zum Rentenalter auch nicht sein. Doch ehe ich etwas davon sagen kann, macht er einen Schritt auf mich zu.

„Liegt es daran, dass ich schlecht küsse?“, fragt er mit rauer, leiser Stimme ganz provokant.

„Nein.“ Ich schüttle den Kopf. „Du küsst sogar ziemlich gut.“

„Vielen Dank, das Lob kann ich nur zurückgeben“, entgegnet Jasper mit immer noch gesenkter Stimme. „Dann besteht ja keine Gefahr.“

„Gefahr?“, wiederhole ich nun ebenfalls flüsternd. Meine Kopfhaut prickelt und all die kleinen Härchen in meinem Nacken stellen sich auf.

Er tritt noch ein Stück näher. So nah, dass ich seinen Atem im Gesicht spüren und jede Pore seiner Haut sehen kann. Das Prickeln wird stärker. Es wandert von meinem Kopf und meinem Nacken langsam über den Rest meines Körpers, wo es sich weiter ausbreitet. Ob das am Alkohol liegt?

„Die Gefahr eines gebrochenen Herzens“, flüstert Jasper. „Das steht nicht im Wett-Vertrag.“

„Null Komma null Prozent Gefahr“, raune ich so überzeugend wie irgend möglich zurück.

Und plötzlich umfassen seine Hände mein Gesicht. Warm, sanft und irgendwie vertraut. Ich sehe ihm wie in Schockstarre in die honigbraunen Augen. Alles scheint mit einem Male ins Zeitlupentempo versetzt. Endlos langsam streichen seine Daumen über meine Wangen, meine Lippen. Er kommt näher, noch näher, so nah, dass ich seinen Körper an meinem spüre. Seine Lippen nähern sich meinen.

„Jasper, stopp!“ Ungewollt heftig schiebe ich ihn von mir und weiche gleichzeitig einen guten halben Meter zurück, sodass ich mit dem Rücken an die Wand stoße. „Ich kann nicht. Das ist ... falsch.“

„Okay.“ Jasper sieht erhitzt aus. Seine Wangen glühen leicht, seine Augen glänzen. Verunsichert fährt er sich mit der flachen Hand über den Nacken, und es dauert eine ganze Weile, bis er sich scheinbar wieder gefangen hat.

„Gratuliere, du hast den Test bestanden“, scherzt er dann mit gewohnt lässiger Art und deutet auf die Badezimmertür. „Ich gehe dann duschen. Lass uns aber auf jeden Fall noch ein paar Bademäntel klauen, bevor wir morgen zurückfliegen.“

Ja, morgen fliegen wir zurück. Während das Wasser der Dusche im Badezimmer zu laufen beginnt, lege ich mich auf meine Seite des Bettes und starre in die Dunkelheit. Meine Kopfhaut prickelt nicht mehr, und auch die Härchen in meinem Nacken haben sich längst wieder gelegt. Doch mein Herz klopft so rasend schnell, als würde es meiner Brust entspringen wollen. Es rast, während Jasper zurückkommt und sich schweigend an den anderen Rand des Bettes legt, während ich mich schlafend stelle. Und es rast immer noch, als seine Atemzüge immer ruhiger und tiefer werden.

Kapitel 6

Ein Mann im Haus

Es liegt Schnee, als wir in Sacramento aus dem Taxi steigen, das uns vom Flughafen hergebracht hat. Lautlos fallen weitere Flocken vom Himmel und verschmelzen mit der weißen Schneedecke. Der Temperaturunterschied zu Waikiki ist so enorm, dass ich unkontrolliert mit den Zähnen klappere, obwohl ich mir unterwegs fast alle Kleidungsstücke übereinander angezogen habe, die mein Koffer zu bieten hatte. So schnell wie möglich hüpfe ich bibbernd mit meinem Wohnungsschlüssel in der einen und dem Handgepäck in der anderen Hand die Stufen zur Tür empor, während Jasper den Taxifahrer bezahlt und die Koffer auslädt.

Im Treppenhaus riecht es nach Vanille-Raumspray. Schweigend folgt Jasper mir die Stufen hinauf. Wirkt das schmale Acht-Familien-Haus von außen auch eher altmodisch, ist es innen fast ein wenig protzig eingerichtet: heller Marmorboden im Flur auf den Etagen, Gemälde an der Wand und roter Teppich auf den Stufen. Jasper sieht aus, als müsste er sich einen Kommentar verkneifen.

„Tadaa“, trompete ich oben angelangt unnötigerweise und stoße die sperrige Haustür im vierten Stock mit dem Fuß auf, sodass er mit den schweren Koffern hindurchkommt.

Obwohl ich nur eine gute Woche nicht hier war, habe ich das Gefühl, dass meine Wohnung irgendwie größer ist als ich sie in Erinnerung hatte – und unordentlicher. Es riecht ein wenig streng, irgendwie nach Katze. Was merkwürdig ist, denn ich habe keine.

Während ich durch alle Räume laufe und die Fenster aufreiße, um durchzulüften, stellt Jasper die Koffer im Flur ab und sieht sich neugierig um.

„Hast du eine Katze?“, fragt er.

„Nicht dass ich wüsste“, rufe ich aus dem Badezimmer.

Im Schlafzimmer sieht es aus, als wäre eine Bombe eingeschlagen. Im allgemeinen Aufbruchschaos habe ich vor dem Flug nach Las Vegas meinen gesamten Schrankinhalt auf dem Bett verteilt, um schneller eine Auswahl treffen zu können. Das hatte ich ganz vergessen. Auf dem Fußboden liegen mehrere Paar Schuhe, die nicht mehr in den Koffer gepasst haben. Schnell schiebe ich sie mit meinen Füßen unter das Bett, packe so viele Klamotten, wie ich mit beiden Armen halten kann und werfe sie in den Schrank. Kaum bin ich fertig damit, erscheint Jasper im Türrahmen.

„Du bist nicht besonders ordentlich, oder?“, fragt er und hebt eine Augenbraue an.

„Ich habe gepackt und hatte keine Zeit mehr, hier aufzuräumen“, verteidige ich mich. „Außerdem konnte ich ja nicht ahnen, dass ich nicht allein zurückkommen würde.“

Jasper schmunzelt und schlendert mit hinter dem Rücken verschränkten Armen weiter durch die Wohnung. Sicherheitshalber folge ich ihm, damit er nicht irgendwelche peinlichen Entdeckungen macht. Im Gästezimmer stolpert er über meine Sammlung an Kartons, bevor ich ihn warnen kann. Mit fragendem Gesichtsausdruck wendet er sich mir zu.

„Ich bestelle halt gerne“, erkläre ich mit hochrotem Kopf und schiebe die Kisten, teilweise geöffnet, teilweise ungeöffnet, zurück an ihre Plätze. Dass Online-Shopping als Trost kontraproduktiv ist, wird mir spätestens jetzt klar.

„Und was bestellst du?“, fragt Jasper, während ich ihn rückwärts zurück in den Flur schiebe.

„Dies und das“, antworte ich vage. „Nichts Spezielles.“

Jasper linst noch einen Augenblick lang neugierig an mir vorbei, bis ich die Tür schließe, dann macht er sich auf den Weg, das Badezimmer zu inspizieren.

Mit einem unterdrückten Aufseufzen folge ich ihm. Das ist ja schlimmer, als hätte ich ein kleines Kind zu Besuch, das ungefragt sämtliche Schubladen öffnet und alles durchsucht.

„Wieso hast du keine Badezimmerlampe?“, fragt er.

„Ich habe eine“, antworte ich und deute auf einen ungeöffneten weißen Karton in der Ecke.

„Soll ich sie dir aufhängen?“, erkundigt er sich.

Ich lächle zaghaft.

„Ich habe die Lampe mit Jude zusammen gekauft“, antworte ich leise.

„Und sie ist hässlich?“, rät er.

„Nein, sie ist toll!" Ich stecke die Hände in die Taschen meiner weiten Hose. „Sie ist meine absolute *Traumbadezimmerlampe*. Sie war für unsere gemeinsame Wohnung gedacht. Aber dann hatte er nie Zeit, sie aufzuhängen, und ein paar Tage später ... na ja ..." Ich lasse den Satz unvollendet und nestle an meiner Bluse herum, um ihn nicht ansehen zu müssen.

„Ein paar Tage später hat er dich und die Lampe vor die Tür gesetzt", ergänzt Jasper.

„So in der Art."

„Und du willst sie nicht hier in diesem Badezimmer hängen haben, weil ...?"

„Weil ich sie mit Jude gekauft habe!"

„Dann kauf eine andere."

„Ich will keine andere. Hast du mir nicht zugehört? Das ist meine Traumlampe!"

„Dann lass sie uns aufhängen. Das sieht doch verrückt aus – so ein edles Badezimmer und dann keine Lampe an der Decke."

Ich verdrehe die Augen und verlasse den Raum. Er versteht es nicht. Männer!

„Frauen", murmelt er vor sich hin und denkt wohl, ich höre es nicht.

Müde vom Flug und davon, Jasper durch die Wohnung zu folgen, lasse ich mich auf mein luxuriöses, extragroßes weißes Ledersofa fallen und ziehe mir meine roséfarbene Lieblingsdecke bis zum Kinn über den Körper. Die vielen offenen Fenster helfen nicht gerade über mein Frösteln hinweg. Auf dem Wohnzimmertisch liegen neben einer leeren Packung Pralinen ein paar Rechnungen und Kataloge sowie Fotos von Jude und mir. Ich erinnere mich noch daran, sie mir am Abend vor dem 24. Dezember angesehen zu haben. Außerdem waren ein paar Gläser Wein, unzählige Tränen und die bis dato noch volle Pralinenschachtel mit von der Partie. Mit klammen Fingern nehme ich sie an mich.

Ich habe mir die Bilder schon so oft angesehen, dass ich jedes Detail darauf auswendig kenne. Ich weiß, dass Judes Grübchen auf dem ersten Foto, auf dem wir todschick gekleidet im Restaurant sitzen, sofort ins Auge fallen. Dass in den Fellimitaten der Kapuze meines Skianzugs im Urlaub in St. Moritz Schneereste hängen, weil ich wenige Minuten vorher hingefallen und auf dem Po den halben Abhang heruntergerutscht bin. Dass Harper im Hintergrund des Fotos, das auf Sylt entstanden ist, Leahs Haare hält, weil diese sich nach der Schifffahrt seekrank am Strand übergibt. Jude sieht so glücklich aus auf diesen Bildern. Wie kann es sein, dass er es nicht war? Dass er all das nicht vermisst?

Jasper betritt das Wohnzimmer, und ich lasse die Bilder vor Schreck fallen. Aus irgendeinem Grund fühle ich mich ertappt. So unauffällig wie möglich bücke ich mich danach und stecke sie zwischen zwei Seiten eines Modekatalogs.

Er lässt sich neben mich fallen. Ich kann nicht sagen, ob er es nicht bemerkt hat oder es schlichtweg ignoriert. Er sieht genauso müde aus, wie ich mich fühle. Plötzlich knurrt sein Magen.

„Du hast nicht zufällig andere Lebensmittel als Instantnudeln und Kaffee im Haus?“, erkundigt er sich und legt eine Hand auf seinen Bauch.

Peinlich berührt schüttle ich den Kopf.

„Ich esse meistens auswärts“, gebe ich zu. „Und für zu Hause reichen mir Instantnudeln und Kaffee.“

„Das kann nicht gesund sein", kommentiert er mit einem Gähnen und streckt sich ausgiebig. „Aber zum Glück ist meine Müdigkeit größer als mein Hunger. Im Gästezimmer steht nicht zufällig ein Bett, oder?"

„Leider nicht." Ich traue mich nicht zu sagen, dass im Gästezimmer sehr wohl eins steht. Denn dieses Bett, das ich damals für eventuelle Übernachtungsgäste gekauft hatte – wie so vieles, um mich vom Herzschmerz abzulenken – ist längst vergraben unter Unmengen von Kartons und Kram, den ich nirgendwo anders unterbringen konnte. Ich lächle Jasper entschuldigend an.

„Dann schlafe ich wohl auf der Couch", seufzt er und streckt sich, um seine Worte zu unterstreichen, ganz darauf aus.

„Ja. Okay." Ich nicke. Er hat recht. Wir müssen uns nicht mehr zwangsläufig ein Bett teilen.

Jasper zieht seine Socken, sein Shirt und seine Hose aus und legt alles auf den Wohnzimmertisch, wo es das Chaos aus Rechnungen, Katalogen, Gläsern und Pralinenschachteln vollendet. Nur in Boxershorts bekleidet streckt er sich ein letztes Mal gähnend aus, dann dreht er mir den Rücken zu.

„Hier." Ich lege die Decke neben ihn. „Falls dir kalt wird in der Nacht."

„Mir ist nie kalt." Er wendet mir den Kopf zu und lächelt müde.

„Mir ist *immer* kalt", entgegne ich, und wie zur Bestätigung bekomme ich eine Gänsehaut, weil mir die Wärme der Decke fehlt.

„Wir ergänzen uns eben gut", murmelt er und wendet den Kopf wieder in die andere Richtung. „Gute Nacht, Skadi."

„Gute Nacht, Jasper."

Ich betrachte ihn noch einen Moment lang mit einem merkwürdigen Gefühl im Bauch, wie er in der Eiseskälte eines verschneiten Dezembertages so völlig entspannt und unbedeckt daliegt. Dann laufe ich zitternd durch die Wohnung, verschließe alle Fenster und drehe alle Heizungen auf fünf. Als ich auf dem Weg zum Schlafzimmer das letzte Mal durch den Flur am Wohnzimmer vorbeigehe, flüstert Jasper leise meinen Namen. Im Türrahmen bleibe ich stehen.

„Ich muss dir etwas sagen, Skadi."

Ich verschränke die Arme ineinander, um mich zu wärmen und warte darauf, dass er mir wieder sagt, er wäre nicht der echte Weihnachtsmann. Doch er schweigt. In der Dunkelheit kann ich seine Umrisse auf der weißen Ledercouch kaum ausmachen. Nur spärlich fällt das Licht aus dem Badezimmer, das ich immer brennen lasse, in die anderen Räume.

„Und zwar?", frage ich. Ich bin müde, hungrig und mir ist kalt.

„Weißt du was? Es ist doch nicht so wichtig", sagt er. „Geh ruhig schlafen. Du bist müde."

„Oh ... okay ..."

„Machst du das Licht nicht aus?"

„Nein." Ich schüttle den Kopf, obwohl ich mir unsicher bin, ob er mich überhaupt sieht. „Ich mache das Licht nie aus. Ich mag die Dunkelheit nicht."

„Okay." Seine Stimme klingt rau und ganz schwer vor Müdigkeit. „Schlaf gut."

„Du auch."

Der nächste Morgen beginnt mit einem trockenen Mund, Kopfschmerzen und einem allgemeinen Unwohlsein. Zuerst halte ich es für einen erneuten Kater. Aber das ist unmöglich – ich habe gar nicht getrunken!

Etwas wirr im Kopf setze ich mich aufrecht hin und bemerke zuerst, dass ich schwitze und dann, dass ich nicht mehr in Honolulu bin. Während ich mir die feuchten Haare aus dem Gesicht streiche, erinnere ich mich dumpf daran, die Heizungen am Vorabend alle auf fünf gestellt zu haben. Ein Fehler, wie ich nun weiß. Gähnend tapse ich über den Boden, von dessen Parkett man kaum etwas erkennen kann, weil nach wie vor überall Kleidungsstücke verteilt liegen. Ich schiebe mit dem Fuß einen Jeansrock und eine dünne Jacke beiseite und stolpere über ein Paar High Heels aus der letzten Saison.

Als ich das Fenster öffne, schlägt mir eine erfrischende Kälte entgegen. So erfrischend, dass mein Atem kleine Nebelwölkchen schlägt und ich binnen Sekunden wieder anfange zu frieren. Vor dem Haus liegt immer noch eine Menge Schnee, sogar mehr als am Abend zuvor. Eine weiße, weich wirkende und nicht mehr ganz unberührte Decke, die das Licht der Sonne sogar noch verstärkt. Vor der Treppe erblicke ich Schuhabdrücke unterschiedlicher Größe und ein paar Meter weiter steht sogar ein Schneemann. An allen Häusern hängt noch die prunkvolle Weihnachtsbeleuchtung, von der ich weiß, dass sie in den nächsten Tagen nach und nach verschwinden wird. In staubigen Kisten auf dem Dachboden wartet sie dann geduldig auf den nächsten Einsatz im Folgejahr.

Apropos Folgejahr ... mir fällt die Silvesterparty ein, die, wenn ich richtig gerechnet habe und heute der 30. Dezember ist, bereits morgen stattfinden wird. Verdammt! Dabei *liebe* ich Silvesterpartys. Ich liebe Partys im Allgemeinen. Und Yves, der Gastgeber, seines Zeichens exzentrischer Modeschöpfer und guter Freund von Dave und Chris, schmeißt definitiv die legendärsten, aufregendsten, lautesten Partys des Planeten. Eingeladen sind wir alle bereits seit einem knappen Jahr, nämlich seit der letzten Silvesterparty, mit der ungeplanten Änderung, dass Jude und ich nicht gemeinsam, sondern getrennt dort aufkreuzen werden.

Natürlich könnte ich einfach zu Hause bleiben. Könnte eine Magen-Darm-Grippe vortäuschen oder plötzliche, heftige Kopfschmerzen (und ich würde lügen, wenn ich behauptete, dies nicht in Betracht gezogen zu haben). Tatsache ist jedoch, dass jeder, der etwas auf sich hält, dort sein wird und dass es ein schlechtes Licht auf mich werfen würde, nicht hinzugehen. Ich will nicht, dass Jude glaubt, ich würde es nicht ertragen, ihn mit seiner Neuen zu sehen. Nicht dass es gelogen wäre. Nein, ich glaube tatsächlich, diesen Anblick nicht ertragen zu können – den Anblick seiner Hand, die einst meine gehalten hat und nun ihre zärtlich drückt. Den Anblick seiner Augen, die mich angestrahlt, ja geradezu geleuchtet haben bei meinem Anblick – und die nun nur noch sie sehen. Den Anblick seiner Lippen, die meine so oft geküsst haben und nun an ihren hängen. Ich kann mir mindestens dreihundert Dinge vorstellen, die ich lieber tun würde als das. Eine Wurzelbehandlung ohne Narkose zum Beispiel.

Aber ich will ihm die Genugtuung nicht geben. Außerdem wäre es unreif. *Und* es ist Teil dieser schrägen Wette. So ungern ich es mir auch eingestehen will, Jasper und ich werden gemeinsam dort auftauchen, genau wie Jude mit seiner neuen Freundin.

Fröstelnd schließe ich das Fenster wieder. Genug kalte Luft. Ich drehe die Heizungen herunter und schlendere ins Wohnzimmer, um zu sehen, was mein Kurzzeit-Mitbewohner so treibt.

Jasper hat alle Fenster sowie die Balkontür im Wohnzimmer aufgerissen, sitzt im Durchzug und blickt auf sein Handy. Als er mich bemerkt, lässt er es mit einer ruckartigen Bewegung in der Tasche seiner zerschlissenen Jeans verschwinden. Sein Koffer liegt weit geöffnet mitten im Raum.

„Guten Morgen, Ehefrau“, begrüßt er mich und zwinkert mir zu.

„Guten Morgen.“ Ich lächle milde. „Kann ich dir irgendwas anbieten? Kaffee? Instantnudeln?“

„Hast du keinen Kaviar da?“, fragt er, und ich bin mir nicht sicher, ob er scherzt oder es ernst meint.

„Kaviarfrühstück gibt’s nur samstags“, antworte ich.

Jasper nickt und beginnt, im Wohnzimmer auf- und abzulaufen und sich alles anzusehen. Als hätte er das am Vorabend nicht zur Genüge getan! Vor der großen gerahmten Fotocollage, die Leah mir zum neunundzwanzigsten Geburtstag geschenkt hat, bleibt er stehen und runzelt die Stirn.

„Ist er das?“ Behutsam nimmt er die Leinwand von der Kommode und deutet auf ein Bild vom Halloweenfest des Vorjahres.

Da ist er wieder, der unangenehme Kloß in meinem Hals.

„Wer?", stelle ich mich dumm.

„Dein Ex", sagt Jasper betont langsam, als wäre ich eine begriffsstutzige Vierjährige. „Julius."

„Jude. Sein Name ist Jude. Stell das zurück, Jasper", verlange ich lauter als gewollt und füge etwas sachter ein *Bitte* hinzu.

Jasper ignoriert meine Worte.

„Du siehst glücklich aus", kommentiert er unnötigerweise und sieht sich das Foto genau an.

„Das war ich auch." Ich trete neben ihn, nehme ihm die Collage aus der Hand und lege sie mit der Unterseite zuoberst zurück auf die Kommode.

Ich muss das Foto von Jude und mir nicht ansehen. Ich kenne es in- und auswendig. Wir beide als sexy Vampire mit blutverschmiertem Hals, roten Kontaktlinsen und künstlichen Fangzähnen. Jude hat einen Arm um meine Taille geschlungen und deutet an, mich zu beißen, während ich aus vollem Herzen lache. Jahrhunderte scheinen zwischen diesem Foto und dem heutigen Tag zu liegen.

„Dieser Kerl hat dich nicht verdient, Skadi." Jasper sagt es leise und um vieles ernster, als er normalerweise spricht.

Vielleicht bin ich es, die ihn nicht verdient hat, denke ich, spreche es aber nicht aus. Jude war in vielerlei Hinsicht die bessere Hälfte dieser Beziehung. Er war ordentlicher, organisierter, extrovertierter und hatte einen besseren Kleidungsstil als ich. Und mit dem Geld, das er selbst verdient hat, konnte er um einiges besser umgehen, als ich mit dem, welches ich von meinem Vater erhielt. Er wäre der perfekte Ehemann gewesen. Vielleicht sogar der perfekte Vater. Und während das Bild von ihm und mir vor meinem inneren Auge verblasst, schnürt sich mir die Kehle zu.

Ich hatte ihn, den idealen Partner. Gutaussehend, erfolgreich und humorvoll. Und was habe ich jetzt?

„Hast du Hunger?", fragt Jasper in die Stille hinein.

„Ähm ..." Meine Stimme klingt erstickt. Ich versuche, das schneidende Gefühl herunterzuschlucken. „Ja. Ein wenig."

„Soll ich uns ein paar Instantnudeln in die Pfanne hauen?", scherzt Jasper und fügt gleich darauf hinzu: „Lass uns frühstücken gehen. Ich lade dich ein."

„Okay." Ich zucke mit den Schultern. Mir ist es recht, die chaotische Wohnung verlassen zu können. Alles hier erinnert mich an die Zeit unmittelbar nach der Trennung.

Nachdem ich mich ein wenig frisch gemacht habe und achtlos in eine verblichene Jeans und einen weißen Hoodie geschlüpft bin, steigt Jasper unter die Dusche. Und singt. Erst nehme ich es nebenbei wahr, während ich in der Küche ein paar Weingläser in der Spülmaschine verschwinden lasse, dann höre ich bewusst hin. Er singt *Hold Back the River* von James Bay – und das mindestens genauso gut wie das Original. Seine Stimme ist rau und dennoch irgendwie weich zugleich. Das, was er singt, klingt inbrünstig, überzeugend, fast schon sensibel – und passt nicht wirklich zu dem Bild, das ich von Jasper Morrisson habe.

„Hold back the river, let me look in your eyes,

Hold back the river, so I
Can stop for a minute and be by your side,
Hold back the river, hold back."

Dann enden das Lied und das Prasseln des Wassers zugleich. Und mir wird klar, dass ich seit einer ganzen Weile reglos dastehe – ein leeres Weinglas in der einen und ein Spülmaschinentab in der anderen Hand. Wie aus einer Trance erwachend, stelle ich das letzte Glas in die Spülmaschine, werfe das Tab ein und mache sie an. Auf der Arbeitsfläche sind unzählige Flecken: Kaffee, Wein und Brühe von Instantnudeln. Ich habe mich ganz schön gehen lassen nach der Trennung. Merkwürdig, dass mir das vorher nie aufgefallen ist.

„Irgendwie stört es mich, dass du keine Lampe im Badezimmer hast." Jasper erscheint im Türrahmen, wie so oft nur mit einem Handtuch um die Hüften und tropfend nassen Haaren.

„Man gewöhnt sich daran", sage ich und verschränke die Arme vor der Brust. Aus irgendeinem Grund will ich nicht, dass er weiß, dass ich ihm zugehört habe. „Ziehst du dir jetzt endlich mal was an?"

„Wieso? Macht dich der Anblick nervös?" Jasper deutet an, das Handtuch zu lösen.

Ich drehe ihm den Rücken zu. Jasper lacht, dann höre ich, wie er ins Wohnzimmer geht und sich an seinem Koffer zu schaffen macht. Kopfschüttelnd sprühe ich die Flecken auf der Arbeitsfläche mit Glasreiniger ein. Das lasse ich jetzt erst mal einwirken.

Wenig später lässt Jasper sich auf den Beifahrersitz meines Autos fallen. Er wirkt erstaunt, dass es ein schlichter beigefarbener Beetle ist.

„Als ich dich kennengelernt habe, hätte ich schwören können, dass du einen anderen Wagen fährst“, wundert er sich.

„Zum Beispiel?“

„Einen feuerroten Porsche“, antwortet er. „Irgendwas Auffälliges, Teures, Signalfarbenes.“

Ich fahre rückwärts von der Einfahrt herunter auf die Straße, um das Café anzusteuern, in dem ich mit Leah und Harper mindestens einmal wöchentlich die Mittagspause verbringe. Es liegt immer noch Schnee, aber die dicke weiße Schicht ist ein wenig in sich zusammengefallen. Die Sonne scheint.

„Ich bin aber nicht der auffällige, teure und signalfarbene Typ“, entgegne ich.

„Das ist mir auch schon aufgefallen“, murmelt Jasper, und ich spüre seinen Blick auf meinem Gesicht. „Du bist nicht das typische reiche Mädchen.“

Ich beiße mir auf die Zunge. *Wenn du wüsstest, wie gerne ich das typische reiche Mädchen wäre.*

Ich parke auf dem immer recht vollen Parkplatz des Cafés und will gerade aussteigen, als mein Handy klingelt. Ein Videoanruf von Harper. Ich nehme ihn an und werde von einer Nahaufnahme ihrer bordeauxrot lackierten langen Fingernägel überrascht.

„Mit oder ohne Glitzer?“, fragt sie ernst.

„Dir auch einen guten Morgen.“ Ich muss lachen. „Mit?“

„Mit ist ganz schön auffällig.“ Harper bewegt ihre Finger hin und her. „Also perfekt für mich. Was trägst du morgen?“

„Irgendein Kleid“, antworte ich gleichgültig.

Jasper steigt aus und hält mir die Fahrertür auf.

„Ich meine auf den Nägeln!“, schnauft Harper vorwurfsvoll, und plötzlich sehe ich nicht mehr ihre Hand, sondern ihr Gesicht. „Mein Outfit steht schon seit sechs Monaten. Sag bloß, du hast noch nichts geplant?“ Sie nähert ihr Gesicht skeptisch dem Handy und runzelt die Stirn. „Wo ist Jasper?“

Ich halte mein Smartphone so, dass sie ihn sehen kann.

„Wir wollten gerade etwas frühstücken gehen“, erkläre ich.

„Ich weiß, wo ihr seid! Wir treffen uns dort“, entscheidet sie mit einem Unterton in der Stimme, der keine Widerrede duldet. Dann legt sie auf.

Jasper und ich haben unser Frühstück gerade zur Hälfte beendet, als Chris, Dave, Leah und Harper in Chris’ nagelneuen, extrem lauten Sportwagen auf den Parkplatz fahren. Während Leah und die Zwillinge verhältnismäßig leger gekleidet sind, trägt Harper einen ihrer geliebten Jumpsuits in kanariengelb und darüber einen fast bodenlangen weißen Mantel, der zu ihren weißen Stiefeln passt. Die Sonnenbrille, die sie sich in ihre Hochsteckfrisur geschoben hat, passt wenig zur Jahreszeit, dafür aber umso besser zum Outfit.

Während Leah mich, wie eine Mutter ihr verlorenes Kind, an die Brust drückt und nicht mehr loslässt, begrüßt Chris Jasper mit einem lässigen Handschlag. Harper drückt mir einen Kuss auf die Wange und eine große Papiertüte in die Hände.

„Dank mir später“, sagt sie mit einem Zwinkern.

„Was ist das?“, erkundige ich mich, obwohl ich es mir, wenn ich unser vorausgegangenes Telefongespräch noch einmal Revue passieren lasse, schon denken kann.

„Eure Outfits für die Party!", bestätigt sie meine Vermutung und wirkt dabei, als wäre es völlig normal, Menschen im näheren Umkreis ungefragt einzukleiden.

Jasper rückt mit seinem Stuhl direkt neben meinen, um Platz für die anderen zu machen. Unwillkürlich fühle ich mich an jenen Abend in Las Vegas erinnert, an dem ich ihn kennengelernt habe. Es fühlt sich völlig unwirklich an, dass kaum eine Woche seither vergangen ist.

„Woher kennt sie meine Größe?", flüstert Jasper mir ins Ohr, während die anderen sich zu uns setzen, und deutet auf die Papiertasche.

„Frag nicht. Sie weiß einfach alles", wispere ich zurück.

Harper greift über den Tisch, bedient sich an meinem Glas Orangensaft und trinkt einen Schluck, woraufhin sie angewidert das Gesicht verzieht. Kopfschüttelnd winkt sie die junge Kellnerin herbei, die uns das Frühstück serviert hat, und deutet auf mein Glas, als würde sich kein Saft, sondern Urin darin befinden. Oder Säure.

„Schätzchen, was ist das?", fragt sie von oben herab.

„Das ist Orangensaft", antwortet die junge Kellnerin tapfer. „Wieso, Miss?"

„Weil es wie abgestandene Scheiße schmeckt", erwidert Harper trocken.

„Harper!", raunen Leah und ich erschrocken. Chris und Dave blicken peinlich berührt auf die Tischplatte.

„Uns schmeckt es sehr gut, vielen Dank noch mal“, meldet Jasper sich zu Wort und schenkt der Kellnerin ein einnehmendes Lächeln.

Großer Gott, er kann so süß sein.

„Was war das denn?“, wende ich mich an Harper, als die Kellnerin verdattert weitergeht.

„Ich bin vielleicht *etwas* angespannt vor der Party“, untertreibt Harper und fächert sich mit der flachen Hand Luft zu. Offensichtlich schwitzt sie in ihrem dicken Mantel, den sie, wie ich sie kenne, aber der Optik wegen nicht ausziehen will. „Und Saft kann man das Gesöff nun wirklich nicht nennen. Das dürfen die ruhig wissen.“ Sichtlich irritiert hält sie mit einem Mal inne und mustert Jasper. „Sag mal, was ist denn mit deinen Augen passiert?“

Stimmt. Da war ja was. Ich habe mich schon so sehr an das sanfte Honigbraun gewöhnt, dass der Anblick mir nun gar nicht mehr merkwürdig vorkommt.

„Was ist denn damit?“ Ich zwinkere Jasper heimlich zu.

Er zwinkert zurück. Nur Leah bemerkt es und strahlt über das ganze Gesicht.

„Wie läuft’s denn bei euch beiden Hübschen?“, fragt Dave.

„Ganz gut“, antworten wir synchron, und Leah entfährt ein freudiges Grunzen.

Theoretisch müsste ich nach dem spontanen Frühstücksausflug meine chaotische Wohnung aufräumen. Praktisch jedoch habe ich nun einen nicht eingeplanten Mitbewohner, der Lust hat, alles zu sehen – die Stadt, in der ich lebe, die Straße, in der ich aufgewachsen bin. Wir fahren von A nach B und wieder von B nach A und landen am späten Nachmittag tatsächlich wieder am Ausgangspunkt, dem Café, in dem wir uns ein Stück Kuchen und Milchkaffee gönnen – ohne Harper, Leah, Chris und Dave.

Ich würde ihn nicht noch mal heiraten (und wahrscheinlich auch in Las Vegas generell die Finger vom Alkohol lassen), aber die Zeit mit ihm fliegt geradezu. An diesem Tag fühle ich mich wohl in seiner Gegenwart.

Am Abend, als wir in die Wohnung zurückkehren, fühle ich mich erschöpft, zufrieden, satt und vor allen Dingen müde. Ich kann das Gähnen kaum noch unterdrücken.

„Geh besser schlafen", schlägt Jasper vor. „Nicht, dass du morgen noch mit Augenringen auf der Party auftauchst und Harper einen Nervenzusammenbruch bekommt."

„Das könnte allerdings passieren", stimme ich ihm schmunzelnd zu.

„Ich lege mich auch gleich hin. Ich habe nur noch eine Kleinigkeit zu erledigen", erklärt er und drückt mir unerwartet einen Kuss auf die Wange. „Schlaf gut, Skadi."

Dann trägt er einen Stuhl ins Badezimmer und schließt die Tür hinter sich.

Und mir werden zwei Dinge gleichzeitig klar: dass er gerade die Badezimmerlampe aufhängt und dass ich Jasper Morrisson mehr mag, als es gut für mich wäre.

Kapitel 7

Die Silvesterparty

Eines muss man Harper lassen: Ihr Modegeschmack ist brillant. Jaspers Outfit passt zu meinem, als wäre es eigens dafür designt worden. Während mein schwarzes Etuikleid mit durchsichtigen Ärmeln, einem schrägen Einsatz an der Brust und Unmengen von Glitzersteinchen daherkommt, sind in Jaspers ebenfalls schwarzem Anzug feine Silberelemente vernäht, die genauso funkeln wie meine Steinchen. Als Eyecatcher hat Harper für Jasper eine königsblaue Krawatte und für mich eine Clutch, Creolen und High Heels in derselben Farbe beigelegt.

Es ist nahezu unglaublich, in welch kurzer Zeit sie das alles arrangiert hat. Als wäre sie gar kein Mensch, sondern ein Roboter. Einer mit einem verdammt gutem Modegeschmack. Oder hat sie etwa damit gerechnet, dass ich nicht selbst vorsorge und dies sicherheitshalber prophylaktisch für mich mit übernommen? Harper kennt mich. Sie weiß, dass ich mir aus solchen Dingen nicht annähernd so viel mache wie sie – vor allem nicht so weit im Voraus.

Einen schrecklichen Moment lang stelle ich mir vor, dass sie den Anzug vermutlich eigentlich für einen anderen männlichen Begleiter an meiner Seite zusammengestellt hat. Für Jude. Dann schiebe ich den Gedanken beiseite. Jasper ist ein ganzes Stück größer als er. Und überhaupt – Jude hätte *niemals* etwas angezogen, das jemand anderer ihm zusammengestellt hat.

Gerade bearbeite ich mit dem sündhaft teuren Glätteisen, das ich mir vorigen Monat gegönnt habe, die Haare, als Jasper an der offen stehenden Badezimmertür vorbeiläuft.

„Kannst du einen Krawattenknoten binden?", fragt er.

„Ähm ... klar." Ich lege das Glätteisen beiseite und trete zu ihm in den Flur. Die Kunst des Krawattenbindens habe ich zur Genüge bei Jude gelernt und perfektionieren können. Er ist so gut wie nie ohne Krawatte vor die Tür gegangen.

Jasper sieht großartig aus. Ein wenig unfair ist es ja schon, dass Männer mit ein bisschen Haargel, einem schicken Anzug und einem Spritzer Aftershave gleich herausgeputzt sind, während das bei uns Frauen diverse Make-up-Artikel sowie Glätteisen, Nagellack, Schmuck und im Schnitt zweiundzwanzig verzweifelte Umzieh-Aktionen beinhaltet. Nur die leuchtend blaue Krawatte hängt etwas verloren um seine breiten Schultern. Ich nehme sie beherzt in die Hände.

„Gut siehst du aus", befindet Jasper leise.

Ich bin ihm so nah, dass ich ihn riechen kann. Er hat sich bereits vor mir für die Party hergerichtet und riecht gut. Ziemlich gut sogar. Frisch, interessant, ein wenig herb und dabei weder aufdringlich noch allzu intensiv. Ich könnte mich an den Geruch gewöhnen. Der

Blick, mit dem er mich ansieht, lässt mich erröten. Wieso tut er das?

„Ach was, ich sehe nicht gut aus. Ich bin doch noch nicht mal ganz fertig", wiegle ich sein Kompliment flapsig ab. Die Hälfte meiner braunen Haare, die noch nicht von mir bearbeitet worden sind, habe ich zu einem unordentlichen Dutt hoch oben auf meinem Kopf zusammengesteckt. Sie sehen wellig und etwas wirr aus. Der Rest fällt mir glatt und glänzend über den Rücken. Jasper umfasst sie unerwartet mit der Hand und nimmt sie in meinem Nacken zusammen.

„Du duftest auch sehr gut", sagt er leise.

Ein Kribbeln, ähnlich einer Gänsehaut, wenngleich ein ganzes Stück intensiver, huscht mir über den gesamten Körper. Ohne mir wehzutun, zieht er den Haarstrang sanft nach unten, sodass ich den Kopf in den Nacken legen und ihn ansehen muss.

„Sieh mich doch mal an, Skadi. Wieso siehst du mich nie an?", flüstert er.

„So ein Quatsch!" Ich bewege meinen Kopf ruckartig Richtung Brust und entreiße ihm meine Haare, bevor ich sie mir nach vorn über die Schulter lege. „Ich sehe dich *ständig* an, Jasper."

Moment. Das klingt falsch.

„Nicht ständig. Ab und zu. Aber ich sehe dich an", versuche ich mich zu retten. „Wie auch immer. Willst du jetzt deine Krawatte gebunden haben oder nicht?"

Jasper schweigt. Mit einigen wenigen flinken Handbewegungen sorge ich dafür, dass die Krawatte so perfekt anliegt, dass sie zum Rest des ebenfalls perfekten Outfits passt.

„Fertig.“ Ich trete intuitiv einen Schritt zurück, um Raum zwischen uns zu bringen.

Jasper wirkt erstaunt.

„Wieso kannst du das?“, fragt er.

„Wieso kannst du das *nicht*?“, entgegne ich.

Er grinst.

„Vielleicht gefällt es mir einfach, dabei zuzusehen, wie du es machst, Skadi“, sagt er. Seine Stimme ist immer noch gedämpft und leise. Ich frage mich, weshalb er plötzlich so oft meinen Namen sagt. Und weshalb es sich so merkwürdig anfühlt, diesen aus seinem Mund zu hören. So gut und schräg zugleich.

„Danke.“ Er blickt zufrieden an sich herab, bevor er mich wieder ansieht.

Ich zwinge mich, seinen Blick zu erwidern, ohne wegzusehen. Er hat recht – ich weiche diesen honigbraunen Augen viel zu oft aus. Das würde ich natürlich niemals vor ihm zugeben. Er soll nicht denken, dass er im Recht ist.

„Bitteschön“, gebe ich so neutral und freundlich wie möglich zurück.

Er fixiert mich immer noch. Ist das ein Spiel? Ein Test? Ich halte stand, auch wenn es irgendwie unangenehm ist und meine Wangen erneut zu glühen beginnen. Verdammt. Dieser Kerl hat *echt* lange Wimpern. Unfair ist das! Und diese Mischung aus dem Geheimnisvollen und der Abenteuerlust, die in seinen Augen aufeinandertrifft, ist der Wahnsinn. Okay, okay, ich gebe es zu. Jasper ist heiß. Er ist sogar verdammt heiß. Aber was geschieht mit heißen Dingen? Man verbrennt sich die Finger daran.

Ich will wegsehen, aber genau in diesem Moment macht er mit einer kaum sichtbaren Bewegung einen Schritt auf mich zu. Nun steht er wieder so nah vor mir, dass ich seinen Duft wahrnehmen, seinen warmen Atem spüren und die Bartstoppeln in seinem Gesicht zählen könnte. Oder ihm die Krawatte ein zweites Mal binden. Ich blinzle kurz.

„Skadi“, sagt er leise. So leise, dass es kaum mehr als ein Hauchen ist.

Und für den Bruchteil einer Sekunde bricht in mir ein Bedürfnis aus. Das Bedürfnis, ihm zu sagen, weshalb ich ihn nicht ansehen kann. Dass es nicht daran liegt, dass ich außergewöhnlich schüchtern oder gar introvertiert bin. Ich will ihm sagen, dass ich an Jude denke, jedes verdammte Mal, wenn Jasper sich mir in irgendeiner Art und Weise nähert. Dass irgendein verdammt ekliges, Schmerzen verursachendes Etwas tief in mir schreit, dass ich immer noch zu Jude gehöre und dass es einem Fremdgehen nahekommt, was ich hier tue. Und das, obwohl *Jude* derjenige war, der *mir* wehgetan hat und nicht umgekehrt. Der *mich* betrogen hat. Der *mich* verlassen hat. Ich blinzle erneut.

Jasper blinzelt nicht. Er scheint nie blinzeln zu müssen. Vielleicht ist er auch ein Roboter. Wie Harper, nur weniger modebewusst und weniger ausfallend.

Seine Augen wirken so ehrlich. So vertrauensvoll. Ich will ihm sagen, dass ich seit der Trennung vor allem eines habe: Angst. Ich habe Angst, mich neu zu verlieben. Davor, ganz von vorn anfangen zu müssen. Und vor allem davor, erneut verletzt zu werden. Denn mein Herz ist immer noch in all seine unzähligen Splitter zersetzt, in die es vor vier Monaten gesprengt wurde, und ein weiterer Bruch würde es wohl für immer zerstören.

Als hätte Jasper meine Gedanken gehört oder dasselbe gedacht (oder plötzlich festgestellt, dass er doch kein Roboter und das Starr-Spiel verdammt gruselig ist), wendet er mit einem Mal den Blick ab. Seine großen Hände versinken in den Taschen seiner Anzugshose, sein Blick wandert unstet durch den Raum, seine Zähne beißen kurz leicht auf seine Unterlippe.

„Ich ... kann einfach nicht“, höre ich mich selbst sagen. Es klingt dumpf und irgendwie fern.

„Ja. Ich auch nicht“, stimmt Jasper mir zu, und plötzlich schwingt wieder etwas wie Distanz in seiner Stimme mit.

„Gut. Ich ... geh mir dann mal ... weiter die Haare machen“, stammle ich und fliehe vor der unangenehmen Situation ins Badezimmer.

Dort schließe ich erst mal die Tür ab, lehne mich mit dem Rücken dagegen und atme tief ein und wieder aus. Jaspers Art verwirrt mich. Einerseits scheint er interessiert an mir, andererseits ist da diese Distanz, dieses Geheimniskrämerische, das immer wieder unerwartet ausbricht. Als würde er sich jedes Mal wieder an einen Grund erinnern, der ihn davon abhält, sich mir zu nähern.

Gedankenverloren glätte ich nach und nach die restlichen Partien meiner langen Haare. Ich trage Schminke auf und klebe künstliche Wimpern an, um wenigstens annähernd mit denen von Jasper mithalten zu können. Als ich fertig bin, gefällt mir das, was ich im Spiegel sehe.

Um 19 Uhr startet die Party, um Punkt 21 Uhr halten meine Freunde mit der lautstark hupenden Limousine, die Chris und Dave gebucht haben, vor dem Haus. Niemand, der etwas von sich hält, taucht unmittelbar zu Beginn einer Party auf – selbst dann nicht, wenn der Gastgeber Yves Moreau heißt.

Jasper und ich, die sich innerhalb der letzten Stunden angeschwiegen haben und aus dem Weg gegangen sind, beeilen uns, die Wohnung zu verlassen.

Harper hängt bereits johlend aus dem weit geöffneten Fenster. Der Eiseskälte und dem Schnee, der partout nicht weichen will, zum Trotz, trägt sie ein hautenges knallrotes Kleid in Lederoptik. Ihr langes dunkles Haar hat sie zu einem straffen Zopf zurückgenommen. Das Make-up ist mit rotem Lippenstift und roten Lidschatten typisch auffällig und exzentrisch. Jede andere Frau würde in diesem Outfit lächerlich und billig aussehen, Harper jedoch gelingt es, einfach jedes Kleidungsstück mit Stil zu tragen. Ihre Schönheit und ihr Selbstbewusstsein würden wahrscheinlich auch in einem überdimensional großen Staubsaugerbeutel glänzen.

„Verdammte Scheiße, was bin ich doch genial!“, freut sie sich lautstark angesichts der Kleidung, die sie für uns zusammengestellt hat, und umarmt erst mich, dann Jasper, als der Fahrer uns die Tür aufhält und uns einsteigen lässt.

Chris, Dave und Leah schließen uns ebenfalls kurz in die Arme. Es fühlt sich merkwürdig und gut zugleich an, dass Jasper jetzt irgendwie zu uns gehört – wenn auch nur für einen sehr begrenzten Zeitraum. Leah trägt eine glitzernde silberne Hose, eine weiße, sehr tief ausgeschnittene Bluse und ihr langes blondes Haar zu Locken gedreht. Chris und Dave sehen in ihren grauen Anzügen verhältnismäßig schlicht aus, haben sich aber für neongelbe Gürtel und Schuhe entschieden.

Jasper setzt sich zu den Zwillingen anstatt zu mir. Ich würde Leah und Harper nur zu gerne von seinen Annäherungsversuchen berichten, damit muss ich mich allerdings gedulden, bis wir unter sechs Augen sprechen können. Ungeduldig rutsche ich auf meinem Sitz hin und her.

Als die Limousine eine Weile später zum Stehen kommt, kann ich Jude bereits beim Aussteigen sehen. Ausgerechnet! Da warten wir bewusst, bis die Party in vollem Gange ist, und er kommt um exakt dieselbe Uhrzeit wie wir! Instinktiv versuche ich, rückwärts wieder in die Limousine zu steigen, aber Leah ist hinter mir und schiebt mich in freudiger Vorfreude einfach wieder heraus. Im nächsten Moment erkennt sie, was mich innehalten lässt, und das Lächeln gleitet aus ihrem Gesicht.

„Oh ...“, macht sie.

Jude sieht gut aus, wie er so dasteht und sich mit einem anderen Mann unterhält, der eine Zigarre raucht. Unverändert. Das freut mich einerseits, andererseits bedeutet das, dass die Trennung ihm nicht allzu sehr zugesetzt hat. Irgendwie hatte ich mir wohl doch erhofft, dass er an diesem Abend etwas ausgemergelt, müde und mit Tränen in den Augen vor mir stehen würde. Und natürlich ohne Begleitung. Doch die drahtige Rothaarige an seiner Seite ist unverkennbar seine neue Liebe. Und seine Sekretärin. Welche ich zu meinem Leidwesen bereits nackt gesehen habe.

„Hey, Süße." Harper legt mir eine Hand auf die Schulter, und ich erwache wie aus einer Trance und zucke leicht zusammen. „Ignorier diesen ... ", sie raunt mir ein Wort zu, das in einer Fernsehserie von einem durchdringenden Piepton überdeckt worden wäre. „Brust raus, Kinn hoch und los! Du bist nicht allein hier, Skadi, vergiss das nicht." Und von irgendwoher nimmt sie Jaspers rechte Hand und schiebt meine linke hinein.

Nur einen Augenblick später bemerkt Jude uns. Sein Blick gleitet nur kurz über unsere Gruppe, dann bleibt er an mir hängen. Ich schlucke. Beziehungsweise ich versuche es. Mein Hals ist zugeschnürt und zwar vollkommen. In meinem Mund sammelt sich Spucke. Habe ich verlernt zu schlucken? Oh mein Gott! Sicher fange ich gleich an zu sabbern. Ich drücke Jaspers Hand und bete im Stillen, dass der Boden sich auftut und mich einfach verschluckt.

„Ist er das?" Jasper klingt ungewöhnlich grimmig.

Ich kann nicht antworten. Erstens fühle ich mich mental nicht in der Lage dazu, zweitens bin ich immer noch wie gelähmt und drittens habe ich zu viel Spucke im Mund. Leah erledigt das Antworten für mich. Im Flüsterton raunt sie Jasper ein *Ja* zu. Und schon setzt die Gruppe sich in Bewegung und zieht mich mit – auf die Eingangstür der luxuriösen Halle zu, aus der donnernde Musik dringt, auf Jude und seine Sekretärin alias Affäre alias Freundin zu. Chris, Dave, Leah und vor allem Harper bedenken ihn nur mit einem knappen, hasserfüllten Blick.

„Guten Abend, Skadi", sagt Jude mit seiner weichen Stimme, die ich so lange nicht gehört habe. Und er greift nach meiner rechten Hand und schüttelt sie, während Jasper meine linke umso fester hält. Mit aller Kraft gelingt es mir, die ganze Spucke endlich herunterzuschlucken. Ich öffne den Mund und schließe ihn wieder, nur um das gleich darauf zu wiederholen. Wie ein Fisch auf dem Trockenen. Ich kann einfach nichts sagen. Ich bringe keinen Ton heraus. Wie ein kleines Tier im Scheinwerferlicht starre ich Jude mit weit aufgerissenen Augen an, während ich innerlich völlig durchdrehe.

Wann zum Teufel ist aus zärtlichen Stirnküssen eigentlich ein schlichtes Händeschütteln geworden? Es fühlt sich falsch an, diese künstliche Distanz aufrechtzuerhalten. Mein Gott, ich habe diesen Mann so oft nackt gesehen. Neben und mit ihm geschlafen. Mit ihm geduscht. Seine Hemden gebügelt. Und jetzt schüttelt er meine Hand, als wäre ich eine freundliche Nachbarin, die seine Pakete annimmt, wenn er arbeiten muss?

Kraftlos rutscht meine Hand aus seiner. Mein Herz schreit.

„Wir gehen rein, Skadi", sagt Jasper entschlossen, als wäre Jude Luft, und lenkt mich von ihm weg.

Umgeben von Jasper, Harper, Leah, Chris und Dave, die sich wie eine Fleisch gewordene Schutzkugel um mich herum positioniert haben, werde ich in die Halle hineinbegleitet und kann mich von meinem Schreck erholen. Es ist das erste Mal, dass ich Jude seit einer ganzen Weile gesehen habe. Hunderte, ach was tausende Male habe ich mir diese Situation vor meinem inneren Auge ausgemalt. Wie er mich anblicken, wie ich cool bleiben, wie ich ihn durch eben diese Coolness mit einem bloßen Wimpernklimpern zurückgewinnen würde. In keiner dieser Tagträume kam Jasper vor.

Oder meine Sprach- und Reglosigkeit. Oder diese Unmenge von Spucke in meinem Mund.

Der Türsteher winkt uns, begleitet von einem lässigen Nicken, mit Pokerface ins Innere der Halle. Leah kennt ihn seit Jahren durch ihren Job, und wohlhabenden Frauen stellt man sich besser nicht in den Weg. Auch nicht, wenn sie blond, zuckersüß und situationsbedingt hochsensibel sind. Meine Hände schwitzen. Ich löse meine Finger von denen Jaspers, streiche mein Kleid glatt und in einer raschen Bewegung den Schweiß ab. Wie unangenehm, dass alle mitbekommen haben, wie sehr mich Jude aus der Fassung gebracht hat. Sicher macht er sich gerade mit seiner Neuen über mich lustig. Die bloße Vorstellung treibt mir eine Hitze ins Gesicht, von der ich kaum sagen kann, ob es Scham oder Zornesröte ist.

Eine Handvoll auffällig gekleideter und sehr dürrer Männer und Frauen nehmen uns die Jacken ab, woraufhin uns ein junger Kellner mit einem Tablett entgegeneilt, uns herzlich begrüßt und jedem mit einer leichten Verneigung einen Begrüßungssekt in die Hände drückt. Ohne abzusetzen, leere ich es und bekomme ein neues gereicht.

„Skadi, übertreib es nicht!“, raunt Leah mir ins Ohr. Sie nippt mit beunruhigter Miene an ihrem ersten Glas. „Erinnere dich daran, was beim letzten Mal geschehen ist, als du zu viel Alkohol getrunken hast.“ Und vielsagend nickt sie in Richtung Jasper.

„Also erst mal kann ich euch hören und werde versuchen, das nicht als Beleidigung aufzufassen“, meldet Jasper sich zu Wort. „Und zweitens passe ich selbstverständlich auf Skadi auf.“

„Du sollst nicht auf mich aufpassen!“, brumme ich.

„Werde ich aber“, sagt er gleichgültig.

„Ich *will* nicht, dass du auf mich aufpasst!“, werde ich konkreter. „Ich kann das selbst! Ich bin eine unabhängige, selbstbewusste, emanzipierte Frau!“

Jasper setzt einen Mir-doch-egal-Blick auf.

„Es interessiert mich weniger, was du willst, als vielmehr, was du brauchst“, raunt er mir mit einem Unterton in der Stimme zu, die keine Widerrede duldet und stellt sein Glas zurück auf das Tablett des Kellners, der mich betont freundlich mustert, um sicherzugehen, ob ich vielleicht doch noch ein drittes Glas verlange. Als ich den Kopf schüttle, zieht er mit einer angedeuteten Verneigung weiter.

In der Halle hat sich die Creme de la Creme der B-Promis, Reichen und Neureichen der Stadt versammelt. Die Getränke, die Yves hierfür rangeschafft hat, sind höchstwahrscheinlich unbezahlbar, die Kleidung extravagant, die Konversationen größtenteils auf einem Niveau, das es schwierig macht, nicht dumm zu wirken. Und wie so oft fühle ich mich mit einem Mal ein wenig unbehaglich. Mit meinen vier reichen Freunden abzuhängen ist das eine, mich in einer ganzen Halle voller wohlhabender Snobs anzupassen, das andere. Ich fühle mich fehl am Platz. Ich habe eine Menge Geld zur Verfügung, das ist Fakt – und doch weiß ich eben, dass dieses Geld nicht meins ist, sondern nur das meines Vaters.

Jasper hingegen scheint sich pudelwohl zu fühlen. Ich weiß nicht, was ihm zum Reichtum verholfen hat, doch so selbstbewusst wie er sich verhält, hat er wahrscheinlich irgendeine erfolgreiche Firma gegründet oder so.

Definitiv sind Feiern wie diese obligatorisch für ihn. Er lässt sich von Harper, Leah und den Zwillingen mittreiben, ebenso wie ich, schüttelt Hände und stößt an.

Die Kellner hier gefallen mir. Sie sind immer da, wenn man sie braucht und tauchen scheinbar aus dem Nichts auf. Sie verneigen sich jedes Mal vor mir, als wäre ich die Queen höchstpersönlich, und versorgen mich, nachdem ich mein Glas Sekt leer getrunken habe, mit einem wunderbar aussehenden Cosmopolitan. Das ist definitiv der beste, den ich jemals getrunken habe.

Ich schlürfe hingebungsvoll an meinem Glas, als eine sehr junge Frau, die ganz in Leopardenoptik gehüllt ist, Jasper erblickt. Ihre Kinnlade klappt herunter. Jasper und ich halten inne. Wer ist das denn? Vielleicht eine Ex-Freundin? Keine Ahnung wieso, aber der Gedanke mag mir ganz und gar nicht gefallen.

„Sind Sie es *wirklich*?“, donnert sie und nähert sich mit leicht zusammengekniffenen Augen.

Bevor ich weiter irgendwelche Schlüsse ziehen kann, nimmt Jasper eine abwehrende Haltung ein.

„Sie müssen mich verwechseln“, sagt er erstaunlich kühl, nimmt meinen Arm, dreht mich in einer Art Pirouette von der Frau weg und geht einfach weiter.

Die junge Frau holt uns ein. Sie hat feine, helle Locken und unnatürlich weiße Zähne.

„Sind Sie nicht ...“, setzt sie erneut an.

„Nein, bin ich nicht!“, entgegnet Jasper, ohne sie zu Wort kommen zu lassen. Er greift nach meiner Hand und zieht mich durch die Menge, so schnell, als wären wir auf der Flucht.

„Ich fand Sie toll!“, brüllt die Frau uns nach und einige Gesichter wenden sich uns zu.

Erst am anderen Ende der Halle, die wirklich groß ist, kommt Jasper zum Stehen. Hier ist es weniger eng, und die Tanzfläche ist in Sichtweite. Außer Atem streiche ich über mein Kleid, das bei jedem Schritt ein wenig hochgerutscht ist. Fragend sehe ich ihn an. Der tippt sich mit dem Finger an die Stirn.

„Verrückte gibt's überall", sagt er.

„Und warum laufen wir dann weg, als hätte sie ein Gewehr auf uns gerichtet?"

„Ich mag keine Verrückten. Außer dich", erklärt Jasper gleichgültig Aber irgendetwas an der Art und Weise, in der er seine Schritte beschleunigt hat, um mich von dort fortzubringen, beunruhigt mich noch im Nachhinein.

„Vielleicht hat sie dich als singenden Santa in Vegas gesehen?", vermute ich vorsichtig.

„Das mag sein", murmelt er. „Willst du noch einen Cosmo?" Damit ist das Thema für ihn offensichtlich abgeschlossen.

Ich möchte Harper, Leah und die Zwillinge suchen, die ich aus den Augen verloren habe, aber Jasper scheint sich nicht vom Ende der Halle wegbewegen zu wollen. Gerade lässt er sich von einem der Kellner zwei Gläser Champagner reichen und gibt eines mit einem Zwinkern an mich weiter. Langsam scheint er sich beruhigt zu haben. Oder hat er sich vielleicht gar nicht erst aufgeregt? Vielleicht ist die Frau wirklich einfach nur verrückt und hat ihn verwechselt. Ich meine, wer trägt heutzutage schon noch Ganzkörper-Leopardenoptik? Richtig. Niemand, der normal im Kopf ist. Etwas entspannter nehme ich das Glas an mich und stoße mit ihm an.

Ich habe es gerade geleert und einem Kellner auf das Tablett gestellt, als ich Yves erblicke. Freudestrahlend schüttelt er hier und da Hände und kommt schließlich vor mir zum Stehen, um mich mit Küssen auf die Wange zu begrüßen. Er sieht wie immer fantastisch aus. Trotz seiner bereits fünfzig Jahre ist er quasi faltenfrei (Natur pur? Ich denke nicht) und trägt seinen Adoniskörper in einem derart engen Anzug zur Schau, dass man glauben mag, er wäre ihm auf die Haut geklebt worden. Das trübe rot-grau-beigefarbene Karomuster hat etwas von einem Senioren-Wohnzimmersessel und ist ziemlich durchlöchert. Seine Kreationen sind immer für Überraschungen gut.

„Skadi!", trompetet er und schnalzt mit der Zunge. „Wie wunderbar dich dieses Kleid kleidet! Nein wirklich, Liebes – *es* kleidet genau genommen nicht *dich* – *du* kleidest *es*. Habe ich nicht recht?" Er wendet sich mit einer galanten Bewegung an Jasper. „Mit wem habe ich die Ehre?"

„Jasper. Jasper Morrisson. Vielen Dank für die Einladung."

Die beiden schütteln einander die Hände.

„Liebst du es? Das Kleid?", wendet Yves sich mir wieder zu.

„Oh. Es ist ganz okay." Ich zucke die Schultern und denke daran, wie es vorhin ständig hochgerutscht ist. „Bisschen komisch geschnitten. Aber eigentlich ganz hübsch, da stimme ich dir zu. Harper hat es mir geliehen."

„Verstehe." Yves lächelt nach wie vor, wirkt aber mit einem Mal ein wenig distanziert. „Dann wünsche ich euch beiden noch einen schönen Abend."

„Das war ja komisch“, murmle ich, als er uns stehenlässt. Normalerweise plaudert er gerne länger mit mir.

„Skadi … Hattest du nicht gesagt, er sei Modedesigner?“ Jasper hebt eine Augenbraue.

„Ja.“ Ich nicke. „Wieso fragst … oh Shit.“ Mir dämmert mit einem Mal, was hier gerade geschehen sein könnte. „Sag mir bitte, was auf dem Schildchen im Nacken steht.“ Ich wende Jasper den Rücken zu und lege mir eilig die langen Haare über die linke Schulter.

„Hmm.“ Jasper nestelt an meinem Nacken herum. „Hier steht *YOM-YOM.*“

Ich unterdrücke ein Aufstöhnen. Da trage ich, ohne es zu wissen, ein Kleid genau des Designers, auf dessen Silvesterparty ich mich befinde und besitze auch noch die Dreistigkeit, es ihm gegenüber als mittelmäßig zu betiteln. Verdammt! Das war dann wahrscheinlich seine letzte Einladung an mich. Zu meiner Verteidigung muss ich sagen, dass dieses Kleid absolut nicht dem entspricht, was ich normalerweise von Yves gewohnt bin. Seine Kleider sind oft extrem kurz, haben grelle Farben und meistens Schulterpolster. Ich ärgere mich, dass ich nicht im Voraus nachgesehen habe, von welchem Designer es entworfen wurde. Jasper braucht gar nicht erst meine Antwort abzuwarten. Ich bin mir sicher, dass er sie mir am Gesicht ablesen kann.

Meine Laune sinkt. Ich lasse meinen Blick auf der Suche nach meinen Freunden durch die Halle streifen und entdecke stattdessen genau die Personen, die ich nicht sehen will: Jude und seine rothaarige Freundin. Angeregt unterhalten sie sich mit einer Gruppe junger Frauen, während er seine Hand auf ihrem Rücken liegen hat. Die ganze Gruppe lacht. Klar. Jude ist witzig. Er hat diesen ganz speziellen, charmanten, aber auch intelligenten Humor, dem man schlichtweg nicht widerstehen kann.

Und ohne es zu wollen, erinnere ich mich an die Zeit zurück, in der es sein höchstes Glück war, *mich* zum Lachen zu bringen. Wie kann es sein, dass ich hier stehe, mit blutendem Herzen, während seines nicht einmal einen blauen Fleck zurückzubehalten haben scheint?

Jasper steht leicht abgewandt von mir und sieht sich mit in die Hüfte gestemmten Händen ebenfalls in der Halle um. Vielleicht hält er fluchtbereit Ausschau nach der verrückten Leoparden-Frau. Ich nutze die Chance und steuere die andere Richtung der Halle an. Mit schnellen Schritten eile ich zwischen einer Gruppe stark parfümierter Herren mittleren Alters hindurch. Die Luft in der Halle scheint mit einem Mal furchtbar dick und stickig. Meine Augen brennen. Mein Kopf schmerzt. *Ich will hier raus!* Ich werde immer schneller, bis ich zu meiner Erleichterung eine Balkontür erblicke. Vorsichtig berühre ich die Klinke. Sie ist nicht verschlossen. Sie lässt sich problem- und lautlos öffnen.

Mit einem großen Schritt trete ich hinaus und verschließe die Tür hinter mir. Es schneit. Schon wieder! Die Brüstung ist bereits ganz weiß. Sofort beginne ich zu frieren. Aber die eiskalte, klare Luft tut meinem Kopf gut. Vorsichtig linse ich durch die gläserne Tür. Niemand scheint mich bemerkt zu haben.

Ich bin froh, Jude und seine Neue von hier aus nicht sehen zu können. Oder vielmehr sehen zu *müssen*. Kurz ziehe ich mein Handy aus der Handtasche, um die Uhrzeit zu prüfen. 23:56 Uhr. Mitternacht und somit der Jahreswechsel rücken stetig näher. Und dann, just in diesem Moment, sehe ich sie doch. Durch die Fensterscheibe und fast von einer ganzen Gruppe elegant gekleideter Paare verdeckt, stehen sie da. So nah beieinander, dass kein Blatt mehr zwischen sie passen würde. Sie sehen einander an, als wären sie die einzigen beiden Menschen in dieser Halle. Ich atme schneidend ein. Die kalte Luft erfüllt mich mit einem Gefühl, das Schmerz sehr nahekommt.

„Was machst du denn hier, verdammt nochmal!" Plötzlich steht Jasper hinter mir. Er sieht ernsthaft besorgt aus. Lautlos schließt er die Tür hinter sich und tritt neben mich. Aus seinem Mund fliegen kleine helle Nebelwölkchen.

Ich wende den Blick ab und mache Jude und die Rothaarige trotz der Entfernung in der Menge sofort wieder aus. Ihre Haare sind wie eine rote Fahne. Mein Magen zieht sich krampfhaft zusammen. Im selben Moment setzt die Musik aus und der Countdown ein. Lautstark beginnt die gesamte Gästeschar im Chor von Zwanzig runterzuzählen.

Jude streicht seiner Flamme eine Haarsträhne hinter das Ohr. Es ist wie ein Unfall, ich kann weder wegsehen noch will ich diesen Anblick weiterhin ertragen müssen.

„Fünfzehn ... vierzehn ... dreizehn ..."

Ich spüre die Kälte nicht mehr. Jasper folgt meinem Blick und stöhnt leise auf, als er erkennt, wen ich da anstarre.

„Zehn ... neun ... acht ..."

Und dann wird mir klar, dass sie sich küssen werden. So wie er mich letztes und auch vorletztes Jahr an Silvester geküsst hat. Aus dem einen Jahr hinaus, in das neue Jahr hinein. *Das bringt Glück*, hatte er gesagt. Ich wende den Blick ab, bevor ihre Lippen sich treffen.

„Sechs ... fünf ... vier ..."

Nur ein kleiner Schritt und ich bin bei Jasper. Ich schlinge meine Arme um seinen Hals, fast ein wenig zu heftig, und presse meine Lippen auf seine. Es ist eine Kurzschlusshandlung. Keine Ahnung, was mein verrücktes Gehirn sich gerade denkt. Irgendwie denkt es tatsächlich gerade gar nicht.

„Zwei ... eins ... null!"

Lautes Jubeln erklingt, die Musik setzt wieder ein, ein Feuerwerk bricht los und meine Lippen kleben immer noch auf Jaspers. Ich spüre seine Hände auf meinem Rücken, die langsam höherwandern und mich mit bestimmendem Druck enger an ihn pressen.

Ich weiß nicht, was sein innerer Antrieb ist, mich in diesem Moment auf eben die Art und Weise zu küssen, in der er es gerade tut. Ich für meinen Teil versuche irgendwie, diesen schneidenden Schmerz in meinem Inneren zu erschlagen. Ich ersetze ein unfassbar heftiges Gefühl gegen ein anderes. Wie ein Ertrinkender löse ich mich von ihm und ringe kurz nach Luft, bevor ich ihn umso ungestümer erneut küsse. Ich teile seine Lippen, und während die Party zur Nebensächlichkeit wird, beginnt es heftiger zu schneien und das Feuerwerk erhellt den Horizont in allen Farben.

Kapitel 8

Küsse im Schnee

Ich kann nicht sagen, ob zwei, fünf oder womöglich sogar ganze vierzig Minuten vergangen sind, seit meine Lippen Jaspers in dieser Nacht gefunden haben. Aber das Feuerwerk ist vorbei, als ich die Augen öffne und wir ein Stück weit auseinander weichen, um uns anzusehen. Jaspers lange Haare sind mit Schneeflocken benetzt. Sein Brustkorb hebt und senkt sich in einem raschen Rhythmus, seine Augen sind ein wenig glasig und seine Lippen vom Küssen gerötet. Mein Mund prickelt, als würden tausende kleiner Nadeln auf ihn einprasseln.

„Wow", sagt Jasper und fährt sich mit der Hand über den Nacken.

„Ja", bringe ich atemlos hervor. Ich kann nicht aufhören, ihn anzusehen. Ich halte nicht einmal mehr Ausschau nach Jude, und irgendwie ist mir gerade ein wenig schummrig zumute. Aber nicht komisch, eklig oder unangenehm, sondern angenehm schummrig. Das mag am Alkohol liegen oder aber – was wahrscheinlicher ist – an meinem Gegenüber.

„Lass uns nach Hause gehen", murmelt Jasper rau, greift nach meiner Hand, umschließt sie fest, und zieht mich durch die Balkontür zurück in die Halle, ehe ich antworten kann.

Sie ist weniger voll als erwartet. Nur vereinzelt tanzen einige Paare dicht an dicht zur Musik. Während Jasper zielstrebig den Ausgang anvisiert und mich einfach mit sich zieht, erblicke ich Yves, der mit einer Handvoll junger Frauen in knappem Outfit mit Sekt anstößt. Er ignoriert mich. Zu Recht, wie ich mir im Nachhinein ein wenig beschämt eingestehen muss.

Fast haben wir die Tür erreicht, als Harper wie eine Furie auf uns zustürmt. Ihr langer Mantel schwebt wie der Umhang eines Zauberers hinter ihr her und verleiht ihr ein fast schon königliches Auftreten. Ihre Miene lässt auf nichts Gutes schließen.

„Wo zur Hölle seid ihr gewesen?“, fährt sie mich an, bevor ihr Blick auf unsere ineinander verschränkten Hände fällt. „Oh wow. Schön, dass *ihr* wenigstens Spaß hattet! Scheiße, ich brauche Alkohol“, faucht sie, verdreht die Augen und stürmt an uns vorbei auf den nächstbesten Kellner zu, der sofort wie vom Donner gerührt stehen bleibt und ihr entwaffnet sein Tablett entgegenstreckt.

Was ist ihr denn für eine Laus über die Leber gelaufen? Und wieso ist sie allein unterwegs? Kopfschüttelnd sehe ich ihr nach.

Vor der Halle treffen wir schließlich auf den Rest der Gruppe, der inmitten mehrerer anderer Grüppchen dasteht und scheinbar kurz zuvor noch das Feuerwerk verfolgt hat. Als ich sehe, dass sie alle ihre Jacken tragen, wird mir erst bewusst, wie kalt es eigentlich ist. Wie auf Kommando beginne ich zu frieren. Chris sieht ein wenig benebelt aus, Dave hält Harpers Tasche und Leah heult.

Jasper und ich tauschen einen Blick miteinander. Da lässt man diese verrückte Bande einmal aus den Augen! Es ist offensichtlich, dass er lieber sofort mit mir nach Hause gehen würde, doch er nickt mir ermutigend zu und lässt meine Hand los, damit ich die Wogen glätten kann.

„Hey, was ist denn hier los?“ Ich lege Dave eine Hand auf die Schulter und taumle gleich darauf einen Schritt zurück, weil Leah mir um den Hals fällt. Sie ist viel schwerer, als sie aussieht.

„Ich wusste ... es doch ... nicht“, wehklagt sie, von Schluchzern geschüttelt.

„Wovon spricht sie?“, raune ich Dave zu.

„Lange Geschichte ...“ Dave seufzt und schwenkt die Tasche hin und her. „Ganz schön schwer, das Teil. Ich sehe mal nach Harper.“

„Oh ... okay. Sie ist drinnen“, beeile ich mich zu sagen, während er schon davoneilt.

Leah lässt mich los und reibt sich mit dem Handrücken Unmengen von Mascara, Tränen und Rotz aus dem Gesicht.

„Ich wusste es doch nicht!“, wiederholt sie verzweifelt.

„Was wusstest du nicht?“

Statt einer Antwort erhalte ich nur einen erneuten Heulanfall, der in ein nasales Husten übergeht. Leah hält sich nicht einmal mehr die Hand vor den Mund. Alle Etikette scheint vergessen.

Jasper und ich sehen uns erneut irritiert an. Die Stimmung ist gekippt, das Knistern zwischen uns mit einem

Mal verschwunden und durch eine unangenehme Betretenheit ersetzt worden. Und während ich mich noch frage, was hier geschehen ist, als Jasper und ich auf dem Balkon im Schnee wie wild geknutscht haben, ist Harper plötzlich wieder da. Mit Dave an ihrer Seite, der etwas blass wirkt, stellt sie sich zur Gruppe und schiebt das Kinn vor. Ich mustere sie skeptisch. In ihren langen künstlichen Wimpern hängen winzige Tröpfchen, und auch ihre Augen wirken ein wenig glasig. Es ist offensichtlich, dass sie geweint hat. Diese Tatsache hat für uns alle einen bitteren Beigeschmack. Betretene Stille macht sich breit. Harper weint doch nicht. Harper weint sonst *nie*. Leah weint, und ich weine (in den letzten Monaten mehr als genug), aber Harper?

„Elf Uhr, wie gehabt?", fragt sie jäh mit nur minimal belegter Stimme in die Runde, stemmt die Hände in die Hüften und trommelt mit ihren langen Fingernägeln.

Wir sehen uns verwirrt an.

„Der ... Brunch?", frage ich vorsichtig.

„Nein, die Zombieapokalypse, Skadi." Harper verdreht die Augen. „Natürlich der Brunch!"

„Der ... findet also statt?", schließe ich und sehe nacheinander die immer noch schluchzende Leah, den blassen Dave, den abwesenden Chris und die sich so absonderlich verhaltende Harper an. „Trotz ... was auch immer hier gerade passiert ist?"

„Skadi!" Harper schnaubt Luft durch die Nase und sieht mich an, als wäre ich ein Kleinkind, das trotz aller Bemühungen nicht versteht, wie man eine Gabel richtig benutzt. „Wir haben einen verdammten Neujahrsbrunch geplant, wir kriegen einen verdammten Neujahrsbrunch! So etwas bedarf Vorkehrungen und kann nicht einfach ein paar Stunden vorher gecancelt werden.“

Mit Vorkehrungen, und damit, bin ich mir ganz sicher, meint sie den Caterer, die sündhaft teure Raumdekoration und ihr Outfit, das wahrscheinlich schon seit Ostern steht. Harper zelebriert den Beginn des neuen Jahres in großem Stil – genau wie ihren Geburtstag, Weihnachten, Thanksgiving und Halloween. Und da müsste schon einiges passieren, dass sie es sich anders überlegt und alle Planungen spontan über den Haufen wirft.

Ich erinnere mich an einen zweiten Termin, der ebenfalls morgen (tatsächlich sogar *heute*, denn der Tag ist ja längst angebrochen) ansteht, und bekomme einen kurzen Anfall ausgeprägter Stress-Bauchschmerzen. Das Abendessen mit meinem Chef und den Kollegen hatte ich so gut verdrängt, dass ich tatsächlich gerade kaum fassen kann, bereits morgen (beziehungsweise heute) dazu antreten zu müssen. Neujahr schien immer noch so weit weg zu sein.

„Dann sehen wir uns zum Brunch“, sagt Harper knapp in die Runde, ohne jemanden richtig anzusehen, und stellt sich an den Straßenrand, um ein Taxi zu rufen. Das nächste, das kommt, legt beinahe eine Vollbremsung vor ihr hin, und der Fahrer steigt tatsächlich aus, um ihr die Tür aufzuhalten.

Wir anderen bleiben irritiert zurück. Harper verlässt selten so früh eine Party. Und noch seltener fährt sie Taxi. Was ist mit der Limousine, die uns hergebracht hat?

„Was ist denn bloß los mit ihr?“, frage ich in die Runde, da offenbar alle außer Jasper und mir Bescheid wissen.

Doch Chris schüttelt nur den Kopf und macht eine wegwerfende Handbewegung.

„Ich möchte nicht darüber reden“, sagt Leah mit belegter Stimme. „Ich fahre auch nach Hause. Gute Nacht und ... also wir sehen uns dann beim Brunch.“ Die zweite, die sich ohne Umarmung und ungewöhnlich früh verabschiedet.

„Dave?“ Ich sehe dem Taxi nach, in dem Leah verschwunden ist.

„Kein Kommentar“, sagt er abwehrend, und dann verabschieden sich auch die Zwillinge von uns und gehen ihrer Wege.

Zurück bleiben Jasper und ich und das prickelnde Gefühl seines Kusses auf meinen Lippen, das allmählich abebbt. Als ich auch noch Jude in einer der Grüppchen entdecke, der bester Laune auf ein gutes neues Jahr anstößt, ist es gänzlich vorbei mit dem kurzweiligen Hochgefühl.

„Sind die öfter so?“, fragt Jasper, der von meinem Gefühlsumschwung nichts bemerkt, und nickt in die Richtung, in die Chris und Dave verschwunden sind.

Ich schüttle den Kopf. „Eigentlich nicht. So was wie gerade habe ich mit ihnen noch nie erlebt“, antworte ich und schlinge die Arme um meinen Körper. „Mir ist kalt. Können wir bitte nach Hause fahren?“

„Klar doch.“ Jasper nickt. „Ich hole schnell unsere Jacken.“

Im selben Moment treffen sich Judes und mein Blick. Ich versuche ihm so neutral und distanziert wie möglich zuzulächeln, aber wahrscheinlich sehe ich gerade aus, als hätte ich einen mittelschweren Schlaganfall.

„Ich warte hier“, sage ich zu Jasper, ohne ihn anzusehen.

Judes Blick fixiert mich. Hypnotisiert mich. Ich kann einfach nicht wegsehen. Oh mein Gott! Er kommt auf mich zu! Das darf doch nicht wahr sein! Ich schlucke noch einmal hastig, bevor ich wieder vergesse, wie das geht.

„Skadi Sky. Immer mit dem Kopf in den Wolken“, sagt er fast schon zärtlich, und obwohl ich in den letzten Monaten kaum an etwas anderes als an ihn gedacht habe, habe ich fast vergessen, wie melodisch seine Stimme klingt und wie sehr ich den Kosenamen liebe, den er mir vor langer Zeit gegeben hat. „Frohes neues Jahr“, raunt er mir zu.

„Ja. Danke“, sage ich.

Jude lächelt.

„Dir ... ähm ... *euch* auch ein frohes neues Jahr“, erinnere ich mich an meine guten Manieren und versuche erneut zu lächeln. Meine Kiefermuskulatur krampft sich zusammen.

„*Euch* ...“, wiederholt Jude und zieht seine perfekte Nase kraus, „... es klingt bizarr, das aus deinem Mund zu hören.“

Nicht annähernd so bizarr, wie es sich für mich anfühlt, es auszusprechen!

Dem Mann, der mir das Herz gebrochen hat und der Frau, die einen wesentlichen Teil dazu beigetragen hat, ein gutes Jahr zu wünschen, ist schon eine gewaltige Hausnummer ...

„Wie läuft deine Wette?“, erkundigt Jude sich, und es klingt, als würde er mir eine belanglose Frage über meinen Job stellen. Oder mit mir über das Wetter plaudern.

„Ganz okay“, murmle ich. Ich denke an den Kuss auf dem Balkon und frage mich, ob er uns gesehen hat. Ich hoffe nicht. Obwohl es eigentlich egal ist. Er ist glücklich vergeben. Er ist über mich hinweg. Schon seit einer ganzen Weile.

Ein paar Schneeflocken landen auf Judes Kopf und bleiben auf seinen perfekt sitzenden Haaren liegen.

„Manchmal vermisse ich uns“, sagt er auf einmal, und das so leise, dass es außer mir sicher niemand hören kann.

Und plötzlich ist Jude wieder weg, und Jasper steht neben mir und drückt mir meine Jacke in die Hand.

Manchmal vermisse ich uns.

Hat er das wirklich gerade gesagt? Das *kann* er nicht von sich gegeben haben. Ich habe mich bestimmt verhört. Ja, ganz sicher. Wahrscheinlich sagte er so was wie einen Satz wie *Manchmal genieße ich Kunst*. Das ergibt zwar wenig Sinn, aber das tut das andere ja auch nicht.

„Lass uns ein Stück laufen“, schlägt Jasper, den ich nur aus dem Augenwinkel wahrnehme, vor. „Dann wird uns warm, und wir werden nüchtern.“

„Ja, okay.“ Ich nicke, ziehe meine Jacke über und stecke meine Hände schnell beide in die Jackentasche, bevor er sie in seine nehmen kann. Auf keinen Fall will ich, dass Jude das sieht.

Je weiter wir uns von der Halle entfernen, desto kälter scheint es zu werden. Weit in der Ferne hört man noch Nachzügler-Feuerwerkskörper knallen. Der Schnee fällt beharrlich weiter auf uns herab, hüllt uns in eine weiße, sanfte Stille ein. Schweigend laufen wir nebeneinander her. Ich hoffe, Jaspers inneres Orientierungssystem funktioniert, denn ich selbst besitze nicht einmal eins.

„Macht dir die Sache mit deinen Freunden zu schaffen?", fragt Jasper in die Stille hinein.

„Was?" Ich halte inne, dann nicke ich hastig. Das Drama in meiner Clique habe ich tatsächlich über Jude hinweg kurzzeitig komplett vergessen. Eine tolle Freundin bin ich ...

Ein Stück weiter bleibt Jasper vor einer schmalen Seitenstraße stehen und blinzelt hinein, als würde er dort etwas ausmachen, das niemand anders sehen kann. Ich persönlich sehe nur Schnee, ein paar Container und noch mehr Schnee.

„Soll ich dich aufmuntern?", fragt er und schlägt die schmale Seitenstraße ein.

„Kommt darauf an", antworte ich skeptisch.

Jasper lacht. „Keine Sorge, ich habe nichts Illegales vor." Er läuft bis zum Ende der schmalen Straße und kommt vor einem Container zum Stehen, vor dem eine ganze Menge Decken und Müll liegen. Als ich genauer hinsehe, erkenne ich, dass inmitten des Gerümpels eine Person sitzt. Ein älterer Mann mit einer dicken Mütze und einem Schlafsack hockt dort tatsächlich an die Wand gelehnt im Schnee. Vor ihm liegen eine leere Flasche, eine Gitarre, einige Kleidungsstücke sowie ein Paar löchriger Sportschuhe.

Erschrocken weiche ich einen Schritt zurück. Dass so unweit von der luxuriösen Halle, in der wir gerade Alkohol im Wert von hunderttausenden von Dollar vernichtet haben, solch eine Armut vorzufinden ist, ist nahezu surreal.

Jasper beugt sich zu dem Obdachlosen herunter und quatscht kurz mit ihm. Ganz ohne irgendwelche Berührungsängste. Dann drückt er ihm einen Geldschein in die Hand und bekommt dafür die Gitarre. Was hat er vor?

Mit einem verschmitzten Grinsen im Gesicht kehrt er zu mir zurück und stimmt aus dem Nichts heraus *Perfect* von Ed Sheeran an. Ich erkenne es sofort, denn es zählt zu jenen Liedern, die ich in meiner akuten Herzschmerz-Phase besonders oft gehört habe. Und da stehen wir – in einer eiskalten, verschneiten Neujahrsnacht. Und er singt. Für mich.

„Baby, I'm dancing in the dark,
With you between my arms,
Barefoot on the grass,
Listening to our favourite songs.
When I saw you in that dress,
Looking so beautiful,
I don't deserve this,
Darling, you look perfect tonight ...“

Strähnen seiner langen Haare fallen ihm ins Gesicht, während er mit langsamen Schritten auf mich zukommt. Seine Stimme erreicht einen Punkt in meinem Herzen, von dem ich nicht gewusst hatte, dass er noch erreicht werden kann. Ich stehe da wie angewurzelt.

Mir ist kalt und heiß zugleich. Müsste ich beschreiben, was ich empfinde, würden mir die Worte fehlen – und das ist selten der Fall. Bin ich gerührt? Glücklich? Durcheinander? Sentimental? Liegt es vielleicht alles nur am Alkohol ... und – was noch viel wichtiger ist – wird Jasper sich die Hände waschen, nachdem er diese schmuddelige Gitarre berührt hat?

Er beendet den Song und reicht die Gitarre mit einem kleinen Geldscheinbündel diskret an den Obdachlosen zurück. Der kann sein Glück kaum fassen und reibt sich mit beiden Händen über die Augen. Ob er denen gerade nicht traut oder ein paar Tränen fortwischen will, vermag ich nicht zu sagen. Mein Herz zieht sich schmerzhaft zusammen. Schnell greife ich in meine Tasche, ziehe meine Geldbörse hervor und reiche dem Mann alle Scheine, die sich darin befinden. Ich habe mehr als genug, und er hat nichts – diese Tatsache fühlt sich so falsch an, dass mir fast schlecht wird.

„Gott schütze euch." Der Mann lächelt selig und drückt meine Hände. Und plötzlich ist es mir egal, dass seine Gitarre schmuddelig ist.

Mit Tränen in den Augen blinzle ich zu Jasper hoch. Beinahe stolz blickt er zurück.

„Das hast du gut gemacht, Skadi", sagt er, als wir weitergehen. „Dank dir wird er heute nicht in der Kälte schlafen müssen."

„Dank *uns*", korrigiere ich ihn, denn schließlich hat Jasper zuerst seinen Beitrag dazu geleistet.

„Mein Betrag war eine Spende", sagt er. „Deiner wahrscheinlich mehr, als er je zuvor in den Händen gehalten hat."

Ich muss lachen. Aber der Gedanke, dass der obdachlose Mann durch unsere Hilfe womöglich nie wieder in Decken und Müll schlafen muss, während Minustemperaturen herrschen und Schnee vom Himmel rieselt, erwärmt mir das Herz. Ich male mir aus, wie er dank des Geldes erst einmal ein warmes Essen und ein Zimmer in einem Motel erhält und anschließend ordentliche Kleidung kauft, neuen Lebensmut fasst, Bewerbungen schreibt und ein ganz neues Leben beginnt.

„Und? Geht es dir jetzt besser?“, erkundigt Jasper sich.

Ich höre kurz in mich hinein. „Ja“, antworte ich dann bedächtig. „Ja, viel besser. Danke.“

Tatsächlich scheint meine schlechte Laune wegen Jude und des merkwürdigen Verhaltens meiner Freunde mit einem Mal wie weggeblasen. Nahezu nichtig sind diese Probleme im Gegensatz zu denen, mit denen dieser arme Obdachlose sich wahrscheinlich täglich auseinandersetzen muss.

„Ich hätte nicht gedacht, dass du so ...“, setze ich an.

„So *was*?“ Jasper hebt eine Augenbraue und betrachtet mich von der Seite.

„... dass du so sozial bist.“

Jasper grinst, antwortet jedoch nicht. Eine ganze Weile lang laufen wir schweigend nebeneinander her. Aber es ist ein schönes Schweigen, entspannt und einvernehmlich. Irgendwann bleibt er stehen und blickt mit zusammengekniffenen Augen in den verschneiten Himmel hinein.

„Hast du ansatzweise eine Ahnung, wo wir sind?“, fragt er.

Ich schüttle den Kopf.

„Dir ist kalt“, stellt er fest. „Wollen wir ein Taxi nach Hause nehmen?“

Ich nicke erleichtert. Langsam fangen meine Füße an, in den hohen Schuhen zu schmerzen, und die Kälte kriecht in meinen gesamten Körper hinein. Ich sehne mich nach Wärme, Ruhe und meinem Bett. Auf der nächsten, etwas größeren Straße gelingt es uns, ein Taxi anzuhalten, in welches ich erleichtert einsteige. Die weichen Sitze und die Wärme der Heizung geben mir das Gefühl, im siebten Himmel zu schweben. Erleichtert lehnte ich mich zurück, als mir plötzlich wieder Judes Worte durch den Kopf schießen.

Manchmal vermisse ich uns.

Ich habe uns vier verdammte Monate lang vermisst. Ich habe uns vermisst, seit er seine Sekretärin alias neue Freundin flachgelegt hat, in dem Bewusstsein, dass ich drei Räume weiter Akten kopiere. Ich habe uns vermisst, nachdem er mich mit den Worten *Es ist besser für uns beide* entlassen und aus seiner Wohnung geworfen hat. Wie kommt er darauf, so urplötzlich, nach all dem Schmerz, den ich seinetwegen erfahren habe, so etwas zu mir zu sagen?

Und fast noch mehr ärgere ich mich über mich selbst. Ich, die wie ein kleines, naives Dummchen vor ihm stand und sich tatsächlich einen Augenblick lang geschmeichelt vorkam. Und Hoffnung geschöpft hat.

„Alles okay bei dir? Ist dir übel?“, erkundigt Jasper sich, woraufhin der Taxifahrer mir einen besorgten Blick über seine Schulter hinweg zuwirft.

„Wenn Sie sich übergeben müssen, sagen Sie mir *sofort* Bescheid, ja?“, verlangt er mit einem minimal drohenden Unterton in der Stimme. „Ich kann Ihnen sagen, dass es kein Vergnügen ist, Erbrochenes aus den Polstern zu schrubben. Darauf kann ich gerne verzichten!“

„Mir ist nicht übel“, gebe ich Entwarnung und wende mich dann an Jasper. „Mir geht’s gut. Ich habe nur gerade festgestellt, dass ich wütend auf meinen Ex bin. Richtig wütend.“ Ich klinge tatsächlich erstaunt.

„Auf den schmierigen Angeber, der dir das Herz gebrochen hat?“ Jasper legt mir eine Hand auf den Oberschenkel. „Dann bist du völlig zu Recht wütend.“

„Ja.“ Ich betrachte seine Hand. Er hat die typischen langen Finger eines Gitarrenspielers. „Jasper, dieser Kuss ...“

Der Taxifahrer dreht taktvoll die Radiomusik lauter.

„Ich ... denke, das ist mir noch zu früh“, bringe ich leise hervor.

„Zu früh für was?“, stellt Jasper sich dumm.

Ich kann ihm nicht in die Augen sehen. Vorsichtig schiebe ich seine Hand von meinem Bein.

„Zu früh, um die Akte Jude als zu hundert Prozent abgeschlossen anzusehen und etwas Neues zu beginnen.“ Ich schlucke.

Im Augenwinkel sehe ich, dass Jasper bedächtig nickt.

„Obwohl wir verheiratet sind?“

Ich verdrehe die Augen.

„Schon gut, Skadi.“ Jasper versetzt mir einen kumpelhaften Stoß gegen die Schulter. „Ich habe auch keinen Kopf für eine Beziehung oder ... was auch immer. Außerdem hast *du* mich geküsst! Ich habe dies nur höflich beantwortet.“

Höflich beantwortet! Nun hebe ich doch den Blick und sehe ihn an. Wahrscheinlich scherzt er wieder. Doch seine Miene ist ernst. Sollte ich mir die ganzen Annäherungsversuche etwa nur eingebildet haben? Mit einem Mal hat die Erinnerung an den Kuss einen bitteren Nachgeschmack. Nicht weil er schlecht geküsst hat – wahrlich nicht. Eher unheimlich gut. Aber der Beweggrund, Jasper zu küssen, war nichts als die pure Verzweiflung, Frustration und Ohnmacht, die Judes Verhalten in mir ausgelöst hat. Und Jasper ist nicht dumm – wahrscheinlich war ihm genau das klar. Ich schäme mich fast ein wenig.

Erleichtert stelle ich fest, dass das Taxi vor dem Haus hält, in dem sich meine Wohnung befindet. Da ich dem Obdachlosen mein komplettes Geld gegeben habe, zahlt Jasper die Fahrt. Schweigend laufen wir durch den Schnee, der unter unseren Schuhen knirscht. Edda aus dem ersten Stock steht, in einen Bademantel gehüllt und mit Lockenwicklern im Haar, auf dem Balkon.

„Frohes neues Jahr!“, ruft sie überschwänglich.

„Frohes neues Jahr“, rufen Jasper und ich synchron zurück.

In der Wohnung angelangt, kann ich es kaum erwarten, aus diesem Kleid heraus und in mein Bett zu kommen. Ich streife meine Schuhe ab und lasse sie achtlos im Eingangsbereich fallen. Es ist so chaotisch, dass es gar nicht mehr auffällt. Mit großen Schritten eile ich ins Badezimmer, ziehe das Kleid aus, werfe es über den Badewannenrand und reibe mir mit einem Abschminktuch das Make-up aus dem Gesicht. Da kann ich noch so müde sein – Abschminken ist ein Muss.

Kaum habe ich das Tuch in den Mülleimer fallen lassen, öffnet Jasper die Tür.

„Oh“, macht er in Anbetracht der Tatsache, dass ich nur in Unterwäsche bekleidet vor ihm stehe.

Mit verschränkten Armen versuche ich, einen Großteil meines Körpers zu bedecken, was nicht wirklich machbar ist.

„Wieso kommst du einfach rein?“, schimpfe ich.

„Du hast nicht abgeschlossen“, entgegnet Jasper.

„Aber ... das ist doch keine Einladung!“, beschwere ich mich kopfschüttelnd.

„Das kann ich ja nicht wissen.“ Jasper zuckt ungerührt die Achseln, tritt neben mich und greift nach seiner Zahnbürste.

Die dreiste Selbstverständlichkeit, mit der er vorgeht, verärgert und beeindruckt mich zugleich. Um nicht klein beizugeben, schnappe ich mir ebenfalls meine Zahnbürste und beginne, mir die Zähne zu putzen. Erst jetzt spüre ich, dass der Alkohol einen Film auf meiner Zunge hinterlassen hat. Igitt!

Unsere Blicke treffen sich im Spiegel. Wir haben beide dunkle Ringe unter den Augen und Zahnpastaschaum am Kinn. Jasper grinst.

„Wie so ein altes Ehepaar“, scherzt er undeutlich.

Ich verdrehe die Augen, muss aber ebenfalls schmunzeln. Gründlich spüle ich mir den Mund aus. Endlich ist der unangenehme Film auf der Zunge weg. Ich wende mich zum Gehen, spüre an der Tür aber jäh Jaspers Blick im Rücken. Als ich mich zu ihm umdrehe, stellt er gerade das Wasser ab. Seine Lippen glänzen nass. Unsere Blicke treffen sich und bleiben aneinander hängen. Ich habe immer noch die Klinke in der Hand.

In Jaspers honigbraunen Augen hat sich etwas verändert. Ein mir bisher fremder Ausdruck ist in sie getreten und verleiht seinem Gesicht etwas unheimlich Ernstes, Raues, dem ich mich kaum mehr entziehen kann. Mit zwei großen Schritten ist er bei mir. Ich muss den Kopf leicht in den Nacken legen, um ihm weiterhin in die Augen sehen zu können. Mein Kopf ist wie leergefegt, meine Atmung flach und kurz. Es fühlt sich an, als würde in meinem Inneren alles kribbeln, flattern und flimmern.

Jaspers Blick wandert von meinen Augen bis zu meinem Mund, meinem Hals und meinen Körper hinab, bis er mir wieder beinahe unverwandt in die Augen sieht. Diese Ernsthaftigkeit steht ihm. Er wirkt männlicher, reifer, vernünftiger – und zugegebenermaßen auch verdammt sexy.

Plötzlich legt er mir seinen Daumen auf die Lippen und streicht sanft darüber. Ich erschaudere unwillkürlich. In seine Augen tritt Verlangen. Und dann – ganz abrupt – senkt er den Blick.

„Gute Nacht, Skadi."

„Gute ... was?" Völlig überrumpelt sehe ich ihm dabei zu, wie er meine Hand von der Klinke schiebt und seine eigene nutzt, um sie herunterzudrücken. Die Tür öffnet sich einen Spalt weit.

Instinktiv und mit mehr Kraft, als ich mir selbst zugetraut hätte, ziehe ich sie mit einem Ruck wieder zu. Jasper mustert mich mit einem fragenden Ausdruck. Sein Gesicht ist meinem immer noch so nah, dass ich seinen warmen Atem spüren kann.

„Was willst du eigentlich?", bringe ich mit gepresster Stimme hervor.

Jasper mustert meinen Hals.

„Ich will dich, Skadi“, sagt er rau. „Aber es geht nicht.“

„Weil?“, wispere ich.

„Aus Gründen.“

Kurz scheint Jasper innerlich mit sich zu ringen, dann wandert seine Hand, scheinbar gegen seinen eigenen Willen, an meinen Hals, um sanft daran hinauf zu streichen. Er umfasst mein Kinn, hebt es sachte an und murmelt ein *Egal*, bevor er mich mit dem Rücken an die Wand drückt, um den Kuss fortzusetzen, der ein paar Stunden zuvor um Mitternacht begonnen hat.

Kapitel 9

Kopi Luwak

Jude war – beziehungsweise *ist*, denn ich gehe mal nicht davon aus, dass sich dies in den Monaten nach unserer Trennung grundlegend geändert hat – wahnsinnig gut im Bett. Kurz schießt mir dieser Gedanke durch den Kopf, als Jasper mich aus dem Bad ins Schlafzimmer führt. Abrupt wie ein Blitzschlag und völlig paradox ist er da, dieser Gedanke.

Und im nächsten Moment denke ich gar nicht mehr. Ich fühle nur noch. Fühle Haut auf Haut, raue Bartstoppeln an meinem Hals und jeden Quadratzentimeter unserer beiden Körper, die miteinander zu verschmelzen scheinen. Spüre Schaudern, Lippen und Leidenschaft. Alles andere verebbt, hört einfach von einer Sekunde auf die nächste auf zu existieren. Da ist kein Platz mehr für Gedanken, für Sorgen, Grübeleien oder Erinnerungen. In meinem Kopf gibt es nur noch Jasper. Nur noch ihn. Jasper ...

Die allmählich lauter werdende Melodie meines Handy-Weckers spielt am nächsten Morgen zu Anfang eine Rolle in meinem Traum, bevor ich langsam realisiere, was es wirklich ist. Die Töne sind unangenehm, durchdringend und irgendwie schrill. Müde hebe ich meine schweren Lider und blinzele. Es ist schon ziemlich hell.

Es dauert eine Weile, bis meine Augen sich an das Sonnenlicht gewöhnt haben. Jasper liegt auf dem Bauch und schläft noch tief und fest. Seine Hände hat er unter dem Kopfkissen vergraben und das Gesicht mir zugewandt. In einem sanften, ruhigen Rhythmus atmet er ein und wieder aus, wobei sich sein Körper ganz sachte bewegt.

Ich greife nach meinem Handy und schalte das aufdringliche Gedudel ab. Es ist halb zehn. Der *Neujahrsbrunch* steht auf dem Display. Mit drei Ausrufezeichen dahinter. Ich unterdrücke ein Seufzen und nehme mir vor, im Laufe des Tages eine andere Melodie einzustellen. Weckmelodien auf dem Handy sind irgendwie allesamt unterschwellig nervtötend. Ob das notwendig ist, damit man aufwacht?

Ich schiebe das Handy zurück unter mein Kissen und betrachte Jasper. Er schläft so tief und fest, dass er nichts von dem Weckalarm mitbekommen hat. Und wieder muss ich kurz, ganz kurz, unwillkürlich an Jude denken. Jude mit seinem makellosen Gesicht. Er konnte morgens um sechs mit einem Elan aus dem Bett springen, den jeder Otto Normalverbraucher allerhöchstens samstagnachmittags aufbringen kann – und dabei lagen seine Haare wie eine Eins, er sah aus wie frisch rasiert und roch wie die herrlichste Blumenwiese im Mai. Jaspers Äußeres hat nichts mit den glatten, beinahe weichgezeichneten Zügen von Jude gemein. Sein Gesicht ist markanter, die Züge härter, seinen Bart könnte er mal wieder rasieren, und die langen Haare sehen mindestens genauso wild aus wie diese

Nacht tatsächlich war. Zum ersten Mal fällt mir auf, wie ausgeprägt seine hohen Wangenknochen sind. Und wie voll seine fein geschwungenen Lippen. Irgendwie wird mir warm bei diesem Anblick.

Ganz leise, ganz zaghaft und ganz sacht flammt diese Wärme auf und erinnert mich an Gefühle, von denen ich glaubte, sie nie mehr empfinden zu können. Aber sie erinnert mich auch an Schmerz. An tiefen, schneidenden, Atem raubenden Schmerz, den ich niemals wieder spüren will. An einen, der mich die Lust am Leben infrage stellen lässt. Und ich frage mich, ob diese Wärme eine Chance hat – oder ob ich sie im Keim ersticken sollte, solange sie noch klein und leise ist. Solange sie noch nicht die Macht hat, mir wehzutun.

In dem Moment beginnt es unter meinem Kopfkissen lautstark zu klingeln und zu vibrieren. Ich zucke fürchterlich zusammen. Mit einem Mal schlägt Jasper die Augen auf. Ich starre ihn immer noch an. Ertappt wende ich den Blick ab, ziehe das Handy unter dem Kissen hervor, tue furchtbar beschäftigt und spüre, wie ich rot werde. Es ist Harper. Natürlich.

„Guten Morgen, Harper." Ich versuche, möglichst ruhig und neutral zu sprechen, um sie nicht aufzuregen. Sie liebt Feiern und Feiertage, ist aber immer schrecklich angespannt vorher.

Jaspers Augen sind wieder geschlossen.

„Skadi!" Harpers Stimme ist schneidend. „Ich hoffe für dich, dass du mit deinem Hintern nicht mehr im Bett liegst, sondern längst geschminkt, angezogen und startklar bist!"

„Ist doch selbstverständlich", lüge ich.

„Du lügst, liegst noch im Bett und hattest Sex." Harper schnalzt mit der Zunge.

„Und das hörst du alles an meiner Stimme?", frage ich aufrichtig beeindruckt.

„Natürlich. Das solltest du inzwischen wissen. Und jetzt los. Und wehe, ihr kommt zu spät! Dann serviere ich zwischen Kaviar und Avocado-Lachs-Häppchen frisches Menschenfleisch." Sie lacht düster und legt auf. Warnungen aus ihrem Mund sollte man grundsätzlich ernst nehmen.

Ich schlage die Decke beiseite und schwinge die Beine aus dem Bett, als Jasper mich urplötzlich von hinten umfasst und zurückzieht.

„Du bist wach", sage ich atemlos und erstaunt.

„Die dunklen Schwingungen deiner Freundin haben mich geweckt", erklärt Jasper mit vom Schlaf schwerer Stimme.

Bei ihm unter der Decke ist es ganz warm und kuschlig. Er legt mir eine Hand in den Nacken und zieht mich zu einem leidenschaftlichen Kuss an sich heran. Nur widerwillig löse ich mich von ihm und lehne mich ein wenig zurück.

„Wir müssen aufstehen", flüstere ich.

„Müssen wir das?" Jasper mustert mich unverhohlen. Genüsslich gleitet sein Blick über meinen ganzen Körper, bis er mir tief in die Augen sieht. „Und wenn ich dich nicht gehen lasse?"

„Dann wäre das so eine Art Freiheitsberaubung, und ich müsste rein theoretisch die Polizei rufen", versuche ich die Coole und Schlagfertige zu spielen, obwohl mir inzwischen ganz schön heiß wird. Und das liegt *nicht* an der dicken Bettdecke. Die Aussicht, den ganzen Tag mit Jasper im Bett liegen zu bleiben und den Neujahrsbrunch sowie das Essen mit meinem Chef sausen zu lassen, ist mehr als verlockend.

Jasper streicht mir eine Strähne hinter das Ohr und berührt mit seinem Daumen sanft meine Oberlippe.

„Sie wird uns umbringen, wenn wir nicht kommen, oder?“, fragt er.

„Und beim Brunch servieren“, ergänze ich und verziehe das Gesicht.

„Bedauerlich. Wirklich bedauerlich.“ Jasper seufzt, während sein Blick an meinem Mund hängenbleibt. „Aber um ehrlich zu sein, habe ich ganz schön Schiss vor Harper. Also raus aus den Federn.“

Ich seufze ebenfalls und klettere über ihn, um auf seiner Seite aus dem Bett zu steigen. Als meine nackten Füße den kalten Parkettboden berühren, hält Jasper mich am Handgelenk fest. Im ersten Moment rechne ich damit, dass er mich nun doch wieder zurück ins Bett zieht (dann würde ich zu 99,99 Prozent nachgeben), doch er sieht mich nur mit einem merkwürdigen Ausdruck im Gesicht an.

„Skadi, ich …“, setzt er an, „… ich muss dir ein paar Dinge beichten.“ Langsam setzt er sich aufrecht auf die Bettkante, betastet mit seinen Zehen den kalten Boden und scheint nach den richtigen Worten zu suchen. „Weißt du, meine Vergangenheit war nicht immer … ich bin nicht wirklich … in dieser Nacht in Vegas, da …“

Ich lege den Kopf schief und betrachte ihn fragend. Was genau versucht er mir zu sagen? Wieso wirkt dieser vor Selbstbewusstsein nur so strotzende Kerl plötzlich so unsicher? Und wie zum Teufel kann man *derart* sexy sein, wenn man einfach nur dasitzt, Löcher in die

Luft starrt und irgendwelche unzusammenhängenden Satzfetzen vor sich hin stammelt?

„Jasper, das ist in Ordnung“, versuche ich ihn zu beruhigen. „Wir kennen uns noch nicht lange. Es gibt Dinge, die du nicht über mich weißt und solche, die ich von dir nicht kenne. Wir haben beide unsere Vergangenheit.“ Ich hebe die Schultern und lasse sie langsam wieder sinken. „Wir haben Zeit. Du musst dich nicht gezwungen fühlen, mir irgendwas zu erzählen. Ich bin mir sicher, es ist okay.“

Und ich muss an all die Dinge denken, die er nicht weiß. An die Tatsache, dass das viele Geld, das ich ausgebe, nicht selbstverdient, sondern eigentlich nur ein Taschengeld ist. An meine geheimen Stalker-Fähigkeiten, durch die ich Jude die ersten Wochen nach der Trennung fast krankhaft mit dem Auto verfolgt und all seine Bekannten über ihn ausgefragt habe. Noch im Nachhinein werde ich rot, wenn ich daran denke, wie erbärmlich das Ganze war. Ich denke an all das Geld, das ich für unnützen Kram ausgebe, an die Tatsache, dass ich es seit der Trennung nicht mal ansatzweise auf die Reihe bekomme, meinen Haushalt einigermaßen ordentlich zu führen und an die vielen Online-Bestellungen, die ich teilweise nicht einmal geöffnet habe.

Wir sehen uns in die Augen, beide wohl mit den eigenen Gedanken beschäftigt. Nein, Jasper ist nicht derjenige, der sich für irgendetwas schämen muss. Ich bin es. Und wenn er wüsste, wer ich wirklich bin, würde er mich wahrscheinlich nicht so liebevoll ansehen, wie er es gerade tut.

„Du willst es nicht wissen?“, fragt er. „Egal, was es ist?“

„Nein.“ Ich schüttle entschieden den Kopf. „Ich will, dass es so locker bleibt, wie es gerade ist. Mach es nicht schwerer durch … irgendwas. Bitte …“, füge ich zaghaft hinzu. „Okay?“

„Okay“, erwidert Jasper, doch irgendwie sieht er dabei aus, als hätte er ein schlechtes Gewissen.

Als wir pünktlich um elf Uhr zum Brunch aufschlagen, begrüßt Harper uns mit einem *Da-habt-ihr-aber-nochmal-Glück-gehabt*-Blick. Die Zwillinge und auch Leah sind schon da und begrüßen uns mit einem zurückhaltenden Lächeln. Ob das Chaos der letzten Nacht noch ein Thema ist?

Wenn man bedenkt, dass wir nur zu sechst sind, dann ist das, was Harper hier organisiert hat, schon mehr als übertrieben. Die lange Tafel in ihrem komplett weiß eingerichteten Esszimmer, von der ich immer schon fand, dass sie für eine alleinstehende Person zu groß ist, ist so mit Essen überhäuft, als erwarteten wir noch eine ausgehungerte Fußballmannschaft. Ich sehe, dass Jaspers Blick auf die überflüssigen Platzkärtchen fällt und muss mir ein Grinsen verkneifen.

„Setzt euch“, sagt Harper und gießt uns einen Begrüßungssekt ein.

Sobald alle sitzen und anfangen, sich an all den Köstlichkeiten zu bedienen, wird mir klar, dass das Problem der vorigen Nacht – was auch immer es war – definitiv noch nicht aus der Welt geschafft ist. Obwohl sich alle bemühen, sich normal und locker zu ver- und auch zu unterhalten, wirken die Gespräche steif und die Fröhlichkeit erzwungen.

Ich lege mir Trauben, Käse, ein wenig Lachs und einen Obstspieß auf meinen Teller. In der Mitte des Tisches steht ein Schokobrunnen. Harper hat sich wieder mal selbst übertroffen.

„Der Kaffee ist köstlich", merkt Dave beeindruckt an und schnuppert an seiner Tasse.

„Das ist Kopi Luwak", erklärt Harper lässig. „Der teuerste Kaffee der Welt. 1200 Dollar das Kilo."

„Wird der nicht aus Katzenkot gewonnen?", fragt Jasper trocken.

Dave, der gerade trinkt, verschluckt sich und hustet ein paar Kaffeetropfen über den Tisch.

„Blödsinn", entgegnet Harper.

„Kein Blödsinn." Jasper trinkt einen Schluck Orangensaft. „Fakt. Wenn du mir nicht glaubst, frag Google."

Das lässt sich Harper nicht zweimal sagen. Mit gerunzelter Stirn zieht sie ihr Handy aus der Tasche ihres schwarzen Jumpsuits, tippt darauf herum und erstarrt.

„Scheiße", murmelt sie.

„Im wahrsten Sinne des Wortes", stimmt Jasper ihr zu.

Dave sieht aus, als wüsste er nicht, ob er würgen oder lachen soll. Sein Gesicht ist wie versteinert, seine Mundwinkel zucken. Chris betrachtet seinen Bruder, die immer noch mit dem Handy in der Hand dasitzende und angewidert dreinblickende Harper und fängt plötzlich an zu lachen. Jasper fällt mit ein, dann ich, dann Leah. Schließlich platzt es auch aus Dave und Harper heraus. Wir tauschen lachend Blicke miteinander und müssen nur umso mehr losprusten. Als jedoch Leah und Harper einander ansehen, verstummen beide abrupt. Leah springt auf und läuft ins Badezimmer, während das Lachen auch bei uns anderen langsam abebbt und durch betretene Stille ersetzt wird.

„Sagt mir jetzt endlich mal jemand, was hier los ist?", richte ich das Wort an alle.

Harper stochert mit gesenktem Blick in ihrem Wachtelei herum, Dave findet plötzlich großes Interesse an der Tischdekoration, und Chris starrt finster ins Nichts. Jasper und ich tauschen einen Blick miteinander. Mein Noch-Ehemann zuckt die Achseln. *Es sind deine verrückten Freunde*, sagt sein Blick, *kein Plan, was mit denen nicht stimmt.*

„Gut." Verärgert schiebe ich meinen Stuhl zurück, der lautstark über das frisch gewachste Parkett rutscht.

Harper zuckt zusammen, starrt aber weiterhin auf das kleine Ei in ihrem vergoldeten Eierbecher. Ich lasse die schweigende Gruppe zurück und klopfe an die Badezimmertür, die nach einigen Sekunden zaghaft geöffnet wird. Leahs verweintes Gesicht erscheint im Türspalt.

„Ach, du bist es ...", schluckt sie mit verwaschener Stimme. Sie hat ihre Brille abgenommen und kleine rote Flecken um die Augen herum, die man selbst durch die mehrflächige Make-up-Schicht schimmern sieht. „Hat Harper dich geschickt?"

„Wieso sollte sie das tun?" Ich schiebe mich an ihr vorbei ins Badezimmer und schließe die Tür hinter uns.

Harpers Badezimmer ist weiß, wie ihr Ess-, Wohn- und auch ihr Schlafzimmer. Und wie es sich für eine verwöhnte Prinzessin gehört, sind die Details hauptsächlich goldfarben. Der Toilettenvorleger ist goldfarben, der Seifenspender ebenso, selbst die Toilettenbürste. So viel strahlendes Weiß und so viel glänzendes

Gold, dass man gar nicht weiß, wohin man sehen soll. Unwillkürlich fühle ich mich an ein riesiges Gebiss voller weißer Zähne erinnert – mit ein paar goldfarbenen dazwischen.

„Ich wusste es doch nicht", bringt Leah mit gepresster Stimme hervor, rollt ein paar Blätter Toilettenpapier ab und putzt sich geräuschvoll die Nase.

„Ja, das hast du letzte Nacht schon gesagt", seufze ich. Es fällt mir schwer, ruhig zu bleiben und auf sie einzugehen, wo ich doch nicht mal ansatzweise weiß, worum es hier geht. „Aber *was* wusstest du nicht?"

„Chris", sagt Leah gequält.

Chris?

„Zieh Skadi da nicht mit rein!" Plötzlich steht Harper in der Türschwelle des Badezimmers. Sie hat die Hände in die Hüften gestemmt und starrt Leah fuchsteufelswild an. „Wenn überhaupt, dann ist sie auf meiner Seite, verdammt nochmal!"

Leah jault auf wie ein Welpe und verbirgt ihr Gesicht wieder im Toilettenpapier. Ich lege ihr eine Hand auf die Schulter.

„Ich bin auf niemandes Seite!", positioniere ich mich. „Ich bin neutral! Ich bin die Schweiz! Zumindest, bis ich überhaupt weiß, was hier los ist. Ich verstehe nur Bahnhof."

„Hast du Jasper geküsst, als der Countdown eingesetzt hat?", fragt Harper kühl, ohne den Blick von Leah abzuwenden.

„Ähm ..." Ich taste unwillkürlich nach meinen Lippen. „Ja, habe ich. Und?"

„Viele Leute haben sich geküsst, als der Countdown eingesetzt hat“, fährt Harper fort und betont dabei jedes Wort, als wäre es von äußerster Wichtigkeit für den gesamten Satz.

„Ja. Und?“, wiederhole ich.

„Ich wusste es wirklich nicht!“, begehrt Leah zwischen mehreren Schluchzern erneut auf.

Und plötzlich fällt es mir wie Schuppen von den Augen. *Chris. Leah hat Chris geküsst.*

„Oh“, mache ich.

„Ja. Oh.“ Harper verschränkt die Arme vor der Brust.

Instinktiv trete ich zu ihr herüber, packe sie am Arm, ziehe sie ganz in den Raum hinein und schließe die Tür erneut. Nun stehen wir zu dritt in dem weiß-goldenen Prinzessinnen-Badezimmer.

„Harper“, setze ich sanft an. „Leah wusste es wirklich nicht. Woher denn auch? Ich bin die Einzige, der du es erzählt hast. Und du hast gesagt, dass du mich, wenn ich es jemals irgendwem erzähle, häutest und an Ameisen verfütterst.“

Harpers Mundwinkel zucken kurz. Nur minimal, doch ich habe es gesehen.

„Leah ist deine Freundin. Ihr kennt euch seit über zehn Jahren“, fahre ich fort. „Sie würde niemals bewusst etwas tun, das dir wehtut. Sie würde überhaupt niemals irgendetwas tun, dass irgendjemandem wehtut. Ich meine ... sie ist doch Leah.“ Und wie zur Verdeutlichung deute ich auf das schluchzende blonde Häuflein Elend mit der Brille und dem Toilettenpapier in der Hand. „Und Chris – mein Gott, Harper, du kennst ihn. Er war betrunken und hatte sein Hirn nicht angeschaltet. Und er ist ein *Mann*, vergiss das nicht. Männer checken nicht, wenn Frauen in sie verliebt sind. Dafür fehlen ihnen die Antennen. Dazu fehlt ihnen die Intuition."

Leah räuspert sich und wirft das nasse Toilettenpapier in den vergoldeten Kosmetikeimer.

„Ich empfinde nichts für Chris, Harper", bringt sie zaghaft hervor. „Und er hundertprozentig auch nichts für mich. Ich habe keine Ahnung, warum ich ihn geküsst habe. Es war irgendwie ein Reflex. Weil alle sich geküsst haben." Sie zieht die Nase hoch und sieht Harper scheu in die Augen. „Wieso hast du mir nie gesagt, dass du ihn ... magst?"

Harpers Arme, die sie bis zu diesem Moment noch fest vor der Brust verschränkt gehalten hatte, fallen plötzlich herab und baumeln kraftlos an ihrem Körper herunter. Als wären sie mit einem Mal ganz weich geworden.

„Es war mir unangenehm", sagt sie leise. Ihre Stimme klingt fast fremd. „Du studierst, machst deinen Schmuck und hast alles super im Griff, es sei denn, du heulst. Das ist dein Ding. Ich bin die Taffe. Das ist mein Ding. Ich dachte, es macht mich ... angreifbar."

„Aber Harper!" Leah schüttelt den Kopf. *„Jeder* ist angreifbar."

„Ich nicht", entgegnet sie und schürzt die Lippen. „Ich bin taff, stark und selbstständig."

„Und verknallt", ergänze ich.

Harper verdreht die Augen.

„Halt die Klappe, Skadi", sagt sie, aber die Wut ist längst aus ihrem Gesicht gewichen.

Schweigend sehen wir einander an – Leah mit den roten Flecken im Gesicht, Harper, die bemüht scheint, nicht ganz ihre Fassung zu verlieren, und ich, die einfach nur erleichtert ist – und hungrig.

„Und jetzt?", fragt Leah schließlich vorsichtig.

„Jetzt regle ich das auf meine Art", antwortet Harper, krempelt die Ärmel ihres Jumpsuits hoch und stapft entschlossenen Schrittes aus dem Badezimmer.

„Wird sie ihn umbringen?", flüstert Leah mit weit aufgerissenen Augen.

„Ich weiß nicht. Vielleicht."

Eilig folgen wir ihr. Als sie das Esszimmer betritt, halten alle drei Männer inne. Selbst Jasper verharrt instinktiv mit der vollen Gabel vor seinem Mund. Als wäre Harper ein Tyrannosaurus Rex und könnte sie nur sehen, wenn sie sich bewegen. Aber Harper ist kein Dinosaurier. Sie ist viel gefährlicher. Entschlossen tritt sie um den Tisch herum und kommt neben Chris zum Stehen. Der schluckt und kratzt sich unsicher am Hals.

„Steh auf!", verlangt Harper.

„Okay." Chris schnaubt lautstark Luft aus und erhebt sich. Er hat sein Todesurteil wohl akzeptiert. Obwohl er etwa einen halben Kopf größer ist als Harper, wirkt er in diesem Moment ein wenig klein.

Wir halten allesamt den Atem an.

„Küss mich!", verlangt Harper.

Was?

„Was?" Chris scheint ebenfalls verwirrt.

„Küss mich!", wiederholt sie mit Nachdruck.

Und dann tut er das tatsächlich. Er umfasst ihr Gesicht mit beiden Händen, zieht sie an sich heran und tut, was sie von ihm verlangt. Mit offenem Mund sehen wir ihnen dabei zu, unfähig, den Blick abzuwenden. Nach einer gefühlten Ewigkeit lösen sie sich mit einem beseelten Grinsen voneinander.

„Wieso hast du mir nie gesagt, dass du so gut küssen kannst?“, fragt Chris.

„Du hast nie gefragt.“ Harper fährt sich mit der Zunge über die Lippen. „Und falls noch mal jemand kommt und dich küssen will, sagst du was?“

„Halt, stopp, ich habe eine Freundin?“

„Korrekt.“ Harper setzt sich auf ihren Platz, als wäre nichts gewesen.

Leah strahlt die beiden mit glasigen Augen glücklich an. Harper nickt ihr mit einem Lächeln zu. Gott sei Dank.

„Das haben wir Skadi zu verdanken.“ Leah atmet auf. „Ohne sie wäre hier immer noch dicke Luft.“

„Auf Skadi!“, prostet Chris in die Runde und hebt sein Sektglas.

„Auf Skadi“, wiederholen die anderen.

„Auf dich.“ Jasper tippt mit seinem Glas leicht gegen meins, dann küsst er mich unerwartet.

Als er mich wieder loslässt, bemerke ich, dass Dave Leah ansieht und vielsagend zwinkert.

„Vergiss es“, sagt sie. „Und jetzt trink deinen Katzenkacke-Kaffee aus.“

Wir fangen alle an zu lachen. Und plötzlich fühlt sich alles leicht an.

Kapitel 10

Geständnisse

Gedimmtes Licht empfängt uns, als wir am frühen Abend des ersten Januar das Restaurant betreten. Obwohl ich vom Brunch, der sich bis zum Nachmittag hingezogen hat, noch ein gutes Gefühl im Bauch mit mir herumtrage, von dem ich hoffte länger zehren zu können, wird mir allmählich mulmig zumute. Jasper hält meine Hand, und es fühlt sich gut an. Nicht falsch, nicht richtig – einfach gut.

„So schlimm kann es schon nicht werden", hatte er optimistisch gesagt, als er aus seiner lässigen Kleidung in den eleganten dunkelblauen Anzug gestiegen ist.

Er hat ja keine Ahnung.

„Weißt du wirklich nicht, wo mein Portemonnaie sein könnte?", flüstert Jasper mir im Eingangsbereich zu. „Im Auto war es auch nicht."

„Nein, woher?", frage ich gereizt. „Habe ich doch schon tausendmal gesagt! Aber du brauchst es jetzt gerade auch gar nicht." Ich zucke gleichgültig die Schultern. „Wir sind doch eingeladen. Liegt wahrscheinlich zu Hause im Chaos. Irgendwo, wo wir noch nicht gesucht haben."

„Hmm ... wahrscheinlich", brummt er, klingt aber wenig überzeugt.

Schon von weitem höre ich Karens Stimme, die mir durch und durch geht. Die Hauptsekretärin der Zeitung, rechte Hand des Chefs und pure Arroganz auf zwei Beinen ist so ziemlich der unsympathischste Mensch, den man sich vorstellen kann. Schon beim Klang ihrer Stimme wird mir übel. Unwillkürlich umschließe ich Jaspers Finger ein wenig fester. Er drückt sanft meine Hand.

Eine zierliche Kellnerin mit straffem Zopf zeigt uns die Garderobe, an der wir unsere Mäntel abnehmen und aufhängen können, und führt uns anschließend zum Tisch. Ihre hohen Schuhe schlagen einen schnellen Takt auf dem Boden, der selbst in diesem nicht besonders hellen Licht vor Sauberkeit nur so zu strahlen scheint.

Natürlich sind sie schon alle da. Und wir die Letzten. Ich ärgere mich, dass wir nicht zwanzig Minuten früher aufgebrochen sind und stattdessen die Wohnung umgekrempelt haben, um Jaspers blödes Portemonnaie zu suchen, aber dafür ist es jetzt zu spät.

„Guten Abend", höre ich mich selbst sagen und finde, dass ich bescheuert klinge.

„Miss Banner. Herrlich, dass Sie es einrichten konnten! Wir dachten schon, Sie kommen nicht mehr." Marvin Jones, mein Chef, ein vollschlanker Kerl mit Glatze und sechseckiger Brille, weist erhaben auf die beiden letzten freien Stühle am Tisch.

„Banner?", raunt Jasper mir ins Ohr.

„Ist egal", wiegle ich ab. Längst habe ich es aufgegeben, ihm meinen richtigen Nachnamen beizubringen.

„Wollen Sie uns Ihren Begleiter nicht vorstellen, Miss Banner?", fragt Karen spitz. *Sie* weiß sehr wohl, wie ich heiße und spricht es absichtlich falsch aus. Davon bin ich überzeugt.

„Natürlich, Karen." Ich räuspere mich. „Wie unhöflich von mir. Das ist Jasper. Er ist mein ..." Ich beiße mir auf die Lippen.

„Ich bin ihr Mann", beendet Jasper meinen Satz mit einem einnehmenden Lächeln in die Runde. „Und Skadi ist keine Miss mehr, sondern eine Mrs. Morrisson."

„Welch erfreuliche Neuigkeiten!" Mein Chef fährt sich mit der flachen Hand über die Glatze. „Meine herzlichsten Glückwünsche! Und was arbeiten Sie, Mr. Morrisson? Sind Sie auch eine Aushilfe? Da wird es finanziell ja eng bei Ihnen ..." Er lacht über seinen eigenen dummen Witz.

Jasper nicht. Ich spüre seinen Blick auf meinem Gesicht. Meine Wangen brennen. Ich habe völlig versäumt, ihm zu sagen, dass ich bloß einen Aushilfsjob habe. Als gelernte Bürokauffrau hätte ich wohl so gut wie überall arbeiten können. Aber da der Anreiz fehlte, Bewerbungen zu schreiben und ich selbst aus diesem Tief nicht herauskam, habe ich es dankend angenommen, als Harper mir diesen Job besorgt hat. Abgesehen davon hatte ich es mir ehrlich gesagt cooler vorgestellt, bei einer Zeitung zu arbeiten. Viel cooler.

Ich werfe Jasper einen kurzen Blick zu. Nun fragt er sich sicher, wie ich so viel Geld haben kann. Früher oder später werde ich es ihm sagen müssen, denn wenn sich das, was zwischen uns ist, tatsächlich als mehr herausstellt, sollte es nicht auf Lügen aufgebaut sein.

Ich sinke ein wenig in mich zusammen und setze ein gekünsteltes Lächeln auf. Ich brauche diesen Job. Ich *hasse* diesen Job. Aber ich brauche ihn, verdammt!

Ich finanziere keine Arbeitslosen, Skadi!, hallt die Stimme meines Vaters in meinem Kopf wider, während die Kellnerin mir Wasser eingießt. *Du musst schon zeigen, dass du auch etwas leistest. Faulheit unterstütze ich nicht.*

Ich verdränge den Gedanken an ihn und kehre ins Hier und Jetzt zurück.

„Meine Frau Susan“, stellt mein Chef gerade vor und deutet auf seine mausgraue Gattin, die kurz in unsere Richtung nickt. Seine Hand gleitet weiter durch die Runde. „Das sind Oliver Garcia und seine Frau Donna, Shane Brown, Henry Williams, Joseph Miller und seine reizende Gattin Mary“, führt er fort. „Und natürlich, last but not least, meine geschätzte Sekretärin, Assistentin und rechte Hand Karen Smith, ohne die rein gar nichts laufen würde.“

Karen grinst auch Minuten später noch selbstgefällig. Am liebsten würde ich sie an ihren strohigen Haaren packen und schwungvoll mit dem Gesicht auf die Tischkante schlagen. Jasper bemerkt, dass ich unter dem Tisch meine Hände zu Fäusten balle.

„Was hast du?“, formt er mit den Lippen.

Da sich gerade alle unterhalten, bekommt es niemand mit.

„Sekretärinnen-Allergie“, wispere ich ihm zu.

Er grinst.

Irgendwie schaffe ich es, etwas zu bestellen und halbwegs interessiert dreinzublicken, während die Männer über Golf und teure Autos fachsimpeln. Jasper beteiligt sich so auffällig erfolgreich an dem Gespräch, dass ich kaum sagen kann, ob er sehr gut schauspielert oder tatsächlich mit den älteren reichen Herren auf einer Wellenlänge ist. Die Frauen blicken hochnäsig bis desinteressiert drein. Ob sie vom Gespräch gelangweilt oder es womöglich schon gewohnt sind, die zweite Geige zu spielen, während die Herren der Schöpfung sich unterhalten, kann ich nur erahnen.

Als das Essen serviert wird, bedanke ich mich mit einem aufgesetzten Lächeln bei der Kellnerin. Allmählich beginnt mein Kiefer zu schmerzen. Am liebsten würde ich jetzt die Zeit zurückdrehen, bis zu jenem Tag, an dem ich unwillentlich in ein Gespräch zwischen Karen und dem Chef im Kopierraum geplatzt bin.

„Ach, wissen Sie was, Karen, setzen Sie Miss Banner inklusive Begleitung doch auch mit auf die Liste, wenn Sie reservieren“, hatte er gut gelaunt gesagt, ohne dass ich eine Ahnung davon hatte, worum es ging.

Ich wollte einfach nur etwas kopieren. Keine Einladung zum Neujahrsessen. Aber der Chef hatte offenbar seinen sozialen Tag.

Appetitlos stochere ich in meinem Essen herum. Nicht einmal der Nachtisch schmeckt mir. Ich bin froh, als der Abend eine gefühlte Ewigkeit später endet, sich die Ersten verabschieden und auch Jasper und ich endlich gehen können. Die gute Laune, die ich beim Betreten des Restaurants noch im Bauch hatte, ist gänzlich verschwunden. Dafür liegt mir nun das Essen schwer im Magen.

Schweigend steigen wir in mein Auto. Jasper fährt. Ich lehne meinen Kopf an die Scheibe und versuche, nicht daran zu denken, dass ich morgen wieder arbeiten muss.

„Willst du darüber reden?", fragt Jasper nach einer Weile und dreht das Radio leiser.

Ich schüttle den Kopf.

Erst als wir zu Hause sind und die Haustür hinter uns ins Schloss fällt, breche ich mein Schweigen.

„Es tut mir leid, dass ich dir verschwiegen habe, dass ich nur einen Aushilfsjob bei der Zeitung habe", erläutere ich leise. „Ich bin nur eine Assistentin. Ich überprüfe Artikel, bevor sie veröffentlicht werden. Ich mache Kaffee. Ich kehre immer mal wieder durch, und bei Meetings sorge ich dafür, dass jeder ein sauberes Glas hat." Ich kann ihm nicht in die Augen sehen.

Jasper atmet tief ein und wieder aus, bevor er zu mir tritt, mir eine Hand an das Kinn legt und es sanft anhebt.

„Skadi, es ist mir egal, wie du dein Geld verdienst."

„Das ist es ja gerade ... ich *verdiene* es nicht." Ich schiebe seine Hand beiseite und schüttle den Kopf. „Ich bekomme ..."

Jasper bringt mich zum Schweigen, indem er mir einen Finger auf die Lippen legt.

„Ich dachte, wir erzählen uns noch nichts voneinander", sagt er und klingt dabei fast gequält.

Ich sehe ihm in die Augen. In diese auffälligen, honigbraunen Augen. Will ich, dass er mich anders ansieht, als er es jetzt gerade tut? Dass er in mir die Halbwaise sieht? Die mit der schlechten Vater-Tochter-Beziehung? Die, die ihr Leben nicht auf die Reihe bekommt und das trotz fast dreißig Jahren Erfahrung darin?

Nein. Ich schiebe den Gedanken, ihm all das zu erzählen, von mir und schlinge stattdessen die Arme um seinen Hals, um ihn zu küssen. Ich will nicht mehr reden, will nicht mehr denken. Einen Moment lang hält er schier überrumpelt inne, dann beginnt er, meinen Kuss zu erwidern.

Langsam knöpfe ich sein Hemd auf, ziehe es über seine Schultern und werfe es achtlos zu Boden. Jasper atmet lautstark ein. Ich schiebe meine kalten Finger unter sein Shirt. Er legt seine Hände einen Augenblick lang auf meine und hält sie fest.

„Sicher, dass du das jetzt willst?", raunt er mir zu. „Du wirkst gerade so ... verletzlich."

„Halt die Klappe." Ich befreie meine Hände und ziehe ihm das Shirt aus.

Als ich später in seinen Armen liege, kullern mir unwillkürlich Tränen über die Wange.

„Hey ..." Jasper wischt sie fort und sieht mir besorgt in die Augen. „Was ist los? Tut dir was weh? Ist es wegen des Essens?"

Ich kann nicht antworten, kann nur zaghaft den Kopf schütteln. Tatsächlich weiß ich selbst nicht genau, was mir fehlt. Zu viele Emotionen brodeln in mir. Neue Tränen fallen lautlos auf die Bettdecke.

„Ist es wegen ... Jude?" Jasper spricht seinen Namen mit hörbarer Abneigung aus.

„Was? Nein!" Ich höre in mich hinein. Jude? Zum ersten Mal seit einer ganzen Weile scheint mein Herz beim Gedanken an ihn nicht zu zerreißen. „Nein", wiederhole ich mit festerer Stimme.

Er zieht mich näher an sich und küsst die Tränen fort.

„Ich sehe dich nicht gerne weinen", flüstert er. „Als ich dich am Strand von Waikiki habe weinen sehen, da ..." Er schüttelt den Kopf, als würde er diese Erinnerung gern vergessen. „... da habe ich mich so schuldig gefühlt. Und ich habe mir vorgenommen, es wieder gutzumachen. Irgendwie."

„Wieso schuldig?" Ich runzle die Stirn. „Jasper, ich habe an diesem Tag nicht deinetwegen geweint."

Er antwortet nicht. Unsere Blicke treffen sich, und plötzlich überkommt mich entgegen aller Vorsätze das dringende Bedürfnis, ihm die Wahrheit zu sagen. Zumindest einen Teil davon.

„Du willst das alles nicht hören, ich weiß. Ich habe ja selber gesagt, dass ich diese Leichtigkeit zwischen uns nicht zerstören will. Aber es fühlt sich falsch an, unehrlich zu sein. Ich glaube, ich bin kaufsüchtig. Zumindest ein wenig." Ich denke an all die vielen Bestellungen, die sich im Gästezimmer türmen. „Und ich ernähre mich unausgewogen. *Wirklich* unausgewogen. Ich meine ... Instantnudeln, Kaffee und eine ganze Menge Alkohol ... wahrscheinlich sterbe ich lange vor meinem vierzigsten Geburtstag an irgendeinem Vitaminmangel oder so. Ich lebe vom Geld meines Vaters, obwohl er mich nicht respektiert und ich nie eine emotionale Bindung zu ihm aufbauen konnte. Ich bin tollpatschig und schnell beleidigt."

Jasper fährt sich mit der Hand über den Nacken. Sein Lächeln wirkt gezwungen, seine Körperhaltung fast abweisend. Ein wenig verunsichert fahre ich dennoch fort. Nun, da ich einmal angefangen habe, scheint es unmöglich, wieder aufzuhören. Der Stein ist ins Rollen gebracht worden. Ich will ihn loswerden, diesen Kloß in meinem Hals, diesen Splitter in meinem Herzen, diesen dunklen Fleck in meiner Seele den ich nie zuvor mit jemandem geteilt habe.

„Meine Eltern haben sich getrennt, als ich noch klein war. Meine Mum hat mich allein großgezogen. Sie hatte nie viel Zeit für mich, aber mein Leben war okay. Ich hatte viele Freiheiten. Doch als sie starb ..." Ich halte inne und lasse meinen Blick durch das chaotische Schlafzimmer gleiten, um mich abzulenken. „Ich war zwölf. Mein Vater, seine neue Frau und deren gemeinsame Tochter haben mich aufgenommen. Sie ist mir als Schwester präsentiert, mir aber dennoch immer vorgezogen worden. Man hat sich nie die Mühe gemacht, vor mir zu verbergen, dass ich unerwünscht bin."

„Skadi, du musst mir das nicht erzählen", höre ich Jasper wie durch eine Nebelwand flüstern.

„Doch, ich muss", blocke ich ab, den Blick fest auf ein zerknittertes gelbes Kleid am Boden geheftet, während meine Mundwinkel unkontrolliert zu zittern beginnen. „Mit sechzehn bin ich abgehauen. Keiner hat mich aufgehalten. Sie waren alle froh, dass ich weg war. Mein Vater hat mir eine Wohnung besorgt und mir von da an monatlich eine große Summe Geld überwiesen. Eine wirklich große Summe. Weißt du, einerseits fühle ich mich total schäbig, es anzunehmen. Andererseits sehe ich es als eine Art Schmerzensgeld an."

„Oh Skadi ... " Jasper atmet neben mir lautstark ein und wieder aus.

„Ich hatte immer Geld, Jasper", sage ich und wende mich ihm mit Tränen in den Augen wieder zu. „Aber nie

Liebe. Als wäre ich nicht gut genug dafür, sie zu bekommen." Ich seufze tief. „Nun weißt du es. Das bin ich – das ist Skadi Baker. Ähm ... Morrisson."

„Wieso erzählst du mir das alles?", bringt Jasper mit einem leicht gequälten Unterton in der Stimme hervor.

Ich hole tief Luft, denn das, was ich nun sagen will, erfordert einiges an Überwindung. Noch mehr als bei dem, was ich zuvor gesagt habe. „Ich erzähle dir das alles, weil ich glaube, dass diese kaufsüchtige, tollpatschige, halb verwaiste Skadi Morrisson ein kleines bisschen verliebt in dich ist."

Jaspers Reaktion fällt anders aus als erwartet. Ich dachte, er küsst mich. Oder sagt, dass er ebenso empfindet. Doch er starrt mich bloß an, mit einem Ausdruck völliger Ratlosigkeit im Gesicht. Er ist wie zu Eis gefroren.

War es zu früh? Ich halte den Atem an. Oh mein Gott, es *war* offenbar eindeutig zu früh. Wir kennen uns doch gerade mal seit ein paar Tagen! Ich will zurückrudern, weiß aber nicht wie. Peinlich berührt rutsche ich ein Stück von ihm weg. Am liebsten würde ich im Erdboden versinken.

„Dir ... dir geht es also nicht so?", bringe ich ein wenig heiser hervor.

Jasper fährt sich mit der flachen Hand über das Gesicht. Mit einem Mal sieht er müde aus.

„Mir geht es genauso wie dir, Skadi. *Genauso*", antwortet er, doch der Unterton in seiner Stimme lässt mich nicht erleichtert ausatmen. „Aber das war nie geplant. Das gehörte nie zum ... und verdammt, ich habe doch alles dafür gegeben, dass du dich *nicht* in mich verliebst. Du solltest mich unsympathisch finden. Aufdringlich. Merkwürdig. Und arrogant."

„Das habe ich. Zu Anfang", bestätige ich, nun vollends verunsichert. „Aber Jasper ... wieso sollte ich mich denn nicht in dich verlieben?"

Jasper atmet geräuschvoll aus.

„Ich bin nicht perfekt, Skadi. Und ich werde es niemals sein."

„Hast du mir gerade nicht zugehört, als ich dir mein Herz ausgeschüttet habe? Ich bin auch Welten davon entfernt, perfekt zu sein."

„Du bist ehrlich, Skadi. Du bist gut. Ein guter Mensch. Das wusste ich an Heiligabend nicht."

Ich verstehe nur noch Bahnhof. „Jasper, wieso sagst du mir nicht einfach, was das Problem ist?", frage ich mit angestrengt ruhiger Stimme.

Jasper stöhnt auf. „Das *kann* ich nicht. Ich will einfach, dass es dir gutgeht, Skadi. Es *muss* dir gutgehen", beharrt er. „Aber es kann dir nicht gutgehen." Er senkt den Blick. „Nicht mit mir."

Ich versuche zu schlucken, aber meine Kehle ist wie zugeschnürt. Nichts geht mehr. Ich fahre mir mit der Zunge über die trockenen Lippen.

„Wieso, Jasper? Sag mir doch einfach, wieso", flehe ich ihn an.

„Das würdest du nicht verstehen." Jasper dreht sich um und wendet mir den Rücken zu. Offenbar ist das Gespräch in seinen Augen beendet. Meine Augen füllen sich erneut mit Tränen, doch dieses Mal sind es Tränen der Wut. Wie kann er es wagen, in einem Moment, in dem ich mich so angreifbar mache, so unnahbar zu sein? Ich bin so wütend, so verletzt, so enttäuscht, dass ich an mich halten muss, um ihn nicht anzuschreien und aus der Wohnung zu werfen. Andererseits – wieso sollte ich das nicht tun?

Der Wetteinsatz erscheint mir plötzlich viel zu gering für die Gefahr, in die mein Herz sich währenddessen begeben muss. Nach Jude ist es so zerbrechlich wie Glas, so leicht zerstörbar wie Papier. Ich kann nicht zulassen, dass es erneut so leidet. Ich werde diese alberne, dumme, unnötige Wette beenden – und wenn ich tausendundein Mal *Ja* zu Chris, Dave, Harper und Leah sagen muss. Zu allem, so wie dieser dämliche Wetteinsatz es verlangt. Ich werde sie beenden. Das hätte ich schon am ersten Weihnachtstag tun sollen.

Gerade hole ich tief Luft, um Jasper meine Entscheidung mitzuteilen, als mein Handy klingelt. Ich nehme es vom Nachttisch. Harper. Sehr gut. Dann kann ich ihr auch direkt Bescheid geben. Soll sie doch triumphieren, es ist mir nahezu egal.

„Skadi?“ Harpers Stimme überschlägt sich fast.

Alarmiert presse ich das Handy enger an mein Ohr und steige aus dem Bett. Sie ist selten beunruhigt. Ist sie es doch, gibt es immer einen guten Grund.

„Was ist passiert?“, frage ich sofort.

„Skadi“, wiederholt Harper beschwörend, als würde sie sich erst vergewissern müssen, dass ich es wirklich bin, mit der sie da spricht. „Ist er bei dir? Ist Jasper im selben Raum wie du?“

Ich runzle die Stirn.

„Ja, ist er. Wieso denn?“

„Geh raus da“, verlangt Harper mit gesenkter Stimme. „Sofort!“

„Harper, du machst mir Angst." Ich blicke mich kurz nach Jasper um, der immer noch reglos im Bett liegt und mir den Rücken zukehrt. Idiot. Dann zucke ich mit den Schultern und verschwinde mit dem Handy am Ohr im Badezimmer. Vielleicht hat sie irgendein Frauenproblem und will nicht, dass ein Mann es versehentlich mitanhört. Dass ich die Wette beenden will, kann ich ihr auch noch später sagen. Bei dieser Entscheidung wird es definitiv bleiben.

„Bist du jetzt allein?", fragt Harper.

„Ja", antworte ich. „Und? Sagst du mir jetzt, was passiert ist?" Meine Stimme klingt immer noch etwas belegt vom Weinen. Harper scheint es nicht einmal zu bemerken.

„Leah ist bei mir", erklärt sie.

„Hi, Skadi", meldet Leah sich zaghaft. „Du hast deine Handtasche hier vergessen."

Darin ist Jaspers verschwunden geglaubtes Portemonnaie. Natürlich! Ich erinnere mich plötzlich daran, wie er es hineingesteckt hat.

„Und deshalb macht ihr so einen Stress?" Ich muss fast lachen. „Ich habe jede Menge Handtaschen, Leute! Ich kann sie morgen nach der Arbeit abholen kommen."

„Es geht nicht um die verdammte Handtasche, Skadi!", begehrt Harper auf, die Leah offenbar das Handy entrissen hat. „Es geht um das, was darin ist."

„Lipgloss, Kaugummi, Jaspers Portemonnaie, ein halbes Dutzend Haargummis", zähle ich auf. „Worauf wollt ihr hinaus? Ist das wieder so ein Scherz wie damals, als ihr ..."

„Es *ist* kein Scherz!", fällt Harper mir ungeduldig ins Wort. „Süße, wir wollten nachsehen, ob die Eheurkunde in deiner Tasche ist. Wegen der Annullierung. Wir haben da nämlich etwas herausgefunden, das ... ähm ..." Sie stockt kurz. „Wie auch immer. Ist jetzt gerade unwichtig. Wir haben Jaspers Portemonnaie entdeckt, und du weißt, wie neugierig Leah ist."

„*Du* warst neugierig!", höre ich deren Stimme im Hintergrund.

„Wir waren beide neugierig", gibt Harper zu. „Wir haben ein wenig herumspioniert. Wir wollten wissen, wie viel Bargeld er so mit sich rumträgt, wie viele Kreditkarten er hat und so ... ich meine, das ist quasi unsere Aufgabe als deine besten Freundinnen, oder? Wir müssen sichergehen, dass der Kerl, mit dem du dich einlässt, vernünftig ist. Damit so etwas wie mit dieser Hohlbirne Jude nie wieder geschieht."

„Das hat euch wenig interessiert, als ihr zugelassen habt, dass ich ihn *heirate*", kann ich mir nicht verkneifen zu sagen.

„Skadi ..." Harper seufzt. „Wir haben die Eheurkunde und seinen Personalausweis hier vor uns liegen."

„Und?"

Ich höre Harper am Telefon tief einatmen. „Und der Mann, mit dem du verheiratet bist, ist nicht der, der er vorgibt zu sein."

Harpers Worte hallen dumpf in meinem Kopf nach.

... nicht der, der er vorgibt zu sein ...

Ich muss mich hinsetzen. Irgendwo. Zittrig lasse ich mich auf den Badewannenrand sinken, das Handy, an dessen anderem Ende Schweigen herrscht, immer noch an mein Ohr gepresst.

Mir ist schwindlig. Wieso hat Jasper mich angelogen? Was hat er zu verbergen? Alles scheint sich zu drehen. Ich schließe die Augen und atme ganz tief ein und langsam wieder aus.

„Was hat das zu bedeuten?“, frage ich mit merkwürdig hohler Stimme.

„Sein Name ist Jasper Samuel Morrisson“, antwortet Harper sanft. „Aber eine Zeit lang nannte er sich Noa.“

Ich schüttle den Kopf, obwohl ich weiß, dass Harper und Leah mich nicht sehen können. Der Name sagt mir gar nichts. Noa? Er sieht gar nicht aus wie ein Noa. Hat er etwa eine zweite Identität? Unwillkürlich muss ich ans Zeugenschutzprogramm denken. Und an das FBI. Oder hat er vielleicht was mit der Mafia zu tun? Großer Gott ...

„Du erinnerst dich wahrscheinlich unter dem Namen Noa No an ihn.“ Harpers Stimme dringt wie durch eine Schicht Watte zu mir durch. Ich nehme die Geräusche des Blinkers wahr. Offensichtlich sitzen sie im Auto. „Er war ein Sänger. Ein richtiger Popstar für eine lächerliche Handvoll Tage. Das war vor etwa acht Jahren.“

Vor acht Jahren? Jasper ein Popstar? *Noa No?* Ich kann keinen klaren Gedanken mehr fassen. Wie in Trance halte ich das Handy an mein Ohr und warte darauf, dass ich mehr Informationen bekomme. Dass das große blinkende Fragezeichen in meinem Kopf verschwindet. Dass ich eine logische Erklärung bekomme. Immer noch scheint sich alles zu drehen.

„Er hatte kürzeres, weißblond gefärbtes Haar und trug ständig diese nach hinten gerichtete Baseballkappe.“ Nun ist es Leah, die spricht. Ihre Stimme klingt ein wenig hohl, offenbar hat Harper den Lautsprechermodus aktiviert. „Er hatte einen einzigen Hit, der damals rauf und runter lief."

„Kein besonders anspruchsvolles Lied, irgendwas mit *Lady* und *Baby* und ganz viel *Yeah Yeah Yeah*", sagt Harper beinahe angewidert.

Leah und sie stimmen summend den Song an, und tatsächlich kommt er mir bekannt vor. Eine einprägsame, flotte Melodie, deren Text ich längst vergessen habe. Und dann realisiere ich, dass Jasper die Melodie einmal unter der Dusche gesummt hat. Die Frau im Leopardenkleid, die Jasper auf der Silvesterparty angesprochen hat, kommt mir in den Sinn. Natürlich! Sie hatte ihn erkannt!

„Wir haben daraufhin im Internet recherchiert. Genauso schnell wie er aufgetaucht war, verschwand Noa No nämlich auch wieder von der Bildfläche", fährt Leah fort.

„Aber er kam nicht damit klar, den Luxus, den er nun für eine kurze Weile kennengelernt hatte, wieder loszulassen", ergänzt Harper mit einem bitteren Unterton in der Stimme. „Also suchte er nach Wegen. Dave hat ein wenig nachgeforscht und ... nun ja ... Jasper hat immer wieder Kredite aufgenommen. Jobs angenommen und nach kurzer Zeit wieder gekündigt. In einer TV-Show betrunken für Aufruhr gesorgt ..."

„Stopp, das reicht", bringe ich flehend hervor.

Meine Kopfhaut prickelt unangenehm. Mein Magen zieht sich krampfhaft zusammen, und für einen kurzen Augenblick habe ich das Gefühl, mich übergeben zu müssen. Ich presse die freie Hand auf meinen Oberbauch.

„Ich weiß, dass du ihn magst, Skadi", höre ich Leahs Stimme wie aus weiter Ferne zu mir vordringen. Sie klingt, als würde sie gleich in Tränen ausbrechen.

„Ich ... ich verstehe das nicht", bringe ich mit stockender Stimme hervor.

„Er ist pleite, Skadi", erklärt Harper nüchtern. „Mehr als pleite. Völlig verschuldet! Er lebt über seine Verhältnisse. Und jetzt hat er eine Frau mit einer Menge Geld geheiratet."

„Du glaubst, er hat sich nur wegen meines Geldes auf die Wette eingelassen?", schließe ich heiser.

„Ich glaube es nicht nur ...", antwortet Harper trocken, „... ich bin mir sogar ziemlich sicher, dass es so ist."

Plötzlich ergeben all die Anrufe, die er vor mir zu verbergen suchte, Sinn. Anrufe aus einem Leben, das ich nie kennenlernen sollte. Er hat einen ganzen Berg von Schulden. Sicher wollten die Menschen, die ihn angerufen haben, sein Geld. Mein Geld. Ich erschaudere.

Ich bringe keinen Ton heraus. Schweigend starre ich auf meine nackten Füße. Es fühlt sich an, als wäre ich aus der Realität gerissen und in einen bösen Traum hineingeschleudert worden.

„Wir sind auf dem Weg zur dir, Skadi. In etwa fünf Minuten sind wir da. Wir machen den Kerl fertig", sagt Harper entschlossen. Und dann endet das Gespräch.

Wie betäubt stehe ich auf, stecke mir das Handy in die hintere Hosentasche und trete zum Waschbecken, um kaltes Wasser aufzudrehen. Ich wasche mir das Gesicht und die Hände, doch die Kälte scheint kaum zur mir durchzudringen. Sie erreicht mich einfach nicht. Mir ist unangenehm heiß.

Als ich das Badezimmer verlasse, kommt Jasper mir entgegen. Ich kann ihm kaum in die Augen sehen.

„Hör mal, Skadi", sagt er und fährt sich mit der Hand verlegen über den Nacken. „Es tut mir leid wegen vorhin. Ich ..."

„Kein Problem, Jasper", entgegne ich mit zitternder Stimme. „Oder sollte ich Noa sagen?"

Mein Gegenüber – Jasper oder Noa No oder wie auch immer – erstarrt und wird plötzlich ganz blass.

„Skadi, woher weißt du ... lass mich erklären", stammelt er.

„Du musst mir gar nichts erklären", entgegne ich. „Ich habe schon verstanden. Aber leider hast du dich geirrt! Ich werde dir dein Luxusleben nicht finanzieren."

„Skadi, ich bitte dich!" In seiner Stimme liegt mit einem Mal etwas Flehentliches. „Es ist nicht so, wie du denkst."

„Ach nein?"

„Nein!" Er schüttelt heftig den Kopf, dann seufzt er. „Lass mich erklären ..."

Doch seine Erklärung höre ich nicht mehr, denn in diesem Moment klingelt und klopft es zugleich an der Tür. Ich sehe Harper förmlich vor mir, wie sie mit ganzem Körpereinsatz an die Tür hämmert, mit dem festen Vorsatz, jemandem den Kopf abzureißen. Ohne Jasper weiter zuzuhören, eile ich zur Tür und öffne sie.

Harper stürmt mit fuchsteufelswildem Blick in meine Wohnung und blickt sich um wie ein Stier, der unbedingt jemanden mit seinen Hörnern aufspießen will.

„Du ...", grollt sie bei Jaspers Anblick und schnaubt lautstark Luft durch die Nase. Es fehlt nur noch, dass sie mit den Füßen scharrt. Wäre die Situation nicht so traurig und beschämend, müsste ich wahrscheinlich bei dem Anblick lachen.

Mit etwas Abstand und ein wenig atemlos folgen ihr Leah, Chris und Dave. Leah nimmt mich in den Arm, und Chris hält Harper zurück, bevor sie den nunmehr betreten dreinblickenden Jasper in Stücke reißen kann.

„Du verdammter Lügner!“, schleudert sie ihm entgegen. „Und ich wusste von Anfang an, dass mir deine Visage bekannt vorkommt! Jetzt hab’ gefälligst wenigstens den Mumm, ihr die Wahrheit zu sagen.“

„Die *ganze* Wahrheit!“, ergänze ich mit erstaunlich fester Stimme, und alle sehen mich an.

Wenig später sitzen wir am Wohnzimmertisch, Jasper wie auf der Anklagebank auf der einen, wir alle auf der anderen Seite. Er schluckt.

„Ihr seid mir aufgefallen“, sagt er in die Stille hinein, die seit Minuten andauert. „Ihr wart laut und protzig und habt massenhaft teure Getränke bestellt.“ Er sieht mir in die Augen, bevor er den Blick senkt. „Ich hatte an diesem Abend einen Job in einer der Bars ergattert und habe als Santa Claus verkleidet Weihnachtslieder gesungen. Die grüne Kontaktlinse habe ich immer getragen, wenn ich aufgetreten bin. Damit ich nicht mehr an Noa No erinnere, denn auf den ist leider niemand wirklich gut zu sprechen.“ Er blickt verlegen in die Runde. Ich weiche seinem Blick aus. Ich ertrage es kaum, ihn anzusehen.

Als Harper daraufhin eine Art Knurren von sich gibt, schüttelt er mit Bedauern im Blick den Kopf. „Ich bin nicht stolz auf die Person, die ich geworden bin, Leute, das könnt ihr mir glauben.“

„Sprich weiter“, fordert Dave ihn auf.

„Ich habe dich falsch eingeschätzt“, fährt Jasper fort und sieht mir tief in die Augen.

Ich kann kaum einschätzen, ob es echtes Bedauern ist, was darin liegt. Oder ist er einfach nur ein verdammt guter Schauspieler?

„Und meine Gefühle für dich habe ich auch falsch eingeschätzt“, setzt er leise hinzu, ohne den Blickkontakt abzubrechen.

Ich muss wegsehen.

„Sülz sie nicht voll“, knurrt Harper.

„Ich wollte nicht ihr Geld!“, begehrt Jasper auf. „Ich wollte mit euch durch Las Vegas ziehen, weil ich mir einen aufregenden Abend versprochen habe. Und dass ihr für alles bezahlt“, fügt er kleinlaut hinzu. „Skadi hätte ein netter One-Night-Stand werden können, mehr hatte ich zu Anfang nie vor. Doch dann kam die Idee mit der Wette. Ich war zuerst dagegen, wurde aber umgestimmt ...“ Jäh sieht er Chris an, scheint etwas sagen zu wollen, doch schüttelt dann den Kopf. „Wie auch immer. Plötzlich hat sich alles geändert! Auf einmal war der wichtigste Mensch für mich nicht mehr ich selbst ... sondern du, Skadi. Es klingt vielleicht abgegriffen oder dämlich, ich ... ich habe keine Ahnung ... aber *du* ...“, er deutet mit beiden Händen auf mich, „... bedeutest mir *alles*! Ich wollte ehrlich zu dir sein, sobald ich das realisiert hatte. Ich bitte dich, das musst du mir glauben! Aber es war schon zu spät. Ich wusste nicht, wie ... und ... und ich hatte Angst davor, dich zu verlieren.“

Dann wendet er sich erneut Chris zu, der seltsam still und blass auf seinem Stuhl sitzt. „Du brauchst mir das Geld nicht zu geben. Ich will keinen Cent davon."

Plötzlich werde ich hellhörig.

„Geld? Was für Geld? Wovon spricht er?"

„Ja. Was für Geld?", wird auch Harper plötzlich misstrauisch.

Chris sieht mit einem Mal beschämt aus. Untypisch zurückhaltend verschränkt er die Arme vor der Brust und beißt sich auf die Unterlippe, als würde er nach den richtigen Worten suchen.

„Wisst ihr, der Wetteinsatz war für ihn nicht reizvoll genug. Er ... er hat angefangen, mit mir zu verhandeln, als ihr das Brautkleid ausgesucht habt."

„Chris hat recht. Es war meine Idee", bestätigt Jasper leise.

Harper wirft ihm einen bitterbösen Blick zu, dann starrt sie Chris an, als wäre er verrückt geworden.

„Und du hast dich darauf eingelassen?", brüllt sie schrill.

„Ich dachte, es wäre okay." Chris hebt mit einem entschuldigenden Grinsen die Schultern an. „Es sollte sich für ihn auch lohnen und ... und ich wollte nicht, dass er einen Rückzieher macht."

„Jasper ... war das Geld, das du in Waikiki und danach noch hattest, das Geld, das du dem Obdachlosen gegeben und womit du alles bezahlt hast, auch von Chris?"

Jasper sieht kurz zu Chris herüber, dann nickt er langsam. Mein Herz fühlt sich an, als würde eine eiskalte Hand es umschließen. Ich fühle mich betrogen. Von Jasper *und* von Chris. Die Tatsache, dass er, was seine

Identität betrifft, gelogen hat, scheint nichtig gegen die Erkenntnis, die mich nun trifft.

„Deshalb warst du anfangs so unberechenbar", schließe ich bitter. „Du hast versucht, die Wette ... unsere Ehe ... zu sabotieren. Nur, um eher an Chris' Geld zu kommen!"

Jasper muss mir nicht antworten. Sein schuldbewusster Blick ist mir Bestätigung genug. Ich erinnere mich an den Abend, nachdem wir von der Cocktailbar in Waikiki Richtung Hotel schlenderten und Chris anrief, um mit Jasper zu sprechen.

„Ich habe dir meine Geheimnisse anvertraut!" Ich schüttle den Kopf und kämpfe gegen die Tränen an, die in mir aufsteigen. Tränen der Wut. Der Enttäuschung. Der Fassungslosigkeit.

„Und sie sind bei mir sicher!", sagt Jasper entschieden.

„Ich glaube dir kein Wort!" Von einem Gefühl des blinden Zorns erfasst, springe ich auf. Mit einem lauten Knall fällt mein Stuhl auf den Boden. „Verschwinde, Jasper. Verschwinde aus meinem Leben!"

„Skadi, bitte", fleht er verzweifelt.

„Verschwinde!" Ich muss an mich halten, um nicht zu schreien. „Du hattest Gefühle für mich? Schön für dich. Ich habe keine für dich. Ich wollte nur diese Wette gewinnen. Also erzähl mir nicht ein Lügenmärchen nach dem anderen, sondern geh einfach. Geh!"

Einen Augenblick lang sieht er mich noch traurig an, dann verändert sich etwas in seinem Blick. Mit kühlerem Gesichtsausdruck nickt er.

„Aber du warst immer ehrlich, ja?", fragt er. „Ich bin nicht der Einzige hier, der gelogen hat, Skadi."

„Nein, aber du bist der Einzige, der nie ehrlich war!", entgegne ich wutentbrannt. „Und jetzt geh!"

„Das werde ich."

Jasper verschwindet ohne ein weiteres Wort im Schlafzimmer, während wir anderen wie in Schockstarre sitzen bleiben. Chris ist kreidebleich.

Wenige Minuten später erscheint Jasper mit seiner Reisetasche, wirft sie vor die Tür, nimmt einen Stuhl vom Tisch und verschwindet schweigend im Badezimmer.

„Er wird sich jetzt aber nicht erhängen, oder?", hakt Leah vorsichtig nach.

„Nein." Ich verdrehe die Augen. „Er hängt offensichtlich die Lampe wieder ab, die er für mich aufgehängt hat."

Und tatsächlich: Als Jasper aus dem Badezimmer kommt, drückt er mir die Badezimmerlampe, meine Traumlampe unsanft in die Arme.

„Ich habe sie wieder abgehängt", sagt er.

„Gut", entgegne ich.

„Vielleicht kann dein geliebter Jude sie dir aufhängen", ergänzt er mit einem boshaften Unterton in der Stimme. „Für *ihn* hast du ja offensichtlich noch Gefühle."

Ich funkle ihn an. „Ja, vielleicht ist das so!", entgegne ich, obwohl ich mir ziemlich sicher bin, dass Jude hier weder eine Lampe aufhängen noch überhaupt einen Fuß in diese Wohnung setzen wird.

„Du bist sowieso nicht über ihn hinweg und demnach auch nicht bereit für etwas Neues." Jasper schnappt sich seine Taschen und reißt die Tür auf. „Also habe ich dir wahrscheinlich sogar einen Gefallen getan." Ohne sich noch einmal umzusehen oder die Tür zu schließen, verlässt er meine Wohnung.

„Ja, das hast du!", rufe ich ihm nach. „Verschwinde aus meinem Leben, du Hochstapler!"

Hochstapler ist nicht ansatzweise das, was ich eigentlich sagen wollte. Wütend knalle ich die Tür zu, die mit einem dumpfen Knall ins Schloss fliegt. Dann wende ich mich schwer atmend meinen Freunden zu. Der Zorn, von dem ich gedacht hatte, dass er sich in Nichts auflöst, sobald Jasper alias Noa No aus meiner Wohnung und meinem Leben verschwindet, wütet stattdessen nun umso heftiger in mir. Und er wendet sich gegen die Einzigen, die nun noch da sind: gegen Harper, Leah, Chris und Dave.

„Du hast ihm Geld geboten und mir nicht einmal etwas davon gesagt?" Wutentbrannt baue ich mich vor Chris auf, der mich unsicher anlächelt. „Was ist das für dich? Die Wir-erlauben-uns-einen-Spaß-mit-Skadi Baker-Show? Und überhaupt – glaubst du, jemand muss eine Menge Geld dafür erhalten, mich einen Monat lang zu ertragen?"

„Nein, das war nie mein Gedanke!", entgegnet Chris, offensichtlich erschüttert darüber, was ich ihm an den Kopf werfe.

Doch die Wut in mir wird durch seine Reaktion nur noch mehr geschürt. Mit zu schmalen Schlitzen verengten Augen starre ich ihn an.

„Was gibt dir das Recht, dich über mich zu stellen?", schreie ich ihn an.

„Lass ihn in Frieden, Skadi", verlangt Harper. „Du reagierst über."

„Halt die Klappe, Harper!“, fauche ich. „Du musst hier nicht immer alles für alle übernehmen! Es wird dich wundern, das zu hören, aber wir haben alle eigene Gehirne!“

Harper sieht mich an, als hätte ich ihr mitten ins Gesicht geschlagen. Leah schnappt entsetzt nach Luft.

„Und du, Leah ...“ Ich wirble herum und deute mit dem Finger auf sie. „Hör auf, ständig wegen jedem Scheiß so entsetzt zu tun! Du musst nicht andauernd heulen! Hör auf damit! Und auch damit, zu behaupten, du würdest dir kein Botox spritzen lassen. Mein Gott, du kannst ja nicht einmal mehr die Stirn runzeln! Man sieht auf drei Kilometer Entfernung, dass du dir das Zeug spritzen lässt!“

„Skadi!“ Dave legt mir eine Hand auf die Schulter und macht eine beschwichtigende Geste. „Wir verstehen, dass du aufgebracht und verletzt bist, aber wir sind deine Freunde. Du kannst mir uns reden.“

„Mit euch reden!“ Ich lache bitter auf. Ich weiß, dass ich überreagiere, aber ich kann nicht aufhören. „Das sagt mir ausgerechnet der Kerl, der einen auf Frauenheld macht, obwohl jeder weiß, dass er nicht auf Frauen steht!“

Eine unangenehme Stille tritt ein. Und mir wird bewusst, was ich gerade eigentlich tue. Doch die Einsicht macht es nicht besser. Sie schmerzt und erschreckt mich, spornt mich aber auf eine widerliche Art und Weise noch zusätzlich an.

„Ihr ...“, ich deute mit dem Finger nacheinander auf jeden einzelnen von ihnen, „... seid Schuld daran, dass das mit Jasper so gekommen ist! Ihr habt mich in dieses

Schlamassel geritten, obwohl ich sturzbetrunken war. Was seid ihr bloß für Freunde!“

Meine Brust hebt und senkt sich so schnell, als wäre ich gerade einen Marathon gelaufen. Meine Hände sind zu verkrampften Fäusten geballt – so fest, dass die Fingernägel sich schmerzhaft in meine Handballen graben.

Alle starren mich an, als wäre ich vollkommen verrückt geworden. Verletzt sehen sie aus, schockiert und traurig. Paradoxerweise berührt mich diese Tatsache kein Stück. Harper räuspert sich in die unangenehme Stille hinein.

„Wir sind nicht deine Eltern, Skadi“, sagt sie erstaunlich ruhig. „Auch wenn du von uns erwartest, dass wir uns um dich kümmern wie um unser Kind. Bekomm dein Leben in den Griff.“ Dann greift sie nach Chris’ Hand und wendet sich an die anderen. „Lasst uns gehen, Leute. Ihr ist nicht mehr zu helfen.“

„Ja, verschwindet doch!“ Meine Stimme klingt erstickt. Langsam bahnen sich erneute Wuttränen ihren Weg nach draußen. Meine Kehle fühlt sich an wie zugeschnürt.

„Hier.“ Chris zieht einen USB-Stick aus seiner Hosentasche und wirft ihn mir zu. Geistesgegenwärtig fange ich ihn auf.

„Dein Hochzeitsvideo“, erklärt er kühl. „Das wollte ich dir eigentlich erst später zeigen.“

„Und komm bloß nicht wieder angekrochen, wenn du etwas brauchst“, sagt Harper und verlässt als Erste meine Wohnung.

„Sieh es dir an“, wiederholt Chris und lässt sich von Harper herausziehen.

Dave hat nur ein müdes, trauriges Kopfschütteln für mich übrig, als er den beiden folgt. Leah bleibt kurz vor mir stehen. Ihre Augen sehen glasig aus, aber sie weint nicht.

„Das war nicht okay, Skadi", sagt sie mit bebender Stimme. „Absolut nicht."

Dann fällt die Tür hinter ihnen allen ins Schloss. Und ich bin allein.

Kapitel 11

Das Hochzeitsvideo

„Das ist aber wirklich ein hübscher Ring, junge Frau“, betont der Juwelier. Er trägt eine Brille mit besonders dicken Gläsern, leckt sich gedankenverloren über die spröde aussehenden Lippen und wiegt meine Hand in seiner, als würde er darüber nachdenken, ob er dieses funkelnde Schmuckstück wirklich zerstören soll. „Ich kann ihn Ihnen danach reparieren. Und wieder an den Finger anpassen.“

„Ich möchte ihn *wirklich* nicht reparieren lassen, vielen Dank“, verneine ich sein Angebot zum dritten Mal an diesem Nachmittag.

„Haben Sie versucht, den Finger zu kühlen?“ Der Juwelier scheint mir gar nicht zuzuhören. „Eis hilft oft Wunder. Es gibt auch noch einen Trick mit einem Faden oder Zahnseide, da ...“

„Machen Sie ihn kaputt!“, presse ich zwischen den Zähnen hervor. „Jede Sekunde, in der ich diesen Ring trage, ist eine zu viel. Ich habe das Gefühl, er schneidet mir die Luft ab. Er ist schwer, er stört mich, und ich möchte es nicht mit Eis, Zahnseide oder Seife versuchen. Ich möchte wirklich, wirklich einfach nur, dass er entfernt wird. Jetzt!“

„Oh ...“, macht der Juwelier. „Okay, junge Frau. Ganz wie Sie es wünschen.“

Der silberne Ringschneider erinnert mich an eine Zehennagelschere. Als er ihn an meinem Finger ansetzt, schließe ich die Augen. Es knackt leise. Vorsichtig hebe ich die Lider an und blinzle hindurch. Der Ring ist ab. Zerbrochen liegt er auf dem kleinen Tablett, auf dem der Juwelier nun auch den Ringschneider ablegt.

„Wollen Sie ihn behalten, junge Frau?“, fragt er.

Hört der Kerl mir eigentlich zu? Ich schüttle den Kopf.

„Ich kann ihn Ihnen einpacken. Das ist ein wertvoller Ring.“ Er gibt nicht auf.

„Ich will ihn nicht!“, entgegne ich eine Spur zu heftig. „Ich will ihn nicht“, wiederhole ich etwas sanfter. In meinem Hals hat sich ein dicker Kloß gebildet, der mir das Sprechen, Schlucken und Atmen erschwert.

Ohne ein weiteres Wort stehe ich auf, drücke dem Juwelier das Doppelte dessen, was er für die Ringentfernung verlangt hat, in die Hand und eile hinaus. Der Ringfinger an meiner rechten Hand fühlt sich merkwürdig an. Leer. Nicht so befreit, wie ich es mir erhofft hatte.

Als ich am Abend desselben Tages zwischen zwei hohen Wäschebergen sitze, die ich seit Tagen falten und wegräumen will, fällt mein Blick wie schon so oft auf den USB-Stick, den Chris mir nach dem Streit zugeworfen hat. Er liegt auf dem Esstisch, neben der Obstschale, in der bis auf eine traurige braune Banane gähnende Leere herrscht. Unwillkürlich muss ich schlucken. Chris’ Worte hallen dumpf in meinem Kopf nach. Wie ein immer wiederkehrendes Echo erfüllen sie meine Gedanken und verdrängen jegliche andere.

Sieh es dir an!

Ich war schon so oft kurz davor, seinen Ratschlag zu befolgen und mir anzusehen, was in jener Nacht in Las Vegas wirklich passiert ist – und wieso er wollte, dass ich es sehe. Und obwohl die Neugierde vorhanden ist, sind die Sturheit und die Angst vor dem, was ich zu sehen bekomme könnte, bisher immer größer gewesen.

Eine Woche ist vergangen, seit die Sache mit Jasper alias Noa No wie eine Bombe eingeschlagen ist und alles zerstört hat. Seit diesem Moment bewege ich mich nur noch wie ferngesteuert. Ich gehe zur Arbeit, ich schlafe, esse und trinke, ich sehe fern. Doch ich lache nicht. Ich weine nicht. Und ich falte, verdammt noch mal, keine Wäsche!

Ungeduldig schiebe ich den Berg von Dessous, Röcken und Blusen von mir. Ich habe keine Lust auf Körperkontakt. Auch nicht auf Körperkontakt mit leblosen Kleidungsstücken.

In dem Moment klingelt irgendwo in der Ferne mein Handy. Lustlos stehe ich auf, suche es und werde schließlich in der Handtasche fündig, die ich heute mit zur Arbeit genommen habe. Bis ich es in der Hand habe, hat es längst aufgehört zu klingeln. Harpers Name steht in der Liste der Anrufer ganz oben. Ich runzle die Stirn.

In dem Moment ruft sie erneut an, und ich zucke unwillkürlich zusammen. Mit dem klingelnden und vibrierenden Handy in der Hand gehe ich zurück auf das Sofa und setze mich zwischen meine Wäscheberge.

Ich will nicht mit ihr sprechen. Noch nicht. Oder vielleicht auch nie. Ohne weiter darüber nachzudenken, schalte ich den Ton ab und schiebe das Handy unter den einen der beiden Wäscheberge, sodass es nur noch leise vor sich hin vibriert. Ich schalte den Fernseher an. Harper versucht es noch vier- oder fünfmal, dann gibt sie offensichtlich auf. Stattdessen vibriert das Handy ein einziges Mal kurz. Eine Textnachricht. Mit einem Aufseufzen ziehe ich das Handy erneut hervor und lese, was Harper geschrieben hat.

Es geht um die Annullierung.

Ich schicke ein Fragezeichen zurück. An die Annullierung habe ich gar nicht mehr gedacht. Tatsächlich bin ich also nach wie vor mit diesem verlogenen Typen verheiratet. Hoffentlich muss ich nur etwas unterschreiben und ihm nicht persönlich unter die Augen treten.

Im Fernsehen flimmert eine romantische Liebeskomödie, und als die Hauptdarsteller sich leidenschaftlich küssen, muss ich umschalten. Eine Kochsendung. Ich wechsle erneut den Sender. Eine Arztserie, bei der gerade eine Hirnoperation durchgeführt wird. Besser! Es dauert eine Weile, bis eine erneute Antwort von Harper kommt.

Es ist doch nicht so leicht, wie erwartet. Das weiß ich schon seit einigen Tagen, jetzt hat es sich jedoch bestätigt. Dachte, du solltest das wissen.

Sie ruft mich erneut an, doch ich warte, bis sie wieder auflegt. Sicher wäre es einfacher, sich per Telefonat auszutauschen, doch ich möchte einfach nicht mit ihr sprechen.

Die Liste der zugelassenen Annullierungsgründe in Nevada ist sehr kurz. Alkohol ist kein Grund. Ihr müsst euch legal scheiden lassen, und das beginnt mit einem Trennungsjahr.

Ich starre auf das Display und kann es einfach nicht glauben. Ich muss mit ihm verheiratet bleiben? Fassungslos lese ich den Text wieder und wieder. Eine weitere Textnachricht trudelt ein.

Chris sagt, du sollst dir das Video angucken.

Wutentbrannt schleudere ich das Handy durch den ganzen Raum. Es fliegt an die Wand und fällt mit einem dumpfen Schlag zu Boden. Wahrscheinlich ist es kaputt. Aber das ist mir egal. Ich kann mir einfach ein neues kaufen. Ich kann mir hundert neue kaufen, wenn ich will.

Einen Moment lang verfolge ich noch die Krankenhausserie, in der ein gutaussehender Arzt sich gerade mit nachdenklichem Blick und Schmollmund ein Röntgenbild ansieht. Und dann tue ich es. Ich sehe mir selbst dabei zu, wie ich aufspringe, mit einer harschen Bewegung den USB-Stick ergreife und meinen Laptop aus dem Regal nehme.

Immer noch skeptisch stelle ich den Laptop auf dem Esstisch ab, öffne ihn und schalte ihn an. Ich weiß nicht, ob ich das wirklich sehen will. Aber irgendwann muss ich. Vor meinem inneren Auge läuft plötzlich ein Film ab, in dem ich dasitze, fünfzig Jahre älter als jetzt, und auf den fast bis zur Decke reichenden Wäschebergen liegen eine ganze Menge Katzen, so wie es sich für eine verrückte alte, einsame Dame gehört. Und der USB-Stick? Der liegt immer noch neben der Obstschale mit der einzigen braunen Banane und hat eine Staubschicht auf sich angesammelt, die dicker ist als er selbst. Ich erschaudere und stecke den Stick vorsichtig in die dafür vorgesehene Stelle im Laptop, der endlich hochgefahren ist.

Das Video beginnt unmittelbar mit laufenden Schuhen auf Asphalt.

„Diese Wette ist krasser als die mit den Thunfischdosen", hört man Chris atemlos sagen. Seine Stimme klingt verwaschen.

„Jede Wette ist krasser als die mit den Thunfischdosen", entgegnet sein Bruder Dave, der sich nicht minder betrunken anhört.

„Ich nehme das auf. Für Skadi. Und für uns, falls ... falls wir uns nicht mehr daran erinnern", erklärt Chris inbrünstig, und er muss dreimal ansetzen, um meinen Namen und das Wort *erinnern* richtig aussprechen zu können.

Die Szene endet, und die Kamera ist nun auf mich gerichtet. Erschrocken schlage ich mir beide Hände über den Mund. Die Skadi auf dem Bildschirm lächelt selig, hat tiefrote Wangen und lässt sich von Leah und Harper frisieren und schminken. Beide kichern. Es ist klar erkennbar, dass keiner von uns zurechnungsfähig ist. Die anderen wirken fast noch betrunkener als ich selbst. Sie hätten mich in ihrem Zustand gar nicht davor bewahren können, zu heiraten. Mit der Erkenntnis meldet sich in meinem Inneren ganz zaghaft ein schlechtes Gewissen zu Wort.

„Du bist echt verrückt, Skadi“, säuselt Leah und muss sich an mir festhalten, um nicht umzukippen, während sie irgendetwas mit meinen Haaren anstellt, das weit entfernt an Flechten erinnert.

„Und du bist dir sicher?“, nuschelt Harper undeutlich.

Die Kamera schwenkt ziemlich schräg etwas zurück und offenbart nun, dass ich ein Brautkleid trage. Es ist nicht gerade hübsch und wohl auch eine Nummer zu groß, was man entweder auf unseren Zustand oder auf die eingeschränkte Auswahl von Leih-Brautmode in der Kapelle beziehen kann.

„Du siehst wunderschön aus“, dröhnt Dave. Das *U* in *wunderschön* zieht er in die Länge wie Kaugummi.

Wieder bricht das Video ab und setzt an einer anderen Stelle an. Kurz sieht man, wie Jasper (immer noch im Weihnachtsmannkostüm) mit dem Standesbeamten spricht, der ganz klischeehaft eine Elvis-Perücke trägt. Ich kneife die Augen zusammen. Weiter hinten ist zu erkennen, wie Leah sich vor der Kapelle übergibt. Chris lacht hysterisch, dann erscheint eine Nahaufnahme vom Brautpaar. Die betrunkene Bildschirm-Skadi himmelt den verlogenen Bildschirm-Jasper für meinen Geschmack viel zu sehr an. Mir wird ein wenig schlecht. Ich sehe ja aus wie eine komplett verknallte Grenzdebile. Unangenehm.

Der Standesbeamte spricht ein paar Worte, die in einer Unterhaltung von Dave und Chris untergehen. Offensichtlich haben sie Hunger, denn es geht ausschließlich um Hamburger. Und dann wird alles still. Ich weiß, was jetzt kommt. Ich will hinsehen, aber gleichzeitig auch wegsehen, als die betrunkene Bildschirm-Skadi ihre Arme um ihren frisch angetrauten Ehemann schlingt und ihn hingebungsvoll küsst. Meine Güte, dafür, dass wir beide sturzbetrunken sind, küssen wir ziemlich gezielt und konzentriert. Und lang. So lang, dass der Standesbeamte das Ganze mit einem vernehmlichen Räuspern unterbricht. Die Kameraführung schwankt erneut, dann sieht man Chris' Gesicht in Nahaufnahme. Er nestelt mit seinen Fingern am Bildschirm rum.

„Erwische den blöden kleinen Knopf einfach nicht", nuschelt er, dann wird alles schwarz.

Im nächsten Moment erscheint Leah auf dem Display. Sie strahlt über das ganze Gesicht und schwankt ein wenig. „Ich wünsche den beiden alles Glück der Welt und dass sie sich für immer lieben!", ruft sie.

„Es ist 'ne Wette", hört man Harpers Stimme aus dem Hintergrund.

Leah wirkt kurz verunsichert, dann zuckt sie affektiert mit den Schultern. „Dann wünsche ich ihnen, dass sich aus dieser Wette eine echte Liebe entwickelt", verbessert sie sich und nickt zufrieden.

„Jetzt ich! Weg mit dir, hoffnungslose Romantikerin", verlangt Harper. Sie wirkt ein wenig nüchterner als Leah, aber ihr verklärter Blick zeigt, dass auch sie eine ganze Menge intus hat. „Ich drücke Skadi die Daumen, dass sie das packt. Ich weiß, dass sie das kann. Sie ist Skadi. Sie packt alles. Sie ..."

Mitten im Satz wird sie unterbrochen, weil die Aufnahme abbricht und an anderer Stelle fortgesetzt wird. Nun sieht man Dave, der grinsend in einen vor Fett triefenden Burger beißt.

„Bestes Hochzeitsdinner ever", sagt er mit vollem Mund.

„So mutig wie Skadi war bisher keiner von uns", philosophiert Chris und filmt sich selbst in Nahaufnahme. „Das ist die heftigste Wette, die es je gab. Man muss ganz schön taff sein, um sich so was zu überlegen und es auch durchzuziehen. Ach übrigens ...", er senkt seine Stimme zu einem Flüstern und führt das Handy ganz nah an seinen Mund, „... ich habe gerade die Flitterwochen für die beiden gebucht." Dabei klopft er sich selbst auf die Schulter. „Das wird *episch*."

„Die Braut, die Braut!", ruft er in der nächsten Einstellung und filmt nun mich, wie ich auffallend entspannt und wieder im Partyoutfit vor einem Spiegel stehe.

„Chris, das ist die Damentoilette!", quietsche ich im Video.

„Außergewöhnliche Nächte erfordern außergewöhnlichen Einsatz!", entgegnet er. „Wie geht es meiner liebsten, frisch verheirateten Braut?"

„Mir geht es total gut", nuschle ich. „Jasper ist so süß. Der Monat mit ihm wird gar kein Problem. Ich glaube, ich habe mich sogar ein bisschen in ihn verliebt, Chris."

Chris schwenkt die Kamera und filmt sein eigenes Gesicht, das zu einer gespielt schockierten Grimasse verzogen ist.

„Ich glaube, da spricht der Alkohol aus dir", sagt er.

„Nein", entgegnet mein Video-Ich entschieden und trägt mit wackligen Fingern Lipgloss auf. „Da spricht *die Liebe* aus mir."

Und dann sieht man *ihn*. Jasper. Er steht draußen und raucht. Ich wusste nicht einmal, dass er raucht. Was mir direkt auffällt – er wirkt angetrunken, aber nicht ansatzweise so betrunken wie wir anderen. Das macht die Tatsache, dass er bewusst und vorsätzlich gehandelt hat, als er mir das Jawort gab, umso realistischer. Mit einer unangenehmen Mischung aus Traurigkeit und Wut sehe ich mir das Video weiter an.

„Der Ehemann!“, dröhnt Chris’ Stimme. „Du hast gerade einen meiner Lieblingsmenschen geheiratet. Wie fühlst du dich dabei?“

„Lieblingsmenschen, hm?“ Mit spitzen Lippen zieht Jasper an der Zigarette und hebt eine Braue an.

„Klar“, bestätigt Chris, der trotz Jaspers kühlem Unterton in der Stimme weiterhin sehr fröhlich klingt. „Glaub mir, du hättest sie auch geheiratet, wenn du nicht so betrunken wärest. Skadi ist großartig.“

Jasper wirft die Zigarette auf den Boden und tritt sie mit der Schuhspitze aus. „Ich denke nicht“, entgegnet er. „Sie ist nicht annähernd mein Typ. Oberflächlich, tollpatschig und unbeholfen. Ich könnte mich niemals in eine Frau wie Skadi verlieben.“

Er verschwindet aus dem Bild, und eine Weile lang sieht man nur die Straße. Dann erscheint Chris’ Gesicht in Nahaufnahme.

„Irgendwie ...“, nuschelt er und wirkt mit einem Mal nicht nur müde, sondern auch schuldbewusst, „... hab’ ich das Gefühl, gerade was echt Dummes gemacht zu haben.“

Dann folgt Stille.

Und das Video endet.

Kapitel 12

Ein unerwartetes Wiedersehen

„Mrs. Mikaelson, im Konferenzraum fehlen Gläser", dröhnt die Stimme von Marvin Jones durch den Pausenraum.

Unverwandt nehme ich die Ellbogen von der Fensterbank und wende meinen Blick von dem weißen Treiben draußen ab. Es schneit unaufhörlich. Ich kann mich nicht erinnern, je zuvor so viel Schnee gesehen zu haben wie in diesem Jahr. Den Januar hindurch hat es gefühlt nonstop geschneit und nun, im frischen Kalendermonat Februar, geht es ebenso frostig und weiß weiter. Das Licht im Pausenraum ist unangenehm grell dagegen. Mit zusammengekniffenen Augen sehe ich wieder hinaus.

„Mrs. Mikaelson?!" Mein Chef räuspert sich. Ich höre seine ledernen Schuhe ungeduldig auf dem Fußboden scharren.

„Klar", beeile ich mich zu sagen. „Ich kümmere mich sofort darum."

Mr. Jones seufzt leise, dann höre ich, wie seine Schritte sich entfernen. Gläser. Ich schnaube verächtlich Luft durch die Nase. Als wäre es nicht egal, wie viele Gläser im Konferenzraum stehen. Die sind doch sowieso nur Dekoration. Also, *ich* habe noch nie jemanden während einer Konferenz trinken sehen. Diese Gläser sind mir genauso egal wie die Tatsache, dass er mich nun Mrs. Mikaelson statt Miss Banner nennt. Macht er das absichtlich? Hat er einfach ein schlechtes Gedächtnis? Man weiß es nicht.

Mechanisch mache ich mich auf den Weg in den Konferenzraum, stelle noch einige Gläser und weitere kleine Wasserflaschen hinzu und kippe die Fenster, um etwas frische Luft hereinzulassen. Sofort breitet sich eine eisige Kälte im ganzen Raum aus. Ich warte einige Minuten, dann schließe ich die Fenster wieder und gehe zurück an meinen Schreibtisch. Wobei es gar nicht wirklich *mein* Schreibtisch ist. Aber Abby, die eigentlich daran arbeitet, hat Gürtelrose und wird einige Wochen fehlen, sodass ich ausnahmsweise das Gefühl habe, einen richtigen Job zu haben. Ich habe sogar eine Kaffeetasse, einen kleinen Kaktus, einen pinkfarbenen Locher und einen Bilderrahmen darauf drapiert, damit es persönlicher wirkt. In Ermangelung von jemandem, dessen Foto ich mir hinstellen und regelmäßig ansehen wollen würde, habe ich das, welches mit dem Rahmen geliefert wurde, darin gelassen – eine Rollschuh fahrende Dogge mit Sonnenbrille. Unter anderen, *normalen* Umständen würde ich diesen kleinen Aufstieg vermutlich ziemlich feiern und mir einreden, dass ich nach Abbys Rückkehr vielleicht sogar einen eigenen Schreibtisch bekomme. Doch irgendwie bleibt das Hochgefühl aus. Ich schiebe meinen Locher und die Kaffeetasse gedankenverloren hin und her, bis ich Feierband habe.

Als ich an diesem Abend nach Hause komme, lasse ich mich nicht wie normalerweise mit einem obligatorischen Glas Wein auf die Couch sinken. Nein, der Wein ist leer. Und die Instantnudeln auch. Gähnend schlurfe ich an den Kühlschrank und öffne ihn, obwohl ich ganz genau weiß, dass mich in dessen Innerem nichts als eine gähnende Leere erwartet. Außer eine Tube Senf, einem angebrochenen Glas Marmelade und einem fast leeren Paket Käse. Ich rümpfe die Nase. Nichts davon spricht mich an.

Auf dem Weg zurück ins Wohnzimmer bleibt mein Blick kurz am Badezimmer hängen. Die Tür steht offen, das schräge Fenster ist gänzlich mit Schnee bedeckt, und nur ein schmaler Spalt weißen Lichts fällt durch den Flur hinein. Die Lampe hängt immer noch nicht.

Der Februar ist kälter denn je. Ich habe Jasper alias Noa No seit einem knappen Monat nicht mehr gesehen, und jedes verdammte Mal, wenn ich diese nackte Glühbirne im Badezimmer sehe, muss ich an ihn denken.

Ja, der Winter läuft auf Hochtouren – die Heizung auch. Ich schleiche zurück in die Küche, um noch einen Blick in den Kühlschrank zu werfen und mich zu vergewissern, dass nicht doch noch irgendwo etwas Essbares versteckt ist. Ich könnte Pizza bestellen. Ob die mir eine Flasche Wein mitbringen, wenn ich einen Fünfziger obendrauf lege? Der Gedanke lässt mich freudlos auflachen. Eine verbitterte, fast dreißig Jahre alte Frau, die sich allein etwas zu essen bestellt – und ihren Frust im Alkohol ertränkt.

Es nutzt alles nichts – ich muss wohl oder übel einkaufen gehen. Schlecht gelaunt streife ich mir eine

Mütze über und einen Schal um, ohne darauf zu achten, ob die Kombination gut aussieht. (Fun Fact: tut sie nicht) Ich schlüpfe in einen fast bodenlangen senfgelben Mantel aus der vorigen Saison und in graue Stiefel, die wenig hübsch, aber umso wärmer sind.

Dick eingepackt watschle ich zum Auto und schalte erst einmal die Sitzheizung an. Zum Glück ist es noch relativ warm darin, weil ich gerade erst von der Arbeit nach Hause gekommen bin.

Schneeflocken fallen auf meine Windschutzscheibe. Ich schalte den Scheibenwischer an. Plötzlich ertönt *Hold Back The River* von James Bay im Radio. Sofort bildet sich ein dicker Kloß in meinem Hals. Wann hört die Geschichte mit Jasper endlich auf, so in mir nachzuhallen? Ich wechsle den Sender. *I Will Always Love You.* Ach Gott, das hat mir ja gerade noch gefehlt! Kopfschüttelnd schalte ich das Radio aus und fahre ohne Musik weiter.

Ich biege auf den Parkplatz des Supermarktes ein und bin sofort genervt. Wieso müssen so viele Menschen um diese Uhrzeit einkaufen? Das ist doch nicht normal. Hier wimmelt es nur so von Rentnern, kleinen Familien und Paaren. Gibt es irgendwas umsonst? Ich bahne mir schlecht gelaunt meinen Weg durch den Schnee, schnappe mir einen Wagen und fahre fast eine kleine Oma um, die mich daraufhin wüst beschimpft. Ich schimpfe zurück – und fühle mich ein bisschen wie der Grinch.

Im Inneren des Ladens empfangen mich einlullende Musik und etwa fünfundzwanzig Grad Temperatur. Ein krasser Kontrast zu den gefühlt minus zehn Grad draußen. So schnell wie möglich schiebe ich meinen

Wagen durch die Gänge, sehe niemanden an und werfe von allem etwas in den Wagen. Tiefkühlpizza, Schokolade, fünf Flaschen Wein, Gummibärchen. Sehr ausgewogen.

Und dann erblicke ich sie: die größte Dosen-Pyramide, die ich je gesehen habe. Beinahe wäre ich mit dem Einkaufswagen mitten hinein gefahren, so sehr war ich darauf konzentriert, niemanden anzusehen.

Wie Instantnudeln, aber besser, verspricht der platte Werbespruch auf dem Plakat, auf dem eine adrett aussehende Hausfrau eine der Dosen vor ihrer verzückt aussehenden Familie öffnet. Angeberin. Ich rümpfe die Nase.

Die Dosen bestechen mit einer hip aussehenden Retro-Optik, und auf dem Foto, das darauf abgebildet ist, sehen die Nudeln mehr als köstlich aus. In diesem Moment meldet sich mein Magen mit einem vernehmlichen Knurren zu Wort. Vielleicht teste ich mal eine. Oder zwei.

An die oberste Dose komme ich nicht ran. Und die untersten scheinen ganz schön viel Gewicht zu tragen. Also ist es wohl am klügsten, eine aus der Mitte zu nehmen. Denke ich. Fataler Fehler. Schon während ich an der Dose ziehe, wird mir klar, dass das, was ich hier gerade vorhabe, nicht gutgehen kann. Ich will Schlimmeres verhindern und schiebe die halb herausgezogene Dose mit Nachdruck wieder zurück, doch daraufhin bewegt sich die komplette Reihe. Einen schrecklichen Augenblick lang halte ich die Luft an. Dann fällt die Dosenpyramide mit viel Getöse in sich zusammen.

Ich wusste weder, dass Dosen so laut sein noch dass sie so weit rollen können. In jeden Gang kullern welche. Mindestens eine ist aufgeplatzt. Der Inhalt spritzt wie in einem schlechten Film aus der Dose heraus – auf den Boden, an das Regal, an meine Hose (über zu wenig Inhalt kann man hier definitiv *nicht* klagen!). Und irgendwie habe ich auch etwas davon ins Haar bekommen.

Jeder im Supermarkt scheint mich anzustarren- belustigt, verärgert, teilweise vielleicht sogar erleichtert darüber, dass es mir passiert ist und nicht ihnen selbst. Mit hochrotem Kopf löse ich mich aus meiner Schockstarre und fange an, die Dosen wieder einzusammeln. Als ich auf allen Vieren durch den Hygieneartikelgang krieche, bin ich mir absolut sicher, am Tiefpunkt meines Lebens angelangt zu sein, als plötzlich ein Paar glänzend schwarzer Lackschuhe neben mir zum Stehen kommt.

„Ich habe mir schon gedacht, dass du es bist, die hier so einen Lärm fabriziert", spricht mich eine vertraute Stimme von oben an.

„J... Jude!" Erschrocken springe ich auf und fahre mir fast instinktiv mit beiden Händen über die Haare, in denen Saucenreste mit Paprikastückchen kleben. Ich muss schrecklich aussehen – blass, ungekämmt und schlecht gekleidet.

Jude hingegen sieht wie immer aus wie aus dem Ei gepellt. Er ist perfekt rasiert, trägt einen dunkelblauen Anzug und einen akkuraten Seitenscheitel. Der Geruch seines Aftershaves ist so vertraut, dass es mir die Tränen in die Augen treibt.

„Skadi Sky", sagt er, zupft mir eine Nudel aus dem Haar und fragt, ob ich denn genug esse, weil ich so dürr aussähe. Mit seiner Neuen habe es nicht geklappt, erzählt er nebenbei, während er ohne Aufforderung in die Knie geht, um mir beim Einsammeln der Dosen zu helfen. Dabei sieht er mir mit ernsthaftem Bedauern in die Augen, als ich ihm sage, dass auch meine kurze Ehe grandios gescheitert ist.

„Wollen wir demnächst mal etwas essen gehen?", schlägt er vor, als wir die letzte Dose eingesammelt haben und von irgendwoher eine genervt aussehende Angestellte mit Besen und Putzeimer in der Hand hinzukommt.

Zur Pyramide hat es leider nicht gereicht. Wir haben die Dosen schlichtweg aufeinander und nebeneinander gestapelt. Und die Lust darauf, deren Inhalt zu kosten, ist mir vergangen.

„Klar. Aber nicht chinesisch", antworte ich und rümpfe die Nase.

Jude lacht und zeigt dabei seine perlweißen perfekten Zähne. Es scheint ihm egal zu sein, dass ich aussehe wie ein schlecht gelaunter Zombie mit fettigen Haaren. Fast scheint es, als würde er meine Gesellschaft genießen. Nein, es scheint nicht nur so. Er freut sich, mich zu sehen. Tatsächlich. Seine Augen strahlen. Ich muss an seine Worte von der Silvesterparty denken. Die Worte, die er mir zugeraunt hat, als Jasper unsere Jacken holte.

Manchmal vermisse ich uns.

Ich mustere ihn unauffällig von der Seite, als wir unsere Einkaufswagen gemeinsam Richtung Kasse schieben. Besteht eventuell die Möglichkeit, dass mein smarter Ex-Freund mich wieder an seiner Seite haben will?

Und falls dem so wäre – wieso habe ich in den Monaten nach der Trennung nichts davon zu spüren bekommen? In jenen Monaten, in denen ich das Gefühl hatte, es reißt mir das Herz aus der Brust vor Schmerz? Hat unser Aufeinandertreffen auf der Silvesterparty etwa dazu beigetragen?

„Du hast morgen Geburtstag“, stellt Jude fest, als er mir wie selbstverständlich dabei hilft, meine Waren auf das Band zu legen.

Ich wünschte, ich hätte etwas anderes als Fertigessen und Süßkram gekauft. Eilig sortiere ich alles, was die Kassiererin mir zuschiebt, zurück in den Wagen.

„Du hast es nicht vergessen?“, frage ich und werfe eine XXL-Tafel Nussschokolade auf zwei Dosen Hühnersuppe.

„Wie könnte ich?“ Jude tut empört. „Du wirst *dreißig*! Das wird doch bestimmt die Party des Jahres.“

Betrübt schüttle ich den Kopf und reiche der Kassiererin das Geld für meinen kalorienhaltigen Einkauf.

„Wohl kaum“, antworte ich, während Judes Waren – Salat, Dressing, Mandarinen und eine Flasche Weißwein – sehr stilvoll über das Band laufen. „Wir haben uns gestritten. Ich werde morgen wohl allein sein. Aber das ist okay.“

Ich versuche, mir nicht anmerken zu lassen, wie sehr es mich tatsächlich trifft und schiebe meinen Wagen betont entspannt neben Judes aus dem Laden heraus.

„Oh nein!“ Jude wirkt aufrichtig betroffen. „Das kann ich auf keinen Fall zulassen. Ich komme morgen bei dir vorbei.“

Ich öffne den Mund, um etwas zu entgegnen, doch er kommt mir zuvor.

„Keine Widerrede, Skadi Sky! Dass du deinen Geburtstag nicht feierst, kommt gar nicht infrage."

Wir stehen auf dem verschneiten Parkplatz vor meinem Wagen. Unsicher betätige ich den Knopf auf dem Schlüssel, öffne den Kofferraum und beginne, meine Einkäufe einzuräumen. Natürlich habe ich mal wieder vergessen, eine Tasche einzupacken.

Will ich eigentlich, dass Jude mich besucht? Es fühlt sich irgendwie merkwürdig an. Wir haben uns nicht im Guten getrennt und auch alles andere als einvernehmlich. Dennoch verhält er sich mir gegenüber so aufmerksam, dass man fast das Gefühl bekommen könnte, er habe ein schlechtes Gewissen und bereue sein Fehlverhalten.

„Dann sehen wir uns morgen", sagt er und sieht mir tief in die Augen.

Oh je. Diese Augen! Was war ich einst vernarrt in sie. Stundenlang konnte ich mich darin verlieren. Ich wende den Blick ab.

„Du weißt doch gar nicht, wo ich wohne", rufe ich ihm nach.

Er bleibt stehen. „Klar weiß ich das, Skadi Sky. Ich weiß fast alles."

Mit gemischten Gefühlen fahre ich nach Hause. Was hätte ich nicht alles für eine solche Chance gegeben? Vor Las Vegas. Vor Jasper. Doch nun? Die erregte, übergroße Freude, von der ich erwartet hatte, dass sie mich völlig übermannt, bleibt aus. Und merkwürdigerweise habe ich zu Hause plötzlich gar keinen Hunger mehr.

Am nächsten Tag schaffe ich es irgendwie, die Tatsache, dass ich Geburtstag habe, zu ignorieren. Es ist nicht wie sonst. Kein gewöhnlicher Geburtstag im Leben der Skadi Baker alias inzwischen übergangsweise Morrisson. Kein aufregender Tag mit Geschenken, Ballons und Überraschungen. Keine geheimnisvollen Ankündigungen, keine rauschende Party, keine knallenden Sektkorken.

Ich gehe wie an jedem Tag arbeiten. Dort gratuliert mir nicht einmal jemand. Wie in Trance kopiere ich stapelweise Texte, deren Inhalt ich nicht einmal kenne. Ich koche Kaffee, kehre den Boden, nehme Telefongespräche entgegen und überprüfe Artikel auf ihre Richtigkeit. Keine Mail, keine Karte, keine Blumen oder Pralinen auf meinem geliehenen Schreibtisch. Auch mein Handy bleibt stumm. Ich versuche mir einzureden, dass es mir nichts ausmacht. Ich bin kein Kind mehr, ich brauche keine Geburtstagsfeiern mehr, keine Überraschungen, keine Geschenke. Verdammt, ich habe genug Geld, um mir selbst zu kaufen, was ich möchte! Aber irgendwie funktioniert die Taktik nicht.

Als ich abends nach Hause komme, springt mir sofort das Chaos ins Auge. Mist! So kann ich Jude, dem Ordnungsfanatiker, unmöglich die Tür öffnen. Eilig sammle ich alles auf, was auf dem Tisch liegt und werfe es in das sowieso schon vollgestopfte Gästezimmer. Die Kleidungsstücke, die immer noch den gesamten Boden im Schlafzimmer bedecken, schiebe ich mit dem Fuß unter das Bett. Das Geschirr verstaue ich in der Spülmaschine und den Wollmäusen gehe ich mit dem Staubsauger an den Kragen. Mit einem Raumspray bewaffnet, laufe ich schlussendlich schweißgebadet noch einmal die ganze Wohnung ab.

Als ich vor der umgedreht daliegenden Collage zum Stehen komme, halte ich inne. Wie ein Blitz durchzuckt mich die Erinnerung, in der Jasper sich die Bilder darauf angesehen hatte. Ich seufze. Vorsichtig hebe ich sie auf und stelle sie wieder hin. Oder wirkt es merkwürdig, hier noch Fotos von Jude zu haben? Gerade denke ich noch darüber nach, als es bereits an der Tür klingelt.

Jude strahlt über das ganze Gesicht, streckt mir einen überdimensional großen Blumenstrauß entgegen und begrüßt mich mit Küssen auf die Wange. In der anderen Hand hält er zwei glitzernde Papiertüten.

„Happy Birthday, Skadi Sky“, raunt er mir ins Ohr.

Er riecht vertraut – nach Rasierwasser, Zahnpasta und diesem teuren süßlichen Weichspüler.

„Danke.“ Ich lächle verlegen. „Sorry, ich hatte keine Zeit mehr, vorher aufzuräumen.“

„Nicht schlimm“, antwortet er.

Nicht schlimm? Ernsthaft? Die Wohnung sieht picobello aus. Blödmann! Ich hole eine Vase, die Jude mir irgendwann von einer Geschäftsreise mitgebracht hatte, fülle sie mit Wasser und gebe den gigantischen Blumenstrauß hinein. Der muss ein Vermögen gekostet haben. Aber für jemanden wie Jude sind das natürlich nur Peanuts.

„Möchtest du etwas trinken?“, frage ich der Höflichkeit halber.

„Pack doch erst mal deine Geschenke aus.“ Jude wedelt mit den beiden glitzernden Papiertüten, die er mitgebracht hat, nimmt auf meinem Sofa Platz und klopft mit der flachen Hand auf den freien Platz neben sich.

„Ähm ... ja, okay." Mit etwas Abstand setze ich mich neben ihn.

Aus der ersten Papiertüte, die mit knisterndem roten Papier ausgestopft ist, ziehe ich eine flache schwarze samtene Schmuckschatulle.

„Oh, Jude, das wäre doch nicht nötig gewesen."

„Ich weiß. Aber es war mir eine Freude", sagt er mit butterweicher Stimme.

Als ich die Schatulle öffne, bleibt mir fast das Herz stehen. Das Collier, das darin liegt, funkelt in allen Farben – so hell, dass mir von dem Anblick beinahe die Augen schmerzen.

„Wow", hauche ich.

„Das ist nur der Anfang!" Jude greift erneut in die Tasche und holt zwei weitere Schmucketuis in schwarzem Samt hervor. Geheimnisvoll lächelnd rückt er ein Stück näher an mich heran und legt mir die beiden in den Schoß.

Ich schlucke. Und erinnere mich an Geburtstage, an denen er mich ebenfalls mit Geschenken überhäuft hat. Ich habe geradezu in seiner Aufmerksamkeit gebadet. Jedes einzelne Paket habe ich mit freudiger Erregung aufgerissen und bin ihm danach quietschend um den Hals gefallen.

Ich betrachte das Collier. Es ist wunderschön, keine Frage. Doch irgendetwas sagt mir, dass ich es niemals tragen werde.

Schweigend öffne ich die kleinere der beiden Schatullen. Sie offenbart glitzernde pompöse Ohrringe, die zum Collier passen. In der größeren Schatulle befindet sich ein Armband, welches das teure Set in Vollendung ergänzt. Wie hypnotisiert betrachte ich meine Geschenke.

„Gefallen sie dir nicht?“, erkundigt Jude sich, dem meine Angespanntheit wohl nicht verborgen bleibt. „Wir können es umtauschen. Oder du suchst dir zusätzlich dazu noch etwas anderes aus.“

„Das ist es nicht.“ Ich sehe ihn nur kurz an und betrachte dann wieder den funkelnden Schmuck. „Die Sachen sind wunderschön.“

„Aber?“

„Kein Aber.“ Ich zwinge mich zu einem Lächeln. „Danke, Jude.“

Er reicht mir die zweite Tasche, die schwerer ist als die vorige, und legt mir wie selbstverständlich einen Arm um die Schulter. Ich halte den Atem an. In dem Moment beginnt das Handy in meiner Hosentasche zu vibrieren. Ich springe auf.

„Entschuldige mich kurz“, sage ich erleichtert und verlasse den Raum.

Mir ist total warm. In der Küche angekommen, fächle ich mir mit der flachen Hand Luft zu und sehe erst einmal nach, wer mich anruft. Zu meiner Überraschung blinkt die Nummer meines Vaters auf dem Display.

„Hallo?“, melde ich mich atemlos.

„Guten Abend, Skadi.“ Wie immer klingt er, als wäre er eigentlich gerade viel zu beschäftigt, um sich mit mir zu unterhalten. „Ich wollte mich bloß einmal erkundigen, ob du womöglich verlernt hast, danke zu sagen.“

„W... Was?“ Ich habe keine Ahnung, wovon er spricht.

Er räuspert sich vernehmlich. „Nun ... mein Geld ist bereits vor drei Tagen auf deinem Konto eingegangen. Gehört habe ich daraufhin nichts.“

Ich halte die Luft an. Nun weiß ich, wovon er spricht. Normalerweise schreibe ich immer ein *Danke*, sobald ich sein Geld erhalten habe. Irgendwie beruhigt dies mein Gewissen. Dieses Mal muss es mir im ganzen Stress entfallen sein.

„Du rufst an, weil ich mich nicht bedankt habe?“, frage ich ungläubig. „Also wolltest du mir gar nicht gratulieren?“

Mein Vater scheint verdutzt. „Wozu?“, fragt er.

„Ich habe Geburtstag.“

„Oh! Oh ... nein.“

Eine Weile lang herrscht Schweigen am anderen Ende der Leitung.

„Ich bin geschäftlich und familiär momentan sehr eingebunden. Da kann man so etwas schon einmal vergessen“, versucht er sich herauszureden. Aber war *er* selbst nicht gerade noch schier entsetzt darüber, dass *ich* mich bei ihm nicht artig bedankt habe?

„Meine Tochter ist schwanger, musst du wissen“, fährt er fort, und mit einem Mal verändert sich etwas in seiner Stimme. Sie scheint weicher zu werden. „Unser Enkelkind könnte jederzeit das Licht der Welt erblicken. Ein Junge.“

Einen Moment lang halte ich das Handy von meinem Ohr weg, während seine Stimme weiterhin vibriert, ohne dass ich ein Wort davon verstehe. Ich wusste nicht, dass Holly schwanger ist. Plötzlich bin ich wieder ein pubertierender Teenager, der außen vor gelassen wird, während das leibliche, das bessere, das gewollte Kind auf einen Sockel gehoben wird.

„Ich will dein Geld nicht mehr“, höre ich mich selbst sagen, ohne darüber nachzudenken.

„Wie bitte?“

„Ich will kein Taschengeld mehr von dir haben. Keine Abfindung oder Wiedergutmachung oder was auch immer.“ Ich atme tief durch. „Du *kannst* es nicht wiedergutmachen. Nichts davon. Und wenn Geld das Einzige ist, was du zu meinem Leben beitragen kannst, dann will ich dich nicht mehr darin haben.“

Ich höre nichts als Schweigen. Offenbar hat es ihm die Sprache verschlagen. Ohne darauf zu warten, dass er sich von seinem Schock erholt und irgendetwas typisch Altkluges sagt, lege ich auf. Ich fühle mich befreit. Und arm.

Mit gemischten Gefühlen im Bauch kehre ich zurück ins Wohnzimmer, in dem Jude immer noch mit den Geschenken auf dem Sofa sitzt.

„Das hier wird dich umhauen“, sagt er und deutet auf die Tasche, die ich noch nicht ausgeleert habe. „Darin steckt ein kleines Vermögen.“

Ich sehe ihn an – wie er so dasitzt mit seinen perfekt gestylten Haaren, dem teuren Anzug und dem bildhübschen Gesicht. Und ich fühle ... nichts. Rein gar nichts. Keine Aufregung, keine Zuneigung, aber auch keine Wut. Als mir klar wird, was das bedeutet, mache ich einen Schritt nach vorn und packe die Schmuckschatullen zurück in die Papiertasche. Mit einer schnellen Bewegung reiche ich beide Taschen an meinen Besucher zurück. Irritiert mustert er mich.

„Du musst jetzt gehen, Jude“, sage ich und bin fast ein bisschen stolz auf mich und die Entschlossenheit, die in meiner Stimme liegt.

„Was? Wieso?“ Er runzelt die Stirn.

„Weil ich über dich hinweg bin“, antworte ich kühl.

„Wie bitte?"

„Du hast schon richtig verstanden", erkläre ich fest. „Und da ist die Tür."

Als er geht, laufen mir plötzlich Tränen über die Wangen. Es ist mein dreißigster Geburtstag, und ich habe so ziemlich jedem Menschen, den ich kenne, den Rücken gekehrt. Auch wenn es besser ist, allein zu sein, als unter falschen Freunden, so überwiegt letztendlich doch das Gefühl der Einsamkeit.

Kapitel 13

Happy birthday to me

In Filmen liegen sie immer alle weinend auf dem Badezimmerfußboden. Ich habe es ausprobiert. Ist unbequem. Und kalt.

Und dennoch liege ich hier, links von mir die Badewanne, rechts die Toilette, und heule Rotz und Wasser.

Es ist mein Geburtstag, mein dreißigster tatsächlich, und ich sollte nicht hier sein – allein mit gebrochenem Herzen auf dem Badezimmerfußboden. Aber ich bin es. Und so liege ich nun da, bemitleide mich selbst und trinke Wein, als ich plötzlich etwas höre. Oder *glaube*, etwas zu hören. Denn es ist wieder leise, dringt jedoch aus einiger Entfernung erneut zu mir, wird aber von der Depri-Musik überdeckt, die ich in Endlosschleife höre.

Ich höre auf zu weinen und schalte die Musik ab. Singt da nicht jemand? Ich lausche in die plötzliche Stille hinein. Einen Moment lang glaube ich, mir das Ganze nur eingebildet zu haben. Und dann höre ich es ganz deutlich.

„*I want you back,*
I want you back.
My neighbors think I'm crazy,

But they don't understand,
You're all I have,
You're all I have …"

Talking to the moon von Bruno Mars? Ich wische mir mit den Händen die kalten Tränen aus dem Gesicht und richte mich auf. Halluziniere ich? Ist der Wein abgelaufen und der Konsum führt zu Wahnvorstellungen? Kann Wein überhaupt ablaufen?

Unbeholfen stehe ich auf und versuche das Kippfenster im Badezimmer zu öffnen. Ohne Erfolg. Es ist nicht nur wegen der Schneemassen schwer, die sich inzwischen darauf aufgetürmt haben, sondern offenbar auch komplett zugefroren. Dann eben im Wohnzimmer!

Mit nackten Füßen stolpere ich über den kalten Boden im Flur und zucke zusammen, als ich die Umrisse einer großen Gestalt vor der Haustür ausmache.

Jasper?

Ich kann den Gesang nicht mehr hören, aber die Vorstellung, dass er es tatsächlich sein könnte, dort steht und aufrichtig um Vergebung bittet und mich zurückerobern will, treibt mir gleichermaßen Hitze in die Wangen wie Tränen in die Augen. Ohne mir darüber Gedanken zu machen, dass es auch jemand sein könnte, den ich nicht kenne, reiße ich die Tür auf und erstarre.

Es ist nicht Jasper. Es ist Chris.

„Skadi", sagt er nur und unterbricht sich bei meinem Anblick sofort selbst. Ich kann ihn gut verstehen. Meine Augen fühlen sich zugequollen an. Wahrscheinlich bestehe ich nur noch aus roten Flecken, und einige kleine Restschluchzer lassen meinen Körper alle paar Sekunden kurzweilig erbeben.

„Ich dachte, du wärest er", bringe ich hervor, und mit meiner Fassung ist es gänzlich vorbei (nicht dass ich jemals welche besessen hätte ... aber egal). Ehe ich mich versehe, fange ich unwillkürlich an zu lachen, und noch während ich dies tue, schießen mir neue Tränen in die Augen. Das Lachen schlägt binnen weniger Sekundenbruchteile in Weinen um.

Chris steht einen Moment wie erstarrt da, dann macht er einen großen Schritt auf mich zu und zieht mich in seine Arme. Seine Empathie mir gegenüber, obwohl ich so widerlich zu ihm und all den anderen war, gibt mir den Rest. Obwohl ich dachte, dass ich nach meiner stundenlangen Weinattacke im Badezimmer (in zweierlei Hinsicht) längst keinen Tropfen Tränenflüssigkeit mehr besäße, heule ich an seiner Schulter wie ein Baby Rotz und Wasser.

Eine ganze Weile lang stehen wir so da, während von draußen die frostige Kälte in die Wohnung dringt und deren beheizte Wärme an mir vorbei hinaus auf die Straße gleitet. Chris streicht mir sanft über den Rücken. Er sagt kein Wort. Als ich ihn schließlich loslasse, tätschelt er mir unbeholfen die Schulter.

„Bist du fertig?", fragt er.

„Glaube schon." Wenig ladylike fahre ich mir mit dem Ärmel über die Nase.

„Es ist aber nicht wegen ... Jude, richtig?", erkundigt Chris sich.

„Jude? Nein! Ich vermisse ihn nicht!" Heftig schüttle ich den Kopf. „Ich vermisse Jasper! Ich ... ich vermisse dieses arrogante, verlogene Arschloch. Ich ... ich glaube, ich liebe ihn." Ich höre auf zu weinen. Meine Nase läuft schon wieder. „Ich glaube, ich liebe ihn", wiederhole ich leiser.

„Okay ..." Chris zieht das O in die Länge wie Kaugummi, dann wendet er sich mit einem Hilfe suchenden Blick um. „Leute, ich glaube, ihr könnt jetzt rauskommen."

Als hätten sie auf dieses Stichwort gewartet, tauchen nun auch Harper und Leah hinter meinem Auto auf. Ebenso Dave, der hinter einer Mülltonne gestanden hat. Nacheinander umarmen sie mich, während mein Vorrat an Tränenflüssigkeit nun endlich langsam zur Neige zu gehen scheint.

„Happy Birthday, du Idiotin", sagt Harper.

„Danke", schluchze ich. „Es tut mir leid, dass ..."

„... du ein Arsch warst?"

Ich nicke betreten.

„Schon okay." Harper hebt die Schultern und lässt sie wieder sinken. „Jeder ist manchmal ein Arsch."

„Harper zum Beispiel ist 24/7 einer", sagt Chris und fängt sich dafür einen Schlag gegen die Schulter ein.

Mit schmerzverzerrtem Gesicht reibt er über die Stelle. „Das war es wert", sagt er zu Dave.

Leah nimmt meine Hände in ihre und drückt sie leicht.

„Der berüchtigte Noa No ist zwar nicht hier", sagt sie. „Aber wir haben dir jemand anderen mitgebracht. Du sagst zwar immer, du willst niemanden kennenlernen, aber ..." Sie lässt den Satz unvollendet stehen.

Sie haben mir ein Blind Date organisiert? *Jetzt*?

„Und ich frage mich, ob du Jasper kennenlernen willst", höre ich plötzlich eine weitere Stimme. Hinter dem Auto, hinter dem Harper und Leah gekauert haben, kommt tatsächlich Jasper hervor.

Mein Herz setzt einen Moment lang aus. Ist das wahr? Passiert das Ganze gerade wirklich, oder befinde ich mich in einem Hollywoodfilm? Und kommt das nur mir so vor, oder bewegt er sich im Zeitlupentempo?

Seitdem wir uns das letzte Mal gesehen haben, hat mein Noch-Mann sich ein wenig verändert. Er trägt sein langes Haar erstmalig zu einem Dutt gebunden, was sein schmales Gesicht betont. Sein Bart ist frisch gestutzt, und er hat sich ziemlich in Schale geworden. Er trägt eine schwarze Hose, ein weißes Hemd, schicke Schuhe und in der einen Hand einen Strauß roter Rosen. An einem breiten Band über der Schulter baumelt seine Gitarre.

„Skadi Morrisson, das ist für dich." Er überreicht mir die Rosen, schnappt sich die Gitarre und räuspert sich. Und wieder kommt dieses Ich-bin-in-einem-Hollywoodfilm-gelandet-Feeling in mir auf. Denn Jasper singt. Für mich. Das Lied, das ich schon vorhin gehört habe.

„At night, when the stars light up my room,
I sit by myself.
Talking to the moon
Trying to get to you
In hopes you're on the other side
Talking to me too
Or am I a fool who sits alone
Talking to the moon?"

Keine Ahnung, ob er weiß, dass ich Bruno Mars mit zu meinen Lieblingssängern zähle oder ob er den Song einfach passend findet. Und ganz ehrlich? Es ist mir egal. Egal, welcher Song es ist und weshalb er ausgerechnet diesen singt. Was zählt, ist die Tatsache, dass er für mich singt – und die Art und Weise, in der er mich dabei ansieht. Als das Lied endet, lächelt er beinahe schüchtern.

„Hi, ich bin Jasper", sagt er schließlich, nimmt seine Gitarre ab, reicht sie an Dave weiter und schüttelt mir die Hand. „Ich bin sechsundzwanzig Jahre alt, gelernter Maler und Lackierer und ehemaliger Popstar. Ich singe für mein Leben gern." Er hält meine Hand immer noch in seiner. „Und ich würde dich wirklich gerne kennenlernen. Also, wenn du Lust hast, ganz ungezwungen ein oder zwei oder vielleicht sogar drei Dates mit mir zu verbringen ..."

Ich sehe ihm in die Augen. In diese honigbraunen Augen.

„Das würde ich sehr gerne", antworte ich leise.

Aber nicht leise genug, sodass Leah einen erstickten Freudenschrei hören lässt. Wir beide wenden uns ihr zu.

„Tut mir leid." Sie fächert sich mit der flachen Hand Luft zu. Ihre Augen glänzen schon wieder verdächtig. „Es ist einfach nur so schön."

Lachend und dabei immer noch ein paar Tränen verdrückend, schlinge ich die Arme um Jaspers Hals und presse meine Lippen auf seine. Der Kuss schmeckt nach meinen Tränen – salzig und dennoch süß. Nach Zitronenbonbons, Rotwein, Vergebung und Liebe. Mit einem Mal ist es mir egal, dass ich wie ein verheultes

Häuflein Elend aussehe und kein Geld mehr habe. Meine Freunde sind hier. Er ist hier. Und der Schnee fällt lautlos auf uns herab. Mehr brauche ich gar nicht.

„Es gibt nur ein einziges kleines Problem“, sagt Jasper schließlich. Er lässt meine Hand los, um auf den schmalen silbernen Ehering an seiner rechten Hand zu deuten. Offensichtlich hat er ihn nie abgenommen.

„Ich bin verheiratet.“

Epilog

Der Geruch von frisch gemähtem Rasen schwirrt durch die Luft. Der Frühling liegt in seinen letzten Zügen und ist längst bereit, seinen Platz für den Sommer zu räumen. Gut gelaunt stehe ich im Türrahmen, während die Sonne sich tausendfach in den großen Flurfenstern bricht und mich blendet. Ich höre meine Freunde aufgeregt miteinander plaudern, als sie die Stufen zu mir hochsteigen.

Harper ist die Erste. Das Lächeln gefriert auf ihrem hübschen Gesicht, als sie das Messingschild im Old School-Stil entdeckt, das neben der Haustür hängt. Ohne auf Leah, die unmittelbar hinter ihr geht, zu achten, bleibt sie wie vom Donner gerührt und etwas atemlos vom Treppensteigen im Hausflur stehen.

„Das ...“, sagt sie monoton und deutet auf die verschnörkelte Schrift auf dem Schild, „... gilt aber nur für Bauarbeiter, die frisch von der Baustelle kommen und massenhaft Erde in die Stube schleppen würden, richtig?“

Ich muss unwillkürlich schmunzeln.

„*Lieber Gast, bitte zieh' deine Schuhe aus*“, liest Dave über Harpers Schulter hinweg.

„Ihr könnt die Schuhe anlassen, Leute.“ Ich mache eine einladende Handbewegung. „Mir hat das Schild einfach so gut gefallen.“ Verlegen zucke ich mit den Schultern. „So ganz kann ich die Finger noch nicht vom

Online-Shopping lassen. Aber kalter Entzug soll sowieso nicht gut sein."

„Exzellent." Harper atmet erleichtert auf, drückt mir einen Kuss auf die Wange und schreitet erhaben in den Flur. „Die Schuhe gehören nämlich zu meinem Outfit. Und wenn ich sie auszöge, würde der ganze Style kaputtgehen. Ich meine, man stelle sich nur mal *dieses* Kleid mit *Socken* vor!" Sichtlich angewidert schüttelt sie den Kopf. „Oder im schlimmsten Fall mit Hausschuhen! Wer trägt den so was?"

Leah, die nach Harper die neue Wohnung betritt, umarmt mich lächelnd und wirft einen Blick auf meine Füße. *Ich* trage Hausschuhe. Leah zwinkert mir grinsend zu. Ich zwinkere zurück.

Dave umarmt mich schwungvoll und drückt mir links und rechts je einen dicken Kuss auf die Wange. Er sieht gut aus. Sportlich, strahlend, gesund und glücklicher denn je. Nathan folgt ihm und schließt mich ebenfalls sanft in die Arme. Er duftet nach dem Männerparfum, das ich ihm letzten Monat zum Geburtstag geschenkt habe. Drogerieparfum. Ungewöhnlich und überraschend günstig, aber erstaunlicherweise sehr wohlriechend.

„Du riechst gut", raune ich Nathan zu.

„Und du siehst gut aus", lobt er, hält mich an den Schultern ein Stück weit von sich und betrachtet mich eingehend. „Ich mag diesen bewusst schlichten, zurückhaltenden Look. Underdressed-Look nennt man den, richtig? Diese Frisur! Diese Hose! Das Shirt! Und dieses Nude-Make-up! Wow!" Er wirkt ernsthaft angetan. „Hat was vom Stil der 90er-Hausfrauen. Stimmt's nicht, Schatz?", wendet er sich an Dave.

Dave und ich tauschen einen Blick miteinander. Um seine Mundwinkel herum zuckt es verdächtig. Er kennt mich ein paar Jahre länger als sein Lebensgefährte und weiß zu hundert Prozent, dass mein schlichter, zurückhaltender Look alles andere als bewusst gewählt wurde. Ich trage das Shirt vom Vortag, eine alte Hose, die beim Renovieren schmutzig werden darf, und einen Dutt, der etwa zweieinhalb Sekunden Arbeit gemacht hat. Und das Nude-Make-up? Tatsächlich bin ich einfach nur ungeschminkt.

Ich begrüße Chris, der als Letzter im Bunde die Wohnung betritt, und nehme den schweren Blumenstrauß entgegen, den er mir mit einer angedeuteten Verneigung reicht. Eine süßlich duftende Mischung aus Orchideen, Hyazinthen, Glockenblumen und Nelken versperrt mir einen Großteil der Sicht und die Möglichkeit, ihn zu umarmen. Umständlich beugt er sich über die Blumen und drückt mir einen Kuss auf die Wange.

Es ist mir schon früher nie schwergefallen, die Zwillinge auseinanderzuhalten, doch inzwischen ist es nahezu unmöglich, sie zu verwechseln. Chris trägt seine Haare kürzer und ist frisch rasiert, während Dave wie Nathan einen Dutt und einen markanten Bart trägt. Chris sieht ein wenig müde aus. Unter seinen Augen schimmern bläulich unterlegte Tränensäcke.

„Frag nicht“, flüstert er, als er meinen Blick bemerkt, und schließt die Haustür.

Grinsend wende ich mich mit dem riesigen Blumenstrauß im Arm zum Rest der Gruppe um. Nun, da alle im Eingangsbereich stehen, ist es ganz schön eng. Der Geruch von Tapetenkleister liegt in der Luft. Die Küche wird noch renoviert.

„Hübsch hier", sagt Harper betont fröhlich. „Es ist alles so ... übersichtlich."

Ich weiß, dass sie es nicht böse meint. Die neue Wohnung *ist* nicht nur übersichtlich, sie ist klein. Und sie liegt im fünften Stock in einer normalen, wenig luxuriösen Wohngegend am Stadtrand. Aber sie ist bezahlbar und wirklich hübsch. *Und* – es gibt eine Badezimmerlampe.

Ich fordere meine Freunde auf, ins Wohnzimmer zu gehen, während ich die Blumen in Ermangelung einer derart gigantischen Vase ins Waschbecken lege und dieses voll Wasser laufen lasse. Eilig streife ich meine nassen Hände an der Jeans ab und gehe ebenfalls ins Wohnzimmer.

Hier beginnen Harpers Augen allmählich zu leuchten. Alles ist relativ schlicht in einem warmen weißlichen Ton und mit viel Holz gehalten. Vereinzelte Grünpflanzen und ein paar Lichterketten werten das Ganze noch um einiges auf.

Zufrieden mustere ich meine Freunde, denen das, was sie sehen, offensichtlich gefällt. Ja, ich bin stolz auf das Wohnzimmer. Und das vor allem, weil ich vor einem Jahr noch nicht gedacht hätte, dass es überhaupt möglich sein könnte, mit so wenig Geld ein so gemütliches, schönes Zuhause zu schaffen. Das einzig Teure hier ist das senfgelbe XXL-Sofa mit dem dazugehörigen Sessel und etwa zwanzig herzförmigen Kissen.

„Das gefällt mir", sagt Harper und lässt sich mit einem zufriedenen Aufseufzen in das weiche Polster sinken.

„Logisch", seufze ich und denke an den Dienstag unmittelbar nach dem Einzug, als ein großer Transporter vor der Tür hielt und mir drei Männer ein überdimensional großes, komplett mit Geschenkpapier verpacktes und mit einer roten Schleife versehenes Paket in den fünften Stock trugen. *Eine kleine Aufmerksamkeit zum Einzug von Harper & Chris* stand auf dem Kärtchen, das mitgeliefert wurde. Eine kleine Aufmerksamkeit – normale Freunde schenken eine Zimmerpflanze oder einen Laib Brot, meine kommen wie selbstverständlich mit einem XXL-Sofa um die Ecke. Ich kenne keine Zahlen, aber ich wage zu vermuten, dass es mehr gekostet hat als der Rest der Einrichtung insgesamt. Zuzüglich zwei Monatsmieten.

„Der Rest der Wohnung ist noch ein bisschen chaotisch", entschuldige ich mich schon einmal prophylaktisch, falls gleich jemand auf die Toilette muss und über Farbeimer, eine Leiter oder Tapetenrollen stolpert. „Wir machen alles nach und nach."

„Süße, wir kennen deine vorige Wohnung", entgegnet Harper und klopft neben sich auf die Couch, woraufhin alle Platz nehmen. „Erzähl uns nichts von Chaos."

„Okay." Ich lächle und deute auf den Couchtisch, auf dem ich im Voraus Gläser, Wasser und ein paar Flaschen Saft drapiert habe. „Falls ihr Durst habt, bedient euch gerne."

„Ich nehme einen Wodka", seufzt Harper.

Leah und Chris werfen ihr einen stirnrunzelnden Blick zu.

„Nur ein Scherz!" Harper verdreht die Augen und legt beide Hände auf ihren kleinen prallen Bauch. „Ihr Langweiler."

Es ist wirklich bewundernswert, wie enorm sie ihren Konsum von Kraftausdrücken heruntergeschraubt hat, seit sie schwanger ist. Ist es ganz schlimm, schreibt sie alle schlimmen Worte, die sie kennt, und die das Ungeborene nicht hören soll, auf, knüllt das Papier zu einer Kugel zusammen und wirft diese demjenigen, der sie aufgeregt hat, gezielt an den Kopf. Meistens trifft es Chris.

„Wo bleibt denn dein Mann?", erkundigt Dave sich bei mir, füllt ein Glas mit Orangensaft und reicht es an Harper weiter.

Wie aufs Stichwort kommt Jasper aus dem Bad. Frisch geduscht, barfuß und mit einem weißen Shirt über einer dunklen Jeanshose sieht er zum Anbeißen aus. Wasser tropft aus seinen nassen langen Haaren, die er nun im Nacken zusammennimmt und mit einem geübten Handgriff zu einem Dutt bindet.

„Wir sind im Partnerlook", sagt Nathan, als Jasper einen nach den anderen lässig mit Handschlag begrüßt, und deutet auf seinen und auf Daves Dutt.

Jasper lacht. Gemeinsam setzen wir uns auf das Sofa. Das muss man ihm lassen – es bietet locker Platz für siebeneinhalb Menschen. Ich sehe schon Harpers und Chris' mit Jaspers und meinen zukünftigen Kindern darauf herumspringen. Unwillkürlich muss ich beim Gedanken daran lächeln.

Harper lässt sich das Glas von Dave abnehmen und richtet sich so hoheitsvoll wie möglich auf der Sofakante auf.

„Apropos Babyparty ...", beginnt sie, obwohl niemand das Thema auch nur ansatzweise erwähnt hat, und ich bin mir sicher, dass ich nicht die Einzige bin, die innerlich gerade die Augen verdreht, „... ich weiß natürlich nicht, *ob* ihr eine plant." Vielsagend sieht sie uns der

Reihe nach an. „Aber *falls* doch, sollte sie nicht *vor* dem ersten Dezember und nicht *nach* dem zehnten stattfinden."

„Und wieso nicht?", erkundigt Leah sich und mustert Harper aufmerksam.

„Weil man so eine Babyparty erst kurz vor der Geburt macht. Und weil ich vor dem ersten Dezember noch eine Menge Termine habe und am Nachmittag des zehnten Dezember das Baby kommt", entgegnet Harper, als wäre die Antwort eigentlich selbstverständlich.

Leah und ich tauschen einen Blick miteinander. Dave und Nathan ebenfalls. Jasper runzelt die Stirn. Chris unterdrückt sichtlich ein Aufseufzen.

„Harper", setzt Leah so sanft wie möglich an. „Du weißt schon, dass nur vier Prozent aller Babys am Entbindungstermin auf die Welt kommen? Alle anderen werden irgendwann vor oder nach diesem Tag geboren."

Harper hat nur ein müdes Lächeln für Leah übrig. „Meine Tochter interessiert sich nicht für alle anderen Babys", stellt sie klar und macht eine wegwerfende Handbewegung. „Sie kommt pünktlich am zehnten Dezember. Und zwar nachmittags, weil ich vormittags noch eine Pediküre bekomme. Samstags gehen wir nach Hause, sonntags kommt die Fotografin und danach veranstalten Chris und ich einen Baby-Brunch bei uns zu Hause."

Leah beißt sich auf die Unterlippe. Sie sieht aus, als müsste sie sich das Lachen verkneifen, reißt sich aber aus Respekt vor Harpers Hormonen zusammen.

Jasper legt seine Hand auf meine. Ich lächle ihn an. Die letzten beiden Wochen waren stressig für uns beide. Der Umzug und die Renovierung haben uns einiges abverlangt, doch irgendwie habe ich dennoch das Gefühl, dass uns der Stress wieder ein wenig näher zusammengeführt hat. Nach der anfänglichen Umstellung kann ich nun voller Überzeugung sagen, dass ich den wahren Jasper viel lieber mag als den, den ich in Las Vegas kennengelernt habe. Er ist witzig, einfühlsam und handwerklich begabt, was nicht nur ziemlich sexy, sondern auch wirklich praktisch ist. Wir haben nicht viel Geld, und ich müsste lügen, wenn ich behaupten würde, dass mir immer alles leichtfällt. Nein, es fiel mir nicht leicht, meine luxuriöse Eckbadewanne gegen ein kleines Badezimmer *ohne* Badewanne zu tauschen. Auch nicht, all die Online-Bestellungen aus dem Gästezimmer zu sortieren und jene, bei denen das noch möglich war, zurückzuschicken. Und nein, es fiel mir auch nicht leicht, einen Großteil meiner Designerkleidung zu verkaufen, um alle Rechnungen bezahlen zu können, die noch ausstanden. Und doch gab es stets einen Faktor, der dem Ganzen Leichtigkeit verliehen hat: Jasper

„Und wie laufen eure neuen Jobs?", erkundigt Dave sich.

„Oh, gut." Ich tausche einen Blick mit meinem Mann und nicke zuversichtlich. „Jasper ist jetzt aus der Probezeit seines Handwerksbetriebes raus und hat einen unbefristeten Arbeitsvertrag. Und um ehrlich zu sein, ist es super praktisch, einen Maler und Lackierer im Haus zu haben." Ich zwinkere ihm zu. „Und die Verwaltungsabteilung ist großartig. Wer hätte gedacht, dass mir meine Ausbildung zur Bürokauffrau doch noch mal was bringt? Ich habe sogar einen eigenen Schreibtisch."

„Okay. Wow“, sagt Harper und tätschelt ihren Babybauch. „Und ihr verdient wirklich genug? Denn wenn nicht, Skadi ...“

„Wir verdienen genug!“, unterbreche ich sie. Es ist nicht das erste Mal, dass mir jemand aus der Clique finanzielle Hilfe anbietet, die ich ohne nachzudenken ausschlage. „Nicht genug, um spontan Urlaub auf Hawaii zu machen oder für zehntausend Dollar shoppen zu gehen. Aber wir haben genug für Miete, Kleidung, Lebensmittel, Kinobesuche ...“

Dass Jasper immer noch seine Schulden abbezahlt, wofür ganz schön viel Geld draufgeht, sage ich nicht. Ich will nicht, dass sie uns mitleidig ansehen. Es gibt so viele Menschen auf der Welt, die weniger haben als wir – doch in den Augen meiner reichen Freunde steht man schon knapp an der Armutsgrenze, wenn man sein neues Auto nicht bar bezahlen kann. Aber das ist mir egal. Ich liebe sie trotzdem. Ich liebe sie gerade deswegen. *Weil* sie anders sind. Extravagant. *Weil* sie eine schräge Sicht auf die Welt haben. Und ich weiß, dass sie mich lieben. Für alles, was ich bin.

„Wir haben übrigens lange nicht gespielt“, sagt Chris jäh aus dem Nichts heraus, und alle stöhnen auf.

„Was denn?“ Er wirft die Hände in die Luft, als würde die pure Verzweiflung ihn erfüllen. „Wir werden doch nicht etwa alt?“

„Ich erinnere mich lebhaft an die letzte verrückte Wette“, sage ich und zwinkere Jasper zu.

„Seht ihr!“ Chris deutet mit ausgestrecktem Arm auf uns. „Die letzte Wette hat uns etwas Gutes gebracht! Ich weiß nicht, ob sich einer von euch an den Thunfisch erinnert, der ...“

Daves und mein Blick treffen sich. Er verdreht grinsend die Augen. Ich kichere. Nichts hat sich geändert. Und das, obwohl sich *alles* geändert hat.

„Was wir eigentlich fragen wollten ..." Harper lässt den Satz halb vollendet im Raum stehen und sieht mich geheimnisvoll an, während sie ihren Verlobten gekonnt ignoriert. „Möchtest du gerne die Patentante unseres Babys werden?"

Ich öffne den Mund und schließe ihn wieder. Plötzlich scheint alles um mich herum ganz still zu werden. Patentante? Zur Überraschung aller breche ich in Tränen aus.

„Du musst nicht, wenn du nicht willst", sagt Chris schnell und wendet sich mit leiserer Stimme an Harper. „Ich habe doch gesagt, sie mag keine Kinder."

„Ich *liebe* Kinder, du Blödmann." Ich wische mir die Tränen aus dem Gesicht und muss lachen und weinen zugleich. „Zumindest dieses Kind werde ich lieben. Es wird wahrscheinlich ein Aggressionsproblem haben und im Kindergarten ein paar Bandenkriege anzetteln, aber ich werde es lieben."

Eine Mini-Version von Harper erscheint vor meinem inneren Auge. Mit Zöpfen, einem Schnuller und dem Blick, den Harper einem zuwirft, wenn man besser den Mund halten und das Weite suchen sollte. Mein Herz wird auf eine mir bisher ungewohnte Weise ganz leicht. Ich springe auf und umarme erst Harper, dann Chris, bevor ich mich wieder neben Jasper setze, der mir sanft die Hand tätschelt.

„Ich bekomme ein Patenbaby", sage ich gerührt und kann es immer noch nicht ganz glauben. Leah reicht mir ein Taschentuch und nimmt sich selber eins.

Mein Leben als Dreißigjährige ist nicht ganz so, wie ich es erwartet habe. Ich habe weder ein volles Konto noch einen begehbaren Kleiderschrank voller Designerkleidung. Mein Leben besteht nicht aus Glitzer und Geldscheinen und es ist bei Weitem nicht immer alles Friede, Freude, Eierkuchen. Aber ich habe einen Job, einen Mann, die besten Freunde des ganzen Universums, eine Badezimmerlampe (die sogar an der Decke hängt!) und in wenigen Monaten ein Patenkind ...

Reicher könnte ich gar nicht sein.

Zweiter Epilog

Es ist der 24. Dezember. Heiligabend. Ich sollte irgendwo an einer festlich gedeckten Tafel sitzen, einen Haufen kitschiger Deko und Kerzen um mich herum, einen saftigen Truthahn vor, einen Mistelzweig über und eine nervige Tante oder ein quengelndes Kind neben mir, während es überall blinkt und glitzert. Doch ich habe keine nervige Tante, ich habe nicht einmal eine stinknormale Tante und vom Kinderkriegen bin ich ... nun ja ... sagen wir, noch ein klein wenig entfernt. Ein ganz klein wenig.

Stattdessen bin ich mit meinen besten Freunden und meinem Mann in Las Vegas – schon wieder. Der Bourbon mit Karamellaroma, an dem ich genüsslich nippe, das Lied *Have Yourself A Merry Little Christmas*, das aus den Boxen dringt und die wilde Mischung aus blinkenden Lichtern und Weihnachtsdeko sorgen für ganze Schübe an Flashbacks, die mir abwechselnd eiskalt und glühend heiß den Rücken herunterlaufen.

„Hier hat alles angefangen. Hach, es ist so romantisch – und ich wusste damals schon, dass das mit euch für immer ist!“, schnieft Leah zum wiederholten Male an diesem Abend in ihr Taschentuch, tupft sich mit rührseligem Blick die Augen und sieht zuerst mich, dann Jasper und schließlich wieder mich an.

„Wenn du das noch ein einziges Mal sagst, kotze ich.“ Harper verdreht die Augen, nimmt einen kleinen

Schluck Sekt und trommelt mit ihren langen, bordeauxrot lackierten Fingernägeln auf dem Tisch herum. „Chris, jetzt geh mal nach ihr sehen."

„Ihr geht's gut, Harper." Chris legt beruhigend die Hand auf die trommelnden Finger seiner Frau. „Sie schläft super entspannt im Hotelzimmer und merkt nicht einmal, dass wir weg sind. Wenn sie aufwacht, sind wir längst zurück. Und außerdem ist Lou bei ihr."

„Lou." Harper spricht den Namen aus, als würde sie etwas besonders Ekliges beschreiben wollen, und verdreht die Augen.

„Ich weiß nicht, wieso wir tausende von Dollars für eine Nanny ausgeben, wenn diese Nanny so gut wie nie auf unser Kind aufpassen darf", seufzt Chris. „Hast du sie etwa nur eingestellt, weil es gerade angesagt ist, eine Nanny zu beschäftigen?"

Harper verzieht keine Miene. Ich versuche, Chris nicht in die Augen zu sehen, denn ich weiß ganz genau, dass exakt das Harpers Grund war. Genau wie die Anschaffung eines glamourösen Wohnmobils, obwohl es nie benutzt wird. Oder die Weihnachtsbaum-Stylistin.

„Ein Baby gehört nun einmal zur Mutter", stellt sie mit einem strengen Unterton in der Stimme klar, der keine Widerrede duldet.

Chris, der nun bereits eine Zeitlang an ihrer Seite verbringt, wagt es dennoch.

„Ashley ist kein Baby. Oder wessen dritten Geburtstag haben wir vor zwei Wochen gefeiert – mit XXL-Bällebad, vergoldeten Tellern, einem Jonglier-Workshop und zwanzig dressierten, weißen Ponys, denen man unter großem Einsatz Hörner auf die Stirn geklebt hat?", zählt er an seinen Fingern ab.

Chris hat vollkommen recht. Ashleys Geburtstagsfeier war die teuerste und übertriebenste Geburtstagsfeier, auf der ich je eingeladen war – und ich war schon auf vielen Geburtstagen eingeladen. Es gab unter anderem mehrere Schokobrunnen, eine Torte, die größer als das Geburtstagskind selbst war und einen Limousinenservice mit neonpinken Limousinen, die die kleinen und großen Gäste nach Hause gefahren haben.

Ein wenig schäbig kam ich mir schon vor, als ich ihr bloß eine stylish aussehende Kinderkamera und keine lebendig importierte, asiatische Zwerggiraffe oder so geschenkt habe. Immerhin ist Ashley mein Patenkind. Doch ihren glänzenden Augen nach zu urteilen, war diese bezaubernde Miniaturausgabe von Harper mehr als glücklich damit.

Harper nippt, ein wenig hochnäsig dreinblickend, an ihrem Sekt.

„Noch jemand der Meinung, dass meine Tochter kein Baby ist?", fragt sie herausfordernd.

Einen Moment lang ist es so still, dass man den Barkeeper schlucken hören kann. Selbst die Gäste am Nachbartisch scheinen den Atem anzuhalten.

„Natürlich ist sie ein Baby", findet Nathan dann als erster die Sprache wieder.

„Quasi gerade erst zur Welt gekommen", pflichtet Jasper ihm nickend bei.

„Das babyhafteste Baby, das ich kenne", erkläre ich.

„Mehr Baby als Ashley geht gar nicht", schließt Leah sich an.

Harper und Chris sehen abwartend Dave an.

„Sie ... ist ein Baby. Natürlich ist meine Nichte ein Baby", bricht es aus ihm heraus, während er mit beiden

Händen sein ohnehin schon glatt gekämmtes, zum Dutt hochgebundenes Haar plättet.

Chris blickt gespielt entsetzt drein.

„Und ich dachte, du wärest mein Bruder."

„Als ob ich mich mit Harper anlege." Dave schnalzt mit der Zunge. „Tut mir Leid, Chris, aber dafür hänge ich zu sehr an meinem Leben."

„Das hat dich damals bei der Thunfisch-Wette nicht davon abgehalten ...", setzt Chris an.

Leah wirft mir einen alles sagenden Blick zu, Daves Mundwinkel zucken verdächtig und Jasper neben mir prustet los. Jetzt fängt er schon wieder mit dem Thunfisch an – niemand spricht es aus, aber ich bin mir ziemlich sicher, dass wir alle dasselbe denken.

„Na, dann erzähle ich es eben nicht." Chris wirft die Arme in die Luft, nur um sie gleich darauf beleidigt vor der Brust zu verschränken. Er sieht aus wie ein bockiger Vierjähriger.

Als wir alle zu lachen beginnen, gleitet mein Blick unwillkürlich über diese Menschen, die mit mir an einem Tisch sitzen; diese reichen, lauten, völlig verrückten Menschen. Mit niemand anderem würde ich lieber Weihnachten verbringen wollen – oder mein Leben. Harper und Chris sind die tollsten Eltern, die ein Kind sich nur wünschen kann. Zwar wird Ashley verwöhnt ohne Ende und erhält Geschenke in Dimensionen, die sich ein Otto Normalverbraucher gar nicht vorstellen kann, aber vor allem wird sie von ganzem Herzen geliebt. Dave und Nathan sorgen für Ruhe in der wilden Clique. Sie sind wie Yin und Yang, haben quasi nie Streit und sind ihrem Alter entsprechend einigermaßen vernünftig, wenn man sich zum Beispiel Chris dagegen ansieht, der seine Thunfisch-Wette wohl noch vor den Urenkeln zum Besten geben wird. Leah ist die einzige im Bunde, die nach wie vor Single ist, dabei hat sie so viel Liebe zu geben.

Und Jasper? Mein Ehemann mit den sanften, hellbraunen Augen und dem bodenständigen Lächeln ist der Jüngste von uns allen, hat aber die größte Veränderung durchgemacht. Vom Popstar über den abgestürzten und hoch verschuldeten Betrüger mit farbiger Kontaktlinse bis hin zu dem Mann, der er heute ist, ist viel Zeit vergangen.

Ich würde lügen, wenn ich behaupten würde, dass es immer einfach war. Auf das viele Geld zu verzichten, das mir jahrelang mein luxuriöses Leben finanziert hat, ist nach wie vor oft eine Herausforderung. Jasper und ich haben lernen müssen, uns mit weniger zufrieden zu geben, unseren Standard herunterzuschrauben und neue Wege zu gehen. Im Großen und Ganzen würde ich heute sagen, dass wir weniger haben, aber mehr sind. Mehr leben. Mehr schätzen.

Inzwischen schaffen kleine Dinge es, mich glücklich zu machen, und das haben lange Zeit über nicht einmal die wirklich großen Dinge geschafft. Zu verinnerlichen, dass nichts Materielles dieser Welt dazu fähig ist, eine Lücke im Herzen zu schließen, lässt einen schier über Nacht erwachsen werden.

„Ich sage ja nur, dass wir lange nicht gespielt haben", holt Chris mich jäh zurück in die Gegenwart. Er fährt sich durch das kurze, dunkle Haar, hebt die Schultern an und lässt sie wieder sinken und blickt drein, als könnte er kein Wässerchen trüben.

„Du bist gerade vorgestern noch grandios an deiner letzten Wette gescheitert“, erinnert Dave ihn. „Und dabei bist du gegen eine Dreijährige angetreten!“

Synchron brechen wir in schallendes Gelächter aus.

„Es ging um Cupcakes und sie hat geschummelt!“, versucht Chris, gegen uns anzukommen, doch das macht es bloß umso schlimmer.

Während ich mir eine Lachträne aus dem Augenwinkel wische, lasse ich erneut meinen Blick über meine Lieblingsmenschen gleiten. Wir sind älter geworden, reifer und obwohl wir uns in so unterschiedliche Richtungen entwickelt haben, sind wir doch enger zusammengewachsen. Nichts hat sich geändert. Na ja, das stimmt so nicht ganz – Alles hat sich geändert.

„Auf uns!“, rufe ich über das Gelächter hinweg und erhebe mein immerhin noch halb volles Glas. Als wir anstoßen, nehme ich noch im Augenwinkel wahr, wie sich ein als Elvis verkleideter, hochgewachsener Mann mit Sonnenbrille unserem Tisch nähert.

Mit einem Gefühl pochenden Kopfschmerzes, trockenem Mund und Magengrummeln wache ich auf. Ein Geräusch, das ich zuerst nicht einordnen kann, durchdringt den gesamten Raum. Meine Lider flattern. Sie fühlen sich ungewöhnlich schwer an. Es dauert einen Moment, bis meine Augen sich an das gleißende Sonnenlicht gewöhnt haben, das das überteuerte Hotelzimmer, das Leah uns gesponsert hat, flutet. Jasper neben mir ächzt im Halbschlaf, bedeckt seine noch geschlossenen Augen mit den Händen und murmelt unverständlich: „Wir sind zu alt für den Scheiß, Skadi.“ Und gleich darauf: „Was ist das für ein nerviges Geräusch?“

Jasper hat Recht. Die durchdringende Melodie, die mich geweckt hat, reißt einfach nicht ab. Sie schmerzt in meinen Ohren und vibriert in meinem Kopf. Endlich wird mir klar, dass es sich dabei um mein Handy handelt. Angestrengt hangle ich mich aus dem Bett, um es vom Nachttisch zu nehmen. Das Display zeigt an, dass mein Akku fast leer ist – und dass gerade ein Videoanruf von Leah eingeht.

„Guten Morgen", gähne ich, nachdem ich den Anruf angenommen habe, und räkle mich zurück in die weißen Laken. So verkatert war ich eine Ewigkeit nicht mehr. Genau genommen, seit ich Jasper geheiratet und große Teile meiner Erinnerung an diese Nacht verloren habe.

„Es ist Mittag", erinnert Harpers dominante Stimme mich tadelnd. Harper? Wieso ruft Harper denn von Leahs Handy an? „Und wir haben schon dreimal versucht, dich anzurufen!" So streng wie sie mit mir spricht, würde sie mit ihrer Tochter nie reden!

„Was ist denn los?" erkundigt nun auch Jasper sich und legt seinen Kopf an meine Schulter. Er klingt mindestens so fertig wie ich mich fühle.

„Was los ist?" Das Bild auf dem Handy wackelt. Nun ist es Leah, die spricht. Ihre Stimme klingt verwaschen, verkatert, vielleicht auch ein wenig verheult. Das ist schwer zu sagen, denn jeder, der Leah gut kennt, weiß, dass sie quasi 24/7 verheult ist.

Nun erscheint eine Nahaufnahme von Leahs Gesicht auf dem Display. Im Gegensatz zu Harper, die wieder mal wie das blühende Leben aussieht, wirkt Leah ein wenig aufgequollen. Ihre Augen sind gerötet und ihr Gesicht ist von Restschminke übersät, während ihr sonst stets perfekt gestyltes, blondes Haar unordentlich und verwuschelt aussieht. Nun mache ich mir ernsthafte Sorgen.

„Leah, was ist passiert?“, frage ich ernst – und bin mit einem Mal stocknüchtern.

„Sag bloß, du erinnerst dich auch nicht?!“ Harper nimmt das Handy wieder an sich und verdreht ihre perfekten Smokey Eyes. „Wird wohl langsam zur Tradition bei uns!“

„Was meinst du damit? Erinnern an was?“ Ich wende mich Jasper zu, der ebenso planlos wie ich dreinblickt. Als ich versuche, die vergangene Nacht in meinem Kopf Revue passieren zu lassen, blitzen vereinzelte Bilder von einem Tisch mit einer Menge geleerten Gläsern, viel Gelächter und blinkenden Lichtern auf. Irgendwelche Worte von Chris, die davon handeln, dass man manche Wetten auch mehrfach durchziehen kann. Und ein Elvis mit Sonnenbrille. Moment mal – ein Elvis mit Sonnenbrille? Ich kneife meine Augen zusammen. Was hat das zu bedeuten?

Das Handy wackelt wieder, im Hintergrund sehe ich Chris mit Ashley auf dem Arm, dann wieder Leahs in Mitleidenschaft gezogenes Gesicht in Nahaufnahme.

„Sieht so aus, als würde ich ein paar Tipps von dir brauchen“, platzt es aus ihr halb lachend, halb weinend heraus. Und dann hält sie ihre rechte Hand vor ihr Gesicht, an deren Ringfinger ein kitschiger, goldener Ring prangt.